Julie Leuze

Das Glück an meinen Fingerspitzen

Julie Leuze

Das Glück an meinen Fingerspitzen

Ravensburger Buchverlag

Bibliografische Information der Deutschen Nationalbibliothek:

Die Deutsche Nationalbibliothek verzeichnet diese Publikation in der Deutschen Nationalbibliografie. Detaillierte bibliografische Daten sind im Internet auf www.dnb.d-nb.de abrufbar.

MIX
Papier aus verantwortungsvollen Quellen
FSC® C114500

1 2 3 4 5 E D C B A

Originalausgabe

Lektorat: Kathrin Becker
Umschlaggestaltung: Carolin Liepins
Verwendete Fotos von © RomanSo/Shutterstock, © Yellow Stocking/Shutterstock, © Mary Lynn Strand/Shutterstock und © Ihnatovich Maryia/Shutterstock

Printed in Germany
ISBN 978-3-473-40166-6

www.ravensburger.de

Für Christiane

»Beim Menschen ist kein Ding unmöglich,
im Schlimmen wie im Guten.«

Christian Morgenstern (1871–1914)

Jana

So also fühlt es sich an, aus der vertrauten Welt in eine völlig fremde zu reisen.

Wobei: vertraute Welt? Das klingt nach Geborgenheit, Sicherheit und Zugehörigkeit.

Und somit nach all dem, was ich verloren habe.

Schon seltsam, schießt es mir durch den Kopf, als ich am Hafen in das Motorboot steige, das auf den stahlgrauen Wellen des Pazifiks schaukelt. Da sind mein Onkel und ich unterwegs zu einer rauen, menschenleeren Insel, auf die mich vor einem Jahr keine zehn Pferde gebracht hätten, doch anstatt zu protestieren, kann ich es kaum erwarten.

Keine verstohlenen Blicke mehr. Kein dreistes Anstarren. Kein Tuscheln. Auf der Insel kann ich mein silberblondes Haar endlich wieder offen tragen, anstatt es zu einem unauffälligen Dutt zu zwirbeln. Die große Sonnenbrille, die in den letzten Monaten zu meinem ständigen Begleiter geworden ist, kann ich in der Tasche stecken lassen. Und die Paranoia …

Die Paranoia, die mich bisher fest im Griff hatte, wird mir

hoffentlich nicht aus der bunten, lauten Welt der Menschen in die nebelverhangene Wildnis folgen. Ich werde frei sein!

Oder zumindest ein bisschen freier. Auch wenn ich dafür eine Insel voller großer Raubtiere in Kauf nehmen muss, und das ohne ein ernstzunehmendes Verteidigungsmittel. Mehr als ein Bärenspray mitzunehmen, hält mein Onkel nämlich nicht für nötig.

Aber da muss ich ihm wohl vertrauen. Schließlich ist Onkel Richard Forscher und nicht zum ersten Mal auf »seiner« Insel, während ich zwar seit ein paar Wochen das Abi in der Tasche habe – doch meine Erfahrungen mit Tieren beschränken sich auf das Biologiebuch, Stechmücken und den Nachbarshund. Bären kenne ich lediglich als Kuscheltiere, Wölfe aus Dokus, Pumas aus dem Zoo und Elche von der Weihnachtsdekoration.

Noch nie in meinem Leben war ich, Jana Kron, deutsches Stadtkind durch und durch, abseits der Zivilisation unterwegs.

Und schon gar nicht *dermaßen weit* abseits! Campbell Island, wo wir gerade das Motorboot besteigen, liegt bereits im Nirgendwo, und bis zur Insel brauchen wir noch mindestens drei Stunden. Was bedeutet, dass ich insgesamt eine geschlagene Zweitagesreise von Deutschland entfernt sein werde.

Von meinem Elternhaus. Von meiner ehemaligen Schule. Von Carmen und meinen anderen Freundinnen, von Internet, heißen Duschen, elektrischem Licht und Coffee-to-go …

Bei dieser Vorstellung atme ich auf.

Onkel Richard streicht sich über das kurz geschorene dunkle Haar.

»Bereit, Jana?«, fragt er und lächelt mir aufmunternd zu.

Ich blicke über den Pazifik. Kalt, tief und ungezähmt breitet er sich vor uns aus.

Leise sage ich: »Bereit.«

Luke

»Schatz, hast du dich von deiner Schwester verabschiedet?«, fragt meine Mutter, und ihre Augen irren von meinem Gepäck über ihre Armbanduhr bis hin zum Telefontischchen, auf dem die neuesten Tabletten liegen.

Ich spare mir eine Antwort. Denn wann habe ich mich jemals *nicht* von meiner kleinen Schwester verabschiedet, vor allem in den letzten drei Jahren?

»Gut«, sagt Mom, der mein Schweigen ausreicht. »Ich muss dann los. Emily hat heute …«

»Schon gut«, unterbreche ich sie, denn es ist nicht nötig, mir aufzuzählen, was alles ansteht; ich weiß es sowieso. Und ich weiß auch, dass Emily absolut keine Lust darauf hat.

Meine Mutter schenkt mir ein zerstreutes Lächeln, bevor sie in den Flur läuft, sich Handtasche und Autoschlüssel greift und nach meiner Schwester ruft. Einmal. Dann ein zweites und, beinahe flehend, ein drittes Mal.

Bevor sie ein viertes Mal rufen kann, werfe ich mir meinen Rucksack über die Schulter, schnappe mir die Tüte mit meinen neuesten Errungenschaften und verlasse das Haus. Ich werde ein paar Wochen lang fort sein, doch ich werfe keinen Blick zurück, als ich durch den vernachlässigten Garten zum Tor stapfe und auf die Straße trete.

Langsam hebt sich meine Stimmung, während ich an den Holzhäusern der Nachbarn vorbeigehe, an der weiß gestrichenen kleinen Kirche, an *Zoe's Café* und am Supermarkt, hinter dem sich Douglasien und Hemlocktannen erheben und in der Ferne die Küstenberge. Schon habe ich das Dorf verlassen – zweihundertfünfzig Einwohner können sich beim besten Willen nicht sehr weit ausbreiten – und biege in den Trampelpfad ein, der mich durch den Wald zum Fluss bringt. Wo mein Kanu auf mich wartet.

Und mein Freund Doug.

Mit dem Rücken zu mir steht er auf dem behelfsmäßigen Steg, den wir im letzten Sommer zusammen gebaut haben. Seine glatten schwarzen Haare sind zu einem Zopf zusammengebunden, und er trägt sein Lieblings-T-Shirt, ein ausgewaschenes Ding in Hellrot, auf dem ein stilisierter Otter prangt. Als Doug mich kommen hört, wendet er sich zu mir um.

»Hey, Luke. Ich dachte, ich sag noch mal richtig Tschüs. Falls du tödlich verunglückst oder so.«

Ich muss grinsen. »Du bist immer so aufbauend.«

»Man tut, was man kann«, sagt Doug und boxt mir freundschaftlich gegen die Schulter.

Mein Kanu ist am Steg befestigt. Ich greife mir die Leine, ziehe das Kanu auf den Kiesstrand und verstaue meinen Rucksack darin. Dann hole ich Halterung, Panzerband und Gurt aus der Plastiktüte.

»Diesmal werde ich die Action-Cam nicht am Helm anbringen, sondern am Kanu«, erkläre ich und mache mich am Bug zu schaffen. »Das wird im Wildwasser und in den Stromschnellen sensationell gute Aufnahmen geben! Aber ich will die Cam natürlich nicht gleich in der ersten Welle verlieren, und deshalb …«

»… sicherst du sie mit Gurt und Panzerband doppelt und dreifach. Verstehe.« Doug runzelt die Stirn. »Trotzdem ganz schön riskant. Ich meine, *wie viel* hat die Cam noch mal gekostet?«

Es ist eine rhetorische Frage, denn wir haben die Cam zusammen ausgesucht, und Doug weiß ganz genau, dass sie *sehr* viel gekostet hat. *Zu* viel für mich, eigentlich.

»No risk, no fun.« Ich zurre die Halterung fest. »Das werden geniale Videos, du wirst schon sehen! Das lohnt sich. Ach, und Doug …«

»Hm?«

Ich atme tief durch. »Wegen Emily. Es ist wieder schlimmer im Moment. Deshalb wäre es toll, wenn du … also, nur falls du Zeit hättest …«

»Mach dir keine Sorgen«, unterbricht er mich. »Ich hol sie schon ab und zu raus! Du weißt doch: Sie ist auch meine kleine Schwester.«

»Ja, ich weiß.« Ich lächele schief. »Danke, Mann.«

Doug ist ein Angehöriger der First Nations, Emily und ich

sind das, was man unter »weiß« versteht; blutsverwandt sind wir also definitiv nicht. Trotzdem fühlen wir drei uns wie Geschwister.

Weil wir uns schon so ewig kennen.

Und weil Doug meine kleine Schwester damals gegen diesen Bärenjäger-Touristen verteidigt hat.

Es war im Sommer vor zwölf Jahren, als der Kerl behauptete, meine erst vierjährige Schwester hätte ihm das Portemonnaie geklaut. Dabei war es ihm einfach aus der Hosentasche gerutscht, und Emily hatte es aufgehoben, um es ihm wiederzugeben. Doch das glaubte der Kerl ihr nicht, und er stauchte Emily zusammen. Bis dem sechsjährigen Doug, der die ganze Szene beobachtet hatte, der Kragen platzte. Beherzt stellte er sich zwischen meine Schwester und den Touri und erklärte, dass es sehr, sehr böse sei, kleinen Mädchen Angst zu machen.

Woraufhin der wutentbrannte Jäger dem armen Doug eine klebte.

Aber Doug fing nicht an zu heulen. Stattdessen starrte er dem Touri in die Augen und sagte ruhig: »Wissen Sie was, Sir? Mein Dad ist der Polizist hier im Dorf. Und Leute, die Kinder schlagen, mag mein Dad überhaupt nicht!«

Das mit dem Dorfpolizisten war natürlich gelogen. In Wirklichkeit ist Dougs Vater nämlich der Geschäftsleiter unseres Supermarkts. Aber Doug blickte so selbstbewusst zu dem Touri hoch, dass der sich murrend davonmachte, nicht ohne zum Abschied leise »Dreckiges Indianerbalg!« in Dougs Richtung zu knurren.

Danach begleitete Doug Emily nach Hause, wo meine Schwester ihn schnurstracks in mein Zimmer führte, in dem ich gerade nichts ahnend ein Puzzle legte. Mit leuchtenden Augen und dramatischer Stimme verkündete Emily: »Luke! Der Junge hat mich gerettet!« Und als ich den Kopf hob und Doug misstrauisch musterte, erzählte meine Schwester mir alles haarklein.

Ich musste zugeben, dass Doug mich als Beschützer meiner kleinen Schwester echt gut vertreten hatte, und dann fand Doug auch noch ein Puzzleteil, nach dem ich schon ewig gesucht hatte. Nur wenige Minuten später hockten wir zu dritt auf dem Boden und puzzelten, redeten und lachten, und es fühlte sich an, als wären wir seit jeher Freunde gewesen, mehr noch: als wären Emily und ich erst jetzt, wo Doug zu uns gestoßen war, als Geschwister wirklich komplett.

Dieses merkwürdige Gefühl hat sich all die Jahre über gehalten. Doug und ich sind Freunde und Brüder, und Emily ist unsere kleine Schwester.

Was es mir jetzt ein bisschen leichter macht, für ein paar Wochen abzuhauen. Doug bleibt hier – deshalb kann ich gehen.

Und ich brauche das so dringend: allem eine Zeit lang den Rücken kehren, Luft holen, weg sein.

Denn es gibt hier ja nicht nur Emily und die ganzen Sorgen, die mit ihr zusammenhängen.

Sondern auch Caroline.

Ich seufze.

Unwillkürlich denke ich an Carolines traurigen Blick, als sie mich gestern zum Abschied geküsst hat, und ich reibe mir über die Augen, als könne ich die Erinnerung damit fortwischen. Was natürlich nicht funktioniert. Die Erinnerung bleibt, ebenso wie das Bild, das mich verfolgt, seit …

Ich mahle mit dem Kiefer. Dränge meine Freundin, meine Schwester, meine verzettelte Mutter und meinen hilflosen Vater entschlossen aus meinen Gedanken und konzentriere mich stattdessen auf das Abenteuer.

Die Wildnis ruft.

Jana

Das Boot schaukelt hin und her. Seit einer Woche bin ich nun schon in Kanada, und drei volle Wochen habe ich noch vor mir. Dass ich diese drei Wochen mit Richard auf seiner Insel verbringen werde, im Herzen des nordischen Regenwalds, war so allerdings nicht geplant. Eigentlich hätte ich in der Stadt bleiben sollen, im fröhlichen, sonnigen Victoria. Aber es kam anders, wie so vieles in diesem Jahr.

Okay: wie *alles* in diesem Jahr.

Abi machen und ausgelassen feiern, mit Carmen die Nächte durchquatschen, mich aufs Studium freuen: So hätten die letzten Monate ablaufen sollen.

Abi machen und mich in meinem Zimmer verkriechen, wochenlang dort drin bleiben und von meinen verzweifelten Eltern schließlich nach Kanada geschickt werden, zu Mamas jüngerem Bruder und seiner Frau Grace: So lief es tatsächlich ab.

Und deshalb bin ich hier.

Ich kneife die Augen zusammen und blicke zurück. Campbell Island ist nur noch schemenhaft zu erkennen. Um unser Boot herum wogt der Pazifik, und ich spüre, wie die Angst in mir aufsteigt.

Diese Scheißangst.

Wird sie mich jetzt mein Leben lang begleiten, nur weil mir diese eine verfluchte Sache passiert ist? Ich schlucke und drehe mich wieder um, schaue zu Onkel Richard, der ruhig und sicher das Boot navigiert. Sofort fühle ich mich ein bisschen besser. Denn Richard ist nun wirklich nicht gefährlich. Und vor dem Pazifik muss ich auch keine Angst haben.

Da gibt es wirklich anderes, vor dem man sich fürchten kann.

Obwohl ich es normalerweise hasse, wenn meine Eltern Dinge über meinen Kopf hinweg entscheiden, sperrte ich mich nicht gegen ihren Entschluss, mich nach Kanada zu schicken, damit ich »mal ein wenig Abstand bekomme«, wie sie es ausdrückten. Zum einen besaß ich gar nicht die Kraft, mich zu wehren. Zum anderen, und das gab den Ausschlag für meine Fügsamkeit, habe ich meinen Onkel und meine Tante wirklich gern. Der Entfernung geschuldet, sehe ich die beiden nicht oft, aber wenn wir uns sehen, ist es immer nett. Dass Richard und Grace nur Englisch sprechen, ist auch kein Problem, denn ich bin zwar in Deutschland geboren, dank meiner kanadischen Mutter aber zweisprachig aufgewachsen.

Mein Onkel und meine Tante sind Wissenschaftler. Sie arbeiten als Biologen an der Universität von Victoria, und es ist keine Übertreibung, wenn ich sage, dass ihr Beruf ihr Leben ist. Unermüdlich erforschen Richard und Grace die Natur an der Westküste British Columbias – den Great Bear Rainforest, der auch »Amazonasgebiet des Nordens« genannt wird, und der die unzähligen wilden Pazifikinseln vor der Küste mit einschließt. Richard und Grace sind regelrecht besessen: von der nebeligen Schönheit der Urwälder, die das Land zwischen Küstenbergen und Pazifik bedecken. Von dem blaugrünen Labyrinth aus Meerengen und schroffen Inseln, das der wild zerklüfteten Küste vorgelagert ist. Salzwasser und Lachsflüsse, Wale und Berglöwen, tiefe Fjorde und schwindelerregend hohe Nadelbäume – das ist das Universum meiner Tante und meines Onkels. Obwohl sie bisher die meiste Zeit zwischen Universitätsmauern verbracht haben, im Labor und im Hörsaal, ist es seit Jahren ihr sehnlichster Wunsch, gemeinsam auf einer wilden Insel zu leben und die Raubtierpopulationen zu erforschen. Und sie wurden fündig: Nordwestlich von Campbell Island, im Herzen des Great Bear Rainforest, stießen sie bei einer Erkundungsfahrt mit dem Boot auf eine abgeschiedene Pazifikinsel. Sie ist gut zwanzig Kilometer lang und im Schnitt sieben Kilometer breit, durchzogen von mehreren Flüsschen, mit Hinweisen auf die Anwesenheit von Wölfen und Bären. Richards und Grace' Urteil lautete einhellig: Perfekt! Das alles haben sie mir gleich an meinem ersten Abend hier erzählt. Sobald wie möglich würden sie ganz auf die Insel übersiedeln, erklärte Grace. Zwar würden sie nicht das ganze Jahr über dort leben, aber doch den größten Teil, sommers wie winters. Ich fragte sie, ob sie die wilde Natur dort mit ihrer dauernden Anwesenheit denn nicht verändern würden, woraufhin Grace leicht zusammenzuckte. Sie versicherte mir, dass sie und Richard sich so rücksichtsvoll verhalten wollten wie nur möglich. Denn sie seien zwar Vollblutforscher und stellten die Wissenschaft über alles, aber Tiere und Pflanzen, so viel sei sicher, seien trotzdem ihre ganz große Liebe.

Manchmal, fügte Richard bedauernd hinzu, müsste im Dienste der Wissenschaft eben das eine oder andere kleine Opfer gebracht werden.

Daraufhin seufzte Grace.

Dass Grace und Richard die Natur, die sie erforschen, wirklich lieben, glaube ich ihnen aufs Wort. Sobald sie auf ihre Insel zu sprechen kommen, werden die beiden nämlich aufgeregt wie Kinder. Und sie kommen *ständig* darauf zu sprechen. Seit meiner Ankunft vor einer Woche reden sie praktisch von nichts anderem. Vielleicht auch, weil ich sie gebeten habe, mich mit der anderen Sache – der Sache, die über mir schwebt wie eine schwarze Wolke – in Ruhe zu lassen. Ich quatsche gerne bis zum Erbrechen über diese Insel. Aber nicht über das, was im Frühling passiert ist. Denn wenn ich einfach so tue, als sei nie etwas geschehen … dann schaffe ich es vielleicht doch noch, über all das hinwegzukommen. Wieder normal zu werden. Anderen offen in die Augen blicken zu können. Nicht mehr ständig die vergifteten Worte zu denken: *Du auch? Ja, ganz bestimmt.*

Du auch.

Leider muss ich zugeben, dass ich auf meinem Weg zur Normalität bisher nicht sehr weit gekommen bin. Obwohl ich schon seit einer Woche in Kanada bin und Victoria achttausend Kilometer von zu Hause entfernt ist, scheint das immer noch nicht weit genug zu sein. Entspannt habe ich mich in den letzten Tagen jedenfalls kein bisschen.

Denn auch in Victoria laufen ja Menschen herum, blicken die Mädchen mich neugierig an, lächeln die Jungs, glotzen die Männer. Auch in Victoria gibt es Geschäfte, Internetcafés und Drogeriemärkte, genau wie in Deutschland. Und so kam es gleich in den ersten Tagen, wie es kommen musste: Die ganzen Menschen um mich herum wurden mir zu viel und ich tickte aus.

Bei einem Stadtbummel mit Tante Grace passierte es. Inmitten der hübschen, englisch anmutenden Innenstadt, zwischen Blumenschmuck und historischen Häusern, fing mein Herz an zu rasen, die Straßenlaternen neigten sich, der Asphalt schwankte … kurz, ich bekam einen ausgewachsenen Panikanfall. Wimmernd sank ich auf einer Bank zusammen, schlug mir die Hände vors Gesicht, zitterte wie Espenlaub, und erst nach viel gutem Zureden vonseiten meiner Tante schaffte ich es, mich so weit zu fangen, dass ich die Menschen um mich herum ignorieren und mit Grace nach Hause gehen konnte.

An jenem Abend war ich sehr deprimiert.

Und Richard und Grace offensichtlich sehr besorgt, denn schon am nächsten Tag machten sie mir einen Vorschlag.

Es war beim Mittagessen in einem Café in der Nähe der Uni, als Richard wie nebenbei sagte: »Eigentlich könnten wir beide zur Insel fahren, Jana.«

»Zur Insel?« Ich hob die Brauen. »Zu *eurer* Insel?«

»Warum nicht?« Mein Onkel lächelte. »Ganz weit weg sein. Der Zivilisation den Rücken kehren. Abseits der Menschen zur Ruhe kommen. Vielleicht ist es ja genau das, was du mal brauchst!«

»Aber … müsst ihr denn nicht arbeiten?«, fragte ich verdattert. »Ich meine, hier, an der Uni. Euer Inselprojekt hat doch noch gar nicht angefangen, oder?«

Grace faltete die Hände auf dem Tisch. »Was mich betrifft, hast du recht. Tatsächlich muss ich erst noch meine aktuelle Arbeit abschließen, vorher kann ich mich leider gar nicht um unsere Insel kümmern. Aber Richard steht in den Startlöchern. Er ist schon ganz ungeduldig, nicht wahr, Liebling?«

»Oh ja. Von mir aus könnte es jederzeit losgehen«, bestätigte mein Onkel.

Ich runzelte die Stirn. »Verstehe ich das richtig, Tante Grace: Du stehst eigentlich total unter Zeitdruck, weil du endlich mit deiner aktuellen Arbeit fertig werden willst? Und du, Onkel Richard, wärst viel lieber schon auf der Insel als hier in Victoria?«

Beide nickten.

»Aber warum habt ihr dann nicht einfach Nein gesagt, als meine Eltern mich zu euch schicken wollten?«, fragte ich verständnislos. »Offensichtlich ist der Zeitpunkt für meinen Besuch doch superungünstig!«

Weder Grace noch Richard antworteten mir. Stattdessen blickten sie verlegen auf ihre Teller.

Und da begriff ich.

»Sie haben euch erzählt, dass ich zu Hause durchdrehe«, sagte ich leise. »Dass sie nicht weiterwissen. Dass es nicht besser wird, sondern immer schlimmer. Deshalb habt ihr euch nicht getraut, Nein zu sagen. War es so?«

»Ähm. *So* direkt haben deine Eltern es nicht …«

»Bitte, Jana, du sollst nicht denken, dass du … dass wir …«

Sie verstummten.

Und eigentlich wollte ich ihre Beschönigungen auch gar nicht hören. Ich wusste ja selbst, wie bekloppt ich geworden war. Nicht durch eigene Schuld, immerhin. Aber das nützte mir auch nicht viel.

»Einverstanden«, sagte ich rau. »Fahren wir zur Insel.«

Grace legte ihre Hand auf meine und drückte sie, und ich zwang mich zu einem Lächeln.

Vielleicht war es ja wirklich eine ganz gute Idee. Wenn wir fuhren, konnte Grace sich kopfüber in die Arbeit stürzen, ohne sich um mich kümmern zu müssen. Richard könnte das Inselprojekt starten. Und ich selbst würde, wenn meine Tante und mein Onkel recht behielten, dort draußen im Nirgendwo ein klein wenig zur Ruhe kommen.

Keine Menschen, flüsterte es sehnsüchtig in mir. Keine Menschen!

Ich stellte es mir vor – nur mein Onkel, die Natur und ich – und plötzlich war mein Lächeln echt.

Eine heftige Windböe zaust mein Haar und bringt mich zurück in die Gegenwart.

»Dieser Geisterbär«, rufe ich meinem Onkel zu. »Gibt es den eigentlich wirklich?«

Gestern Abend habe ich Richard und Grace nämlich über den Geisterbären sprechen hören. Ich war jedoch zu müde gewesen, um nachzufragen; das Packen für unseren Wildnis-Trip und die ganze Aufregung hatten mich irgendwie geschafft.

»Aber ja! Er ist extrem selten, eine genetische Laune der Natur«, ruft Richard vom Steuerrad aus zurück.

»Und warum heißt der so?«, hake ich nach.

Bei solchen Fragen ist Richard ganz in seinem Element, und mein Interesse freut ihn sichtlich. Er lächelt breit.

»Weil der Geisterbär ein weißes bis cremefarbenes Fell hat, obwohl er eine Unterart des Schwarzbären ist«, erklärt er mir. »Man nennt ihn auch Kermode- oder Spirit-Bär. Für die Menschen hier ist er so was wie eine lebende Legende. Es gibt nur wenige Hundert Exemplare dieser weißen Schwarzbären, und sie leben nirgendwo sonst auf der Welt. Nur im Great Bear Rainforest – dem Regenwald des großen Bären!«

Feierlich deutet mein Onkel auf die dicht bewaldete Küste zu unserer Rechten.

Sie versinkt in grauen Schleiern, genau wie die vielen kleinen und größeren Inseln zu unserer Linken. Ob die Augustsonne heute wohl noch einmal hervorkommen wird? Ich blinzele in die schweren Wolken. Die sehen nicht so aus, als wollten sie sich in absehbarer Zeit verziehen. Aber was beschwere ich mich, so ist das Klima in dieser Gegend Kanadas nun mal: rau und dauerfeucht. Nicht umsonst bezeichnet man die grüne, nasse Welt, in der wir unterwegs sind, als Kaltregenwald.

Vor uns treibt ein mächtiger Baumstamm im Wasser, und mit dem knappen Kommentar »Guck, Jana, ein Sturmopfer« lenkt Richard das Boot um das Hindernis herum.

Wie stark müssen die Stürme hier sein, dass sie solche Bäume entwurzeln und ins Meer treiben können? Plötzlich erscheint mir unser Motorboot beunruhigend klein und schutzlos, eine Nussschale auf dem aufgewühlten Ozean. Falls uns etwas passieren sollte ... wer würde uns denn dann retten? Sowohl das Festland als auch die Inseln sind nur spärlich besiedelt. Kein Mensch würde uns hier kentern sehen! Zwar gibt es im Urwald ein paar Siedlungen der First Nations – die Bezeichnung Indianer hören die hiesigen Ureinwohner nicht gern –, aber die muss man schon mit der Lupe suchen, und sie sind lediglich per Boot oder Wasserflugzeug zugänglich, wie Richard mir vorhin erzählte. Er sagte auch, dass es hier und dort einsame Blockhäuser gebe, in denen Trapper wohnten, Aussteiger, Sonderlinge. Aber Straßen existieren im Urwald praktisch keine, weder auf den Inseln noch auf dem Festland, und ein Handynetz gibt es schon gar nicht.

Genau danach hatte ich mich ja gesehnt. Eigentlich.

»Alles klar, Jana?«, ruft Richard durch den Wind. »Du siehst so sorgenvoll aus.«

Ein graublauer Brecher wirft sich gegen unser Boot und es schwankt bedenklich hin und her. Ich klammere mich an der

Bank fest und fühle, wie aus meinem Gesicht die Farbe weicht. Noch im letzten Sommer hätte ich diese Fahrt genossen. Ich hätte gelacht über ein Mädchen, das mit schreckgeweiteten Augen vor jeder Welle zurückzuckt, das nur an die Gefahr denkt statt an den Reiz des Abenteuers.

Und jetzt bin ich selbst so ein Mädchen. Eines von der Sorte, zu der meine Freundin und ich nie gehören wollten. Und ich kann nichts, aber auch gar nichts dagegen tun.

»Wirklich, Jana, mach dir keine Gedanken«, ruft mein Onkel. »Ich unternehme diese Fahrt nicht zum ersten Mal, ich kann das Meer einschätzen. Alles im grünen Bereich!«

»Weiß ich«, presse ich hervor.

»Komm doch nach vorne, dann müssen wir nicht so schreien, um uns zu unterhalten«, schlägt Richard vor, und ich nehme all meinen Mut zusammen und wanke über das Deck zu ihm.

»So ist es besser.« Mein Onkel lächelt. »Man fühlt sich winzig inmitten dieser grandiosen Natur, nicht wahr? Das kann einen schon mal überwältigen.«

»Och«, sage ich schwach, »na ja.«

»Soll ich dir zur Ablenkung was erzählen? Die Geschichte vom Geisterbären?«, erkundigt sich Richard, und ich nicke dankbar und fühle mich dabei, als sei ich fünf. Aber in diesem Moment ist mir das egal, Hauptsache, ich kriege hier und jetzt – auf dem Pazifik, im Nieselregen, in dieser wackeligen Nussschale von Boot – keine meiner verfluchten Panikattacken.

Richard steuert mit links. Den rechten Arm legt er um meine Schulter.

»Für die First Nations«, beginnt er, als erzähle er mir eine Gutenachtgeschichte, »war der Geisterbär stets etwas Besonderes. Einige Stämme haben ihre eigenen Sagen, die von seiner Erschaffung berichten. So soll die Welt zu Anfang vollkommen weiß gewesen sein, bedeckt von Schnee und Eis, bis der Rabe herbeigeflogen kam. Er brachte die Farben in die Welt, machte Moos und Bäume grün und die Bären schwarzbraun. Einen von zehn Bären jedoch ließ er weiß. Warum? Manche Stämme sagen, weil er sich selbst an die weiße Welt erinnern wollte; andere glauben, er wollte die Menschen daran erinnern. Damit sie dankbar dafür sind, dass die Welt keine eisige Ödnis mehr ist, sondern grün und fruchtbar und wundervoll.«

»Das ist eine schöne Erklärung«, sage ich, und Richard zwinkert mir zu. Er lässt seinen Arm von meiner Schulter sinken, denn wir wissen beide, die Panikgefahr ist gebannt. Vertrieben von einer uralten Erzählung – über einen Bären, der die Menschen daran erinnert, dankbar zu sein.

Friedlich schweigen wir, und für eine lange Zeit höre ich nichts als das Grollen und Rauschen des Meeres, das Tuckern des Bootsmotors und das Kreischen der Möwen, die über unseren Köpfen den Wind reiten. Wir gelangen stetig weiter nach Norden. Der Nieselregen wird zu Dunst, die Wellen werden flacher, und endlich kann ich mich ungestört in meinen Gedanken verlieren.

Ich bin ziemlich gespannt auf Richards und Grace' Insel. Als ihr Projekt bewilligt wurde, haben sie sich dort ein kleines Blockhaus bauen lassen, von drei handwerklich begabten Männern vom Festland. Ein paar Möbel haben die Männer ihnen ebenfalls gezimmert, das hat Richard mir vorhin erzählt; nur Betten gebe es noch keine.

»Das glaubt mir echt niemand, wenn ich nach Hause komme«, platze ich heraus. »Dass man hier einfach so Zedern fällt und sich ein Blockhaus und Möbel daraus baut. Und dass es noch Menschen gibt, die freiwillig ohne Waschmaschine leben, ohne Telefon, ohne Zentralheizung ...«

»In unserem Fall geht es ja nicht anders, zumindest vorerst.« Mein Onkel zuckt mit den Schultern. »Aber es stimmt schon, die meisten, die sich so weit herauswagen, verzichten freiwillig auf solchen Luxus. Sie sind zivilisationsmüde und möchten ein ursprünglicheres Dasein führen – oder zumindest das, was sie dafür halten.«

»Kennst du viele solcher Leute?«

»Einige. Doch nur die wenigsten schaffen es, so ein Leben länger als ein paar Jahre zu führen. Fast alle geben irgendwann auf und kehren in die Welt der Menschen zurück. Wir sind nun einmal soziale Wesen, nicht wahr? Für die absolute Einsamkeit sind wir auf Dauer nicht geschaffen.«

Ich sage nichts.

Richard wirft mir einen Seitenblick zu. »Übrigens, hatte ich erwähnt, dass es auf unserer Insel ein Aussteiger-Pärchen gibt?«

»Nein.« Überrascht sehe ich ihn an. »Auf eurer Insel wohnen Menschen? Ich dachte, sie sei ganz und gar unbewohnt.«

»Ist sie ja auch. Beinahe. Bis auf Mr und Mrs Robinson

eben«, sagt mein Onkel. »Sie heißen natürlich anders, Grace und ich nennen sie bloß so. Wir haben sie kennengelernt, als wir die Insel zum ersten Mal mit dem Boot umrundet haben. Die Robinsons leben in einer Hütte an der Nordspitze, während unser Blockhaus an der Südspitze liegt.«

Ich runzele die Stirn. »Stören diese Leute euch denn nicht? Ihr wolltet doch ein völlig unberührtes Ökosystem erforschen.«

»Ach was, es ist immer noch unberührt genug, viel unberührter als die meisten Orte auf der Erde. Die Robinsons wohnen zwanzig Kilometer Luftlinie von unserem Blockhaus entfernt, von denen kriegen wir gar nichts mit. Und weil die beiden immer nah bei ihrer Hütte bleiben – sie sagen, das genüge ihnen –, stören sie auch die wilden Tiere nicht.« Richard schmunzelt. »Grace und ich vermuten, dass die Robinsons einfach Angst vor den Wölfen und Bären haben und sich deshalb nicht in den Wald trauen. Eigentlich sind die beiden nämlich Stadtmenschen, sie kommen aus Vancouver. Arbeiten in kreativen Berufen, per Internet von der Insel aus; dafür reicht ihnen der Strom ihrer Solarzelle, sagen sie. Ab und zu fordern sie per Funk zudem ein Wasserflugzeug an, das sie nach Hause bringt, wo sie ihre Auftraggeber treffen und Großeinkauf machen können.«

Wir schweigen für ein paar Minuten, bis Richard in den Dunst weist. »Gleich sind wir da, Jana. Schau!«

Erste Konturen schälen sich aus dem Graublau.

Da vorne ist sie – unsere Insel!

Luke

Ich liebe die Wildnis.

Gemächlich gleitet mein Kanu auf dem breiten Fluss dahin. Eine absolute Stille liegt über Wasser und Wald, über den unsichtbaren Tieren und sogar über mir, dem einzigen Menschen in dieser vollkommenen, beinahe mystischen Landschaft, in der sich alle Sorgen verflüchtigen. Es ist, als gönne die Welt sich und mir eine nebelige Atempause.

Ich verziehe das Gesicht, peinlich berührt von mir selbst. Irre, was einem so an pseudopoetischen Sentimentalitäten durch den Sinn geht, wenn man ganz allein mit sich ist.

Nicht einmal die Cam habe ich eingeschaltet. Dieser erste Nachmittag gehört nur mir.

Weshalb es mich ziemlich nervt, dass sich bereits an der nächsten Flussbiegung Emily in meine Gedanken schleicht, und das bloß, weil ich an einem Sandstrand vorbeipaddle. Er ist nicht breit und nur ein paar Schritte lang; im Herbst, wenn der Regen den Fluss anschwellen lässt, verschwindet dieser Strand wahrscheinlich ganz. Aber jetzt sieht er genauso aus wie die seichte Stelle, an der Doug und ich meiner Schwester vor vielen Jahren das Schwimmen beibringen wollten.

Es war ein flirrend heißer Tag im Hochsommer. Wir Jungs waren sieben, Emily gerade fünf, und unsere Methode war denkbar rüde: Doug nahm meine Schwester auf den Arm und schleppte sie in den Fluss, wo er sie einfach losließ. Ich stand einige Meter stromabwärts im Wasser und wartete auf sie.

Die Strömung an jener Stelle war schwach und nicht gefährlich, doch das Wasser war verflucht kalt. Aber statt sich zu weigern oder zu heulen, biss Emily die Zähne zusammen und bemühte sich, wie ein Welpe von Doug zu mir zu paddeln. Was manchmal klappte.

Und ziemlich oft schiefging.

Aber Doug und ich passten auf Emily auf. Jedes Mal, wenn sie untertauchte, hechtete ich auf sie zu und riss sie wieder über Wasser, und dann hustete sie und hielt sich mit ihren eiskalten Ärmchen an mir fest, bevor sie entschlossen durch die nassen rotbraunen Locken blinzelte und forderte: »Noch mal!«

Also brachte ich sie zurück zu Doug, und das Ganze fing von vorne an.

Schwimmen lernte meine Schwester an jenem Sommertag nicht. Ich aber lernte, dass Emily mir absolut vertraute. Wenn sie sich an meine schmalen Kinderschultern klammerte, war ich ihr ganzer Halt, ihr buchstäblicher Fels in der Brandung, und in ihren braunen Augen leuchtete ein tiefer, unverbrüchlicher Glaube: Niemals würde ihr großer Bruder zulassen, dass ihr etwas Schlimmes passierte – er würde sie beschützen, vor allem und jedem, im Fluss, im Dorf und überall sonst.

Ich habe einen bitteren Geschmack im Mund. Meine Schultern sind inzwischen breit, mein Körper ist sportlich und stark, doch beschützen konnte ich Emily weit besser, als ich noch ein dürrer Siebenjähriger war. Und obwohl ich weiß, dass ich nichts dafür kann, ist das ein echt beschissenes Gefühl.

Der Nachmittag hat seine Unschuld verloren, die Atempause ist vorbei, noch ehe sie richtig begonnen hat. Vor mir stößt ein Weißkopfseeadler ins Wasser. Er krallt sich blitzschnell einen Fisch, schwingt sich mit seiner zappelnden Beute sofort wieder in die Lüfte, und ich blicke ihm nach. Kämpfen und siegen – das ist es, was uns bleibt.

Ich packe das Doppelpaddel fester, ziehe es kräftig durchs Wasser und mache Tempo.

Jana

In einigem Abstand von der Insel stoppt Richard das Motorboot. Er greift nach einer Leine, macht sie an einer orangefarbenen Boje fest und erklärt mir dabei, dass er diese Boje bei seinem letzten Besuch hier angebracht habe.

»So muss ich nicht jedes Mal den Anker auswerfen, und außerdem hält das Boot an der Boje sicherer.« Lächelnd fügt er hinzu: »Ab jetzt geht es mit dem Kanu weiter!«

Das hatte ich befürchtet.

»Können wir nicht mit dem Motorboot bis zum Strand fahren?«, frage ich ohne große Hoffnung. »Ich meine, es ist doch noch ziemlich weit bis zur Insel … und wenn das Kanu umkippt …«

Ich weiß, dass ich mich wie eine Prinzessin benehme, und das finde ich ja selbst ätzend. Aber die Panik lauert bereits wieder am Rande meines Bewusstseins, möchte mich überfallen und überschwemmen, bis mir Hören und Sehen vergeht. Und ich habe in den letzten Monaten schmerzlich gelernt, diese Bedrohung ernst zu nehmen.

Richard tätschelt meinen Arm. »Ich kann das Motorboot da nicht festmachen, Jana. Und selbst wenn das ginge: Die Wellen würden es über kurz oder lang gegen die Felsen schleudern und schwer beschädigen. Deshalb führt kein Weg daran vorbei, für die letzten Meter das Kanu zu nehmen. Außer, du möchtest schwimmen.«

»Äh …«

»Na komm, steig ein! Wir nehmen erst mal nur das Nötigste mit, den Rest des Gepäcks hole ich dann später, während du es dir im Blockhaus gemütlich machst. Einverstanden?«

Ich starre auf das kleine, schmale Kanu.

Dann auf die Insel, die mir jetzt sehr weit entfernt erscheint.

Dann über die sichere Reling ins Meer, das an dieser Stelle glasklar ist – und mindestens zehn Meter tief. Braune Algen winden sich in der Strömung, glitzernde Fische huschen über den Sand.

Krampfhaft versuche ich, mich an früher zu erinnern: an die Jana, die noch keine bescheuerte Prinzessin war. Jene Jana hatte keine Angst vor tiefem Wasser, ebenso wenig wie vor Eis oder Schnee, denn durch Wasser ist jene Jana getaucht oder gekrault, auf Eis ist sie Schlittschuh gefahren und auf Schnee euphorisch den Hang hinabgebrettert, ein Snowboard unter den Füßen und Musik in den Ohren. Die Jana von damals hätte bei der Aussicht auf eine kleine, wilde Kanufahrt nichts als Vorfreude verspürt … und jetzt stehe ich hier und bekomme vom bloßen Blick aufs Wasser Schnappatmung.

Ich schließe die Augen.

Mein Onkel gibt mir Zeit, mich wieder zu fangen.

Ich bin ihm dankbar dafür.

Und da mir nichts anderes übrig bleibt, steige ich mit Richards Hilfe schließlich doch ins andere Boot.

Ich versuche, nichts zu fühlen und nichts zu denken, während ich mich möglichst bewegungslos im Kanu zusammenkauere. Ich sitze vor Richard, sodass er mich im Blick hat, doch netterweise tut er trotzdem so, als kriege er von meiner peinlichen Angst nichts mit. Er lenkt das Kanu in Richtung Insel, erst noch ein Stück über das offene Meer und dann zwischen Felsen hindurch, die von weißer Gischt umspült werden.

Richard paddelt ruhig und geübt, und allmählich normalisiert sich mein Herzschlag. Ich richte mich auf und nehme die Insel genauer in Augenschein.

Hier, an der äußersten Südspitze, ist sie nur wenige Hundert Meter breit. In der Mitte erstreckt sich ein weißer Sandstrand. Links davon bedecken dunkle Nadelbäume und Granitfelsen das Ufer, davor türmt sich Treibholz auf, ausgebleichte, ineinander verkeilte Stämme, die weit ins Meer hineinragen. Rechts vom Strand erhebt sich eine Steilwand, über die sich ein kleiner Wasserfall ins Meer stürzt.

»Auch darum haben wir diesen Platz gewählt«, sagt Richard, der meinem Blick wohl gefolgt ist. »Der Wasserfall ist für uns leicht und schnell zu erreichen. So haben wir immer Trinkwasser.«

Er steuert die letzten Meter auf den Strand zu, und mit einem Ruck landet das Kanu. Dynamisch springt mein Onkel hinaus. Mit weichen Knien folge ich ihm, und er vertäut das Kanu an einem schmalen Felsen.

»Willkommen auf unserer Insel, Jana.« Mit einem zufriedenen Lächeln stemmt er die Hände in die Hüften. »Aaah, es tut so gut, wieder hier zu sein!«

Der Sandboden unter mir schwankt, mir ist schwindelig von der langen, schaukelnden Fahrt in Motorboot und Kanu. Oder von der Erleichterung – schließlich leben wir noch.

Und wir sind nur zu zweit, weit weg von allen anderen Menschen. Einen wunderbaren Moment lang fühle ich mich beinahe glücklich. Es war eine gute Entscheidung, hierher zu kommen.

Der dichte Nadelwald vor uns wirkt ziemlich düster, und ich will lieber gar nicht wissen, was sich da drin so alles versteckt. Aber ich muss schließlich keine Waldspaziergänge machen, ich kann einfach im Blockhaus bleiben und am Strand.

Genau wie die Robinsons, schießt es mir durch den Kopf. Meine Güte, ich werde immer mehr zum Freak.

»Gefällt es dir, Jana?«, fragt Richard. »Oder ist es dir nun doch zu einsam hier draußen?«

Ich schiebe Jana, den Freak, beiseite.

»Es ist genau richtig, Onkel Richard.«

»Sehr schön. Dann zeige ich dir jetzt das Blockhaus.«

Wir schultern unsere Rucksäcke und ich folge meinem Onkel über den Strand.

Richard weist mit dem Kopf auf zwei graubraune Vögel, die

auf langen Beinen auf einem Felsen stehen und uns neugierig beäugen.

»Kanadakraniche«, erklärt er. »Und guck mal, der Vogel, der dort auf dem Treibholzast sitzt, der mit dem blauschwarzen Gefieder und dem markanten Schopf – das ist ein Diademhäher!«

»Ich werde hier noch zur Expertin«, sage ich. »Schade, dass man dieses Wissen als Ärztin nicht braucht.«

»Kenntnisse über die Natur kann *jeder* brauchen!«, entgegnet Richard im Brustton der Überzeugung, und ich verkneife mir ein Grinsen.

Als wir in den Wald eindringen, steigt mir der Duft der Zedern in die Nase, und auf einen Schlag ist alles grün und feucht: der von Farnen bedeckte Boden, die Bäume, sogar das Licht und die Luft. Lange Flechten hängen von den Zweigen, sämtliche Stämme sind von pelzigem Moos überzogen. Staunend blicke ich mich um. Mit den aufgeräumten Buchenwäldern, die ich aus Deutschland kenne, ist dieses kühle, tropfende Dickicht ebenso wenig zu vergleichen wie ein Wolfshund mit einem Zwergpudel. Instinktiv spüre ich, dass Richard und ich in diesem Urwald nicht die einzigen großen Lebewesen sind, und ich halte ich mich nah bei meinem Onkel.

Wir folgen einer Art Pfad, den wohl die Männer, die das Blockhaus errichtet haben, freigeschlagen haben. Ein Weg ist das eigentlich gar nicht – eher eine Schneise aus toten Pflanzen.

»Warum steht das Blockhaus denn nicht am Strand?«, frage ich. »Wäre das nicht einfacher gewesen?«

»Doch, aber es wäre bei Stürmen zu riskant. Hast du nicht das viele Treibholz gesehen? Das Meer holt sich alles in seiner Reichweite, was nicht niet- und nagelfest ist.«

Noch während Richard spricht, erreichen wir auch schon eine kleine Lichtung. Vor uns steht das Blockhaus: ein Sinnbild des Schutzes, stabil und neu, aus entrindeten Zedernstämmen.

Etliche Baumstümpfe säumen die Lichtung und bieten ein Bild der Zerstörung.

Richard macht eine weite Handbewegung, die den Pfad, das Blockhaus, die Baumstümpfe und das Klohäuschen umfasst, das sich am anderen Ende der Lichtung zwischen zwei Tannen versteckt. Fast entschuldigend sagt er: »In die Wildnis zu ziehen, bedeutet leider immer erst einmal, sie zu schädigen. Das ist unvermeidlich. Aber irgendwo müssen wir ja wohnen, nicht wahr?«

Ich nicke stumm.

»Ein Zelt reicht auf Dauer nicht aus, vor allem nicht im Winter.« Mein Onkel setzt umständlich seinen Rucksack ab. »Doch von nun an wird es besser. Wir haben jetzt fast alles, was wir brauchen, und müssen keinen Lärm mehr mit den Motorsägen machen. Die Tiere in der unmittelbaren Umgebung dürften sich bereits wieder beruhigt haben.«

Er klingt ein bisschen, als beruhige er hauptsächlich sich selbst. In diesem Moment werde ich mir eines dringenden Bedürfnisses bewusst, und so setze ich meinen Rucksack ebenfalls ab und deute mit dem Daumen auf das Klohäuschen.

»Ähm, dürfte ich mal?«

»Na klar. Dann hole ich die nächste Ladung Gepäck und die Lebensmittel, okay? Ach ja, hinter dem Klohäuschen hängt ein Kanister mit Wasser zum Händewaschen.« Richard kramt in seinem Rucksack und zieht ein Stück Seife mit einem Loch in der Mitte hervor, durch das eine Schnur gefädelt ist. »Die kannst du an den Baum hängen, neben den Kanister. Wobei der im Moment natürlich leer ist … Meinst du, du könntest ihn am Wasserfall auffüllen?«

»Natürlich«, sage ich leichthin.

Ich ahne ja nicht, was mit dieser harmlos anmutenden Aufgabe auf mich zukommt. Denn einen Kanister mit Wasser zu füllen, mag unter normalen Umständen eine Sache von höchstens einer halben Minute sein. Doch auf dieser Insel herrschen keine normalen Umstände, und das soll mir nur allzu schnell klar werden.

Mit drückender Blase umrunde ich das Klohäuschen. Zuerst hänge ich die Seife auf, dann löse ich das Seil, mit dem der Kanister am Ast befestigt ist. Ich laufe meinem Onkel hinterher zum Meer, und während er sich wieder ins Kanu setzt und zum Motorboot paddelt, stapfe ich den Strand entlang zur Steilwand.

Nasse Schwaden treiben mir entgegen. Ich kneife die Augen vor dem Sprühregen zusammen, als ich so nah wie möglich an den Wasserfall trete. Beherzt strecke ich die Arme aus und halte den Kanister hinein. Doch das herabstürzende Wasser reißt ihn mir beinahe aus den Händen, und hastig ziehe ich den Kanister zurück.

Mist! Wer hätte gedacht, dass ein solcher Mini-Wasserfall dermaßen viel Kraft hat?! Ich werde mir eine bessere Stelle zum Auffüllen suchen müssen.

Fünf Minuten später fluche ich wie ein Hafenarbeiter. Was für ein Aufwand, nur um sich nach dem Toilettengang die Hände waschen zu können! Erst beim x-ten Anlauf schaffe ich es, das schäumende Nass in den Kanister zu zwingen, und das auch nur zum Preis von feuchter Kleidung und schwappenden Schuhen. Aber immerhin: Der Kanister ist voll.

In grimmigem Triumph schraube ich den Deckel darauf. Dann schleppe ich das schwere Plastikgefäß über den Strand … und durch den Wald … und über die Lichtung … und dann kann ich endlich, endlich aufs Plumpsklo gehen.

Meine Erleichterung hält allerdings nur kurz an. Das windschiefe Hüttchen scheint nämlich ein beliebter Moskitotreffpunkt zu sein. Vor der Fensteröffnung ist zwar ein Mückennetz angebracht, aber das hält die Viecher offensichtlich eher drinnen als draußen. Um mich herum summt und surrt es ununterbrochen, und so schnell wie möglich flüchte ich wieder hinaus. Ich wasche mir die Hände mit der am Ast baumelnden Seife und dem kostbaren Wasser aus dem Kanister.

Ich hätte nie gedacht, dass es so anstrengend sein kann, auf die Toilette zu gehen. So langsam dämmert mir, worauf ich mich hier eingelassen habe.

Das Blockhaus ist nicht abgeschlossen – wozu auch, wir sind ja die einzigen Menschen ringsum –, und ich kann die Rucksäcke ungehindert hineintragen. Meine nassen Schuhe lasse ich draußen stehen und tappe barfuß über den Holzboden.

Das Häuschen besteht aus zwei Zimmern. Das erste ist der Wohnraum, in dem ein grob geschreinerter Tisch, zwei Stühle und ein Regal mit allerlei Krimskrams in Kisten stehen. Einen Herd gibt es nicht, dafür aber einen kleinen Propangaskocher und einen weiteren Wasserkanister. (Der natürlich erst noch befüllt werden muss.)

Das zweite Zimmer dient als Schlafraum, der allerdings bis auf zwei Schlafsäcke sowie zwei Isomatten, die zusammengerollt an der Wand lehnen, vollkommen leer ist. Halt, vollkommen leer stimmt nicht: Neben den Isomatten befindet sich eine Petroleumlampe. Ich muss grinsen. Keine Betten, kein Strom, kein Herd und kein fließendes Wasser, aber Licht zum abendlichen Lesen. Das nennt man hier dann wohl Luxus.

Am Abend sitzen Richard und ich mit zwei Tellern Spaghetti vor der Hütte. Wir hocken im Schneidersitz auf dem Boden, und zufrieden schiebe ich mir eine Gabel Nudeln in den Mund.

Ich habe das Gefühl, in den wenigen Stunden auf der Insel bereits so einiges gelernt zu haben.

Nämlich erstens, dass es im August auch im Kaltregenwald angenehm warm wird, wenn sich, wie gerade eben, die Abendsonne hervorwagt.

Zweitens, dass Spaghetti zu kochen hier einen ziemlichen Aufwand bedeutet: zum Wasserfall laufen, Küchenkanister füllen, Propangaskocher anwerfen, sehr lange warten, bis das Wasser auf dem kleinen Kocher endlich sprudelt. Und am Ende kommen dabei pappige, zusammenklebende Nudeln heraus – die aber trotzdem super schmecken, wenn man nur hungrig genug ist.

Drittens habe ich gelernt, dass man Geschirr *niemals* neben der Hütte abwäscht, sondern *immer* am Wasserfall. Außer man legt Wert auf nächtlichen Bärenbesuch, denn jegliche Nahrungsmittelreste, selbst in Form von Spülwasser, ziehen Schwarzbären an. Und mein Onkel will die Bären zwar beobachten, aber nicht, wie er vorhin trocken bemerkte, in den eigenen vier Wänden.

Der Gedanke an ein tödliches Raubtier neben meiner Isomatte versetzt meiner guten Laune einen kleinen Dämpfer, und so frage ich meinen Onkel: »Das Blockhaus ist aber schon, na ja, einigermaßen bärensicher. Oder nicht?«

»Selbstverständlich ist es das«, versichert Richard. »Tür und Wände sind sehr stabil, die Männer hier verstehen ihr Handwerk. Die Tür schließen wir nachts ab, und außen vor den Fenstern – die ein Bär natürlich eindrücken könnte – liegen Nagelbretter.«

Ich hatte mich schon gefragt, wozu die morschen Dinger mit den rostigen Nägeln gut sein sollen. Allerdings wirken sie nicht sehr abschreckend.

»Und diese Nagelbretter reichen als Schutz tatsächlich aus?«

»In der Regel schon. Außerdem haben wir ja immer noch das Bärenspray. Wir könnten im Notfall aber auch einfach Krach machen«, erklärt Richard unbekümmert. »Bären mögen menschlichen Lärm nämlich überhaupt nicht. Zwei Topfdeckel, die man gegeneinanderschlägt – glaub mir, einen besseren Bärenschutz gibt es nicht!«

Ich starre ihn an. »Wir sollen uns mit *Topfdeckeln* gegen angriffslustige Bären wehren?!«

»Hast du Angst?«, fragt Richard.

»Nein!« Ich räuspere mich. »Ein bisschen vielleicht.«

Mein Onkel schenkt mir ein nachsichtiges Lächeln und schweigt.

»Kann ich mir nicht eine Scheibe von dir abschneiden?«, frage ich verdrossen. »Deine Gelassenheit hätte ich auch gern.«

»Hast du doch, Jana. Du warst schon immer mutig, schon als kleines Kind.«

»Diese Zeiten sind vorbei.«

Vielleicht unwiderruflich vorbei, setze ich in Gedanken hinzu, und plötzlich überflutet mich Bitterkeit.

Abrupt stehe ich auf. »Ich gehe dann mal spülen.«

Halb erwarte ich, dass Richard nun das tut, was meine Eltern in den letzten Monaten getan haben, wenn meine Stimmung so unerwartet und heftig umschlug: dass er mich zurückhält, dass er auf mich einredet. Dass er sanft erklärt, er verstehe mich ja, ich müsse aber dennoch darüber hinwegkommen. Es sei an der Zeit, schließlich sei es schon viele Wochen her und ich habe doch im Grunde Glück im Unglück gehabt ... und so weiter und so fort. Worte, die zwar gut gemeint sind, die mich aber nicht erreichen. Denn niemand kann auch nur annähernd verstehen, wie sich so etwas anfühlt.

Konnte ich früher ja auch nicht.

Die Erinnerung stürzt heran.

Die Panik holt zum Schlag aus und meine Haut fängt an zu kribbeln wie von tausend Ameisen. Die Luft in meinen Lungen wird knapp, zu knapp, *viel* zu knapp, und während ich verzweifelt um Sauerstoff ringe, verschwimmt meine Umgebung und ich starre wieder in ihr fahles Gesicht, sehe den Blick aus stark verengten Pupillen, höre die Jungs sagen …

»Nimm deine Zahnbürste gleich mit, sonst musst du zweimal laufen. Wir waschen uns nämlich nicht hier, sondern am Wasserfall, ansonsten würden wir uns mit dem Kanister zu Tode schleppen.«

Richards ruhige, freundliche Stimme reißt mich aus der Vergangenheit zurück ins Jetzt. Ich blinzele und bin wieder auf der Insel, fern von anderen Menschen, in Sicherheit … wenn auch schweißgebadet.

Doch als die Angst nachlässt, bemerke ich Richards mitfühlenden Blick. Und vor Scham wird mein Gesicht brennend heiß.

Diese verfluchten Anfälle! Wann werden die endlich aufhören? Werde ich mich irgendwann gegen sie wehren können?

Und wie lange dauert es noch, bis mein Onkel es bereut, seine durchgeknallte Nichte mitgenommen zu haben – zwei Tage? Drei? Ob er es jetzt schon bereut?

Mit gesenktem Kopf gehe ich in die Hütte, hole mein Waschzeug, und ohne Onkel Richard in die Augen zu schauen, räume ich unser Geschirr zusammen und fliehe vollbepackt zum Wasserfall.

Luke

Goldene Regel, wenn du Stromschnellen reitest: Behalte die Gefahr im Blick, selbst wenn sie vorüber scheint!

Denn vorüber ist die Gefahr niemals.

Aber das ist ja auch der Kick an der Sache. Die Gefahr kann mich mal, der Tod kriegt mich nicht, ich lache ihm ins Gesicht und ich gewinne. Jeden Tag, jede Tour, jede Stromschnelle aufs Neue.

Wobei ich zugeben muss, dass das Gewinnen heute nicht *ganz* so einfach ist. Der Fluss nähert sich dem Pazifik und er gibt noch einmal alles, bevor er sich im großen Blau zwischen den Inseln auflösen muss. Weiß und schäumend tobt er voran, unterstützt von kräftigen Windböen, und ich kämpfe verbissen gegen Wasserwalzen, treibende Baumstämme und tückische Felsen, die erst in letzter Sekunde vor meinen Augen und der Linse meiner Cam auftauchen. Nebelfetzen hängen im Uferwald, das Licht ist von einem gräulichen Grün und für ein paar Sekunden spiele ich in Gedanken die möglichen Farbanpassungen durch, die ich später im Video vornehmen könnte … als die nächste Welle meine Konzentration schlagartig zurück in den Moment holt. Ich beuge mich leicht nach vorn, lasse das Kanu über die Gischt schießen – und schon habe ich es geschafft.

Euphorie durchpulst mich, der Triumph lässt meinen Körper prickeln bis in die Fingerspitzen und ich stoße einen Freudenschrei aus, bevor ich mich discipliniere und auf die goldene Regel besinne: Behalte die Gefahr im Blick, selbst wenn sie vorüber scheint! Denn die nächste Stromschnelle kommt bestimmt und auch sie wird meine gesamte Aufmerksamkeit erfordern, sodass in meinem Kopf kein Platz mehr ist für Emilys leeren Blick. Diesen Blick, der mich zur Verzweiflung treibt oder hellen Zorn in mir aufsteigen lässt, je nach Tagesform, sodass ich meine Schwester entweder in die Arme nehmen oder schütteln und anbrüllen möchte.

Kein Platz auch für Carolines bohrendes Nachfragen, ob wirklich, *wirklich* alles wieder gut ist, kein Platz für meine Zerrissenheit ihr gegenüber, für meine Anspannung, wenn ihre Lippen sich auf meine legen, kein Platz für die Frage, warum dieser eine beschissene Moment so beharrlich zwischen uns steht. Nach allem, was Caroline für mich getan hat …

Das Kanu wird herumgerissen und beinahe kentere ich, sehe meine Gliedmaßen schon als blutigen Matsch auf den Felsen kleben, durch die das Boot in diesem Augenblick geschleudert wird. Doch ein paar rasende Herzschläge später, mit mehr Glück, als ich wahrscheinlich verdient habe, ist es vorbei – der Fluss fließt ruhiger, das Kanu hat sich gefangen. Und das Beste: Ich sitze immer noch darin. Und ich bin *nicht* tot.

Wieder kribbelt mein ganzer Körper, aber nun vor Schreck, denn mir wird bewusst, dass es diesmal knapp war.

Es war verdammt knapp.

Aber ich habe überlebt … und somit doch wieder gewonnen.

Ich grinse, dann lache ich auf, und in trotzigem, finsterem Jubel recke ich die Faust in die Luft.

Jana

Die ersten Tage auf der Insel sind wohltuend ruhig, einlullend gleichförmig.

Sie sind die Ruhe vor dem Sturm.

Doch das ahne ich noch nicht.

Jetzt, zu Anfang, mache ich mir lediglich Gedanken über die fehlenden Annehmlichkeiten der Zivilisation: Es gibt keine Dusche, also bin ich zur Katzenwäsche am eisigen Wasserfall gezwungen. Es gibt keine Milch, da es auch keinen Kühlschrank gibt, also müssen Richard und ich unseren Kaffee schwarz trinken. Überflüssig zu erwähnen, dass wir mangels Strom und Kaffeemaschine nur Instantplörre zustande bringen und dass wir ausschließlich Dinge essen, die weder gekühlt noch aufwendig zubereitet werden müssen. Denn wir haben ja nur den kleinen Propangaskocher, und das macht die Auswahl an warmen Gerichten sehr übersichtlich.

Aber erstaunlich schnell gewöhne ich mich an diese Einschränkungen. Dann esse ich eben Tag für Tag trockenen Toast, Reis und Nudeln. Wasche ich mich eben mit biologisch abbaubarer, seltsam riechender Seife am Wasserfall, bei Regen ebenso wie bei Sonnenschein. Auf der Insel wird das alles unwichtig. Denn das unkomfortable Leben hier bietet mir als Ausgleich zwei riesige Vorteile: Einsamkeit. Und maximale Freiheit.

Ich stehe auf, wenn die Strahlen der Morgensonne mich wecken oder die aufs Dach trommelnden Regentropfen oder Onkel Richards gemurmelte Selbstgespräche. Wann ich will eben. Vormittags gehe ich meist langsam am Strand entlang, bis mich Treibgut und stacheliges Gestrüpp aufhalten, und dann kehre ich gleichmütig wieder um. Ich lese, lese, lese … tagsüber, abends und nachts. Ich sitze im feuchten Sand und beobachte die Seehunde, die ihre glatten Köpfchen aus dem Wasser strecken und wiederum mich beobachten. Einmal erblicke ich sogar, sehr weit draußen, eine Gruppe Orcas. Ihre gewaltigen schwarzen Finnen durchschneiden das Meer, und einer der majestätischen Kolosse macht einen Luftsprung, der das Wasser zum Kochen bringt. Noch Stunden später bin ich von diesem Erlebnis ergriffen.

Es ist ein selbstvergessenes Paradies, und mit jeder Stunde, die ich auf diese Weise vor mich hinlebe, entspanne ich mich ein wenig mehr. Ich habe keine weitere Panikattacke bekommen. Ich habe bisher auch nicht mehr von *der Sache* geträumt. Irgendwie habe ich sie … weggepackt; genau wie meine Uhr, die ich auf der Insel nicht brauche, oder mein Handy, das sowieso nicht funktioniert, denn weder kann ich es aufladen noch gibt es ein Netz. Mir ist das nur recht – so fühle ich mich gar nicht erst verpflichtet, mich zu Hause zu melden. Noch in Victoria hatte Onkel Richard meine Eltern vorgewarnt, dass sie für die restliche Dauer meines Besuches nichts mehr von mir hören werden. Mama und Papa machen sich also keine Sorgen, und ich kann mich guten Gewissens hier verkriechen.

Tante Grace verkriecht sich auch, mit dem Unterschied, dass sie es an der Uni in Victoria tut. Sie und Richard haben ausgemacht, dass er sie während seiner Abwesenheit komplett in Ruhe lässt, damit sie ihre Arbeit so schnell wie möglich abschließen kann. Nur im Notfall wollen die zwei sich beieinander melden, per Satellitenhandy. Dieses Handy, ein hässliches Gerät mit dem Gewicht und der Eleganz eines Ziegelsteins, schleppt Richard immer und überall mit sich herum. Es könne, wie er mir mit erhobenem Zeigefinger erklärte, in der Wildnis nämlich lebensrettend sein. Das wertvolle Teil steckt auch stets in einer Plastiktüte, damit es gegen Regen und Spritzwasser geschützt ist und auf gar keinen Fall den Geist aufgibt. Ich frage mich zwar, wie ein Handy einem noch helfen soll, wenn man sich einem angriffslustigen Wolf oder Schwarzbären gegenübersieht, aber wenn Richard meint …

Ihn scheint es glücklicherweise nicht zu stören, dass im Moment weder seine Frau noch seine Nichte sonderlich an Kommunikation interessiert sind. Richard unternimmt seine Erkundungstouren, und das reicht ihm, dem Vollblutwissenschaftler, an Unterhaltung vollkommen aus.

So fließen die Tage ineinander über, sanft und ereignislos. Es ist ein bisschen, wie zu schlafen, ohne zu träumen: durchaus angenehm. Nur das Gefühl, lebendig – oder gar *glücklich* –

zu sein, fehlt. Und ein Teil von mir nimmt das auch zur Kenntnis.

Aber der andere, weit größere Teil ist einfach nur froh, nicht von Flashbacks gequält zu werden. Ich bin unerreichbar, ja unsichtbar geworden für die Welt, und genau das wollte ich doch, oder nicht?

Also schiebe ich das Gefühl, mich in einem nebeligen emotionalen Niemandsland aufzuhalten, beiseite. Stoisch gehe ich meiner Wege, und meinen Onkel lasse ich die seinen gehen. Wobei *meine* Wege stets kurz sind, denn ich bleibe schön dort, wo ich mich sicher fühle: beim Blockhaus und am Strand.

Richard hingegen dringt tief in den Urwald ein; nach dem Frühstück bekomme ich ihn praktisch nicht mehr zu sehen. In der Regel kehrt er erst am Nachmittag zurück, mit zerschrammten Armen und leuchtenden Augen, und meistens bringt er etwas mit: eine Feder etwa oder ein aufschlussreiches Stück Knochen. Manchmal erzählt er aber auch nur von seinen Entdeckungen – so wie heute.

Wir setzen uns zusammen an den Strand, um der Abendsonne zuzusehen, die rechts von uns in flammendem Orange und Violett im Meer verschwindet. Gut gelaunt berichtet mein Onkel, worauf er an diesem Tag gestoßen ist: auf schmale Pfade unweit der Steilwand, die Generationen von Tieren in den harten Granit getreten haben müssen.

»Ich vermute, dass das Wolfspfade sind.« Richard reibt sich die Hände. »So nah an unserem Blockhaus! Das ist gut, das ist sogar sehr gut. Wenn man Fallen direkt an Wolfspfaden aufstellt, kann man nämlich sicher sein, im Handumdrehen ein paar Tiere zu fangen.«

»Ihr wollt die Wölfe einfangen? Warum das denn?«

»Um sie mit Peilsendern auszustatten«, erklärt Richard. »Diese Sender ermöglichen es uns, den Tieren zu folgen und sie zu beobachten. Per Hubschrauber zum Beispiel, oder mit einem kleinen Flugzeug. Egal wohin es die Wölfe verschlägt, wir verlieren sie nicht, selbst wenn sie die Insel verlassen, um ihr Jagdgebiet zu erweitern. Wusstest du, dass die Küstenwölfe hervorragend schwimmen können, sogar durchs Meer, und zwar bis zu dreizehn Kilometer weit? Dreizehn Kilometer, Jana! Trotz hoher Wellen, trotz der Gezeitenströmungen! Ist das nicht beeindruckend?«

»Das ist es«, stimme ich zu. »Aber werden die Wölfe durch eure Fallen denn nicht verletzt?«

»Normalerweise nicht. Es sind Fallen mit Stahlseilschlingen, die halten den Wolf lediglich fest. Allerdings …« Richard hebt bedauernd die Hände. »Nun ja. Es gibt schon Wölfe, die so in Panik geraten, dass sie sich selbst ein Bein abbeißen, nur um freizukommen.«

Entsetzt blicke ich ihn an. »Wie schrecklich!«

»Ja«, sagt Richard und seufzt. »Aber das ist wirklich die Ausnahme. Die meisten Wölfe überstehen das Ganze sehr gut. Möchtest du wissen, wie so eine Untersuchung abläuft?«

Er wartet meine Antwort gar nicht erst ab.

»Also, zunächst wird der Wolf mit einem Medikament ruhiggestellt. Wir tätowieren ihn, um ihn später eindeutig identifizieren zu können, und dann legen wir ihm das Halsband mit dem Peilsender an. Wir nehmen ihm Blut ab, und wir ziehen ihm einen Zahn, um sein Alter bestimmen zu können. Außerdem wird der Wolf noch gewogen. Er ist nicht bewusstlos, kriegt also das meiste mit, aber ich schätze, es fühlt sich für ihn an wie … ein Traum.«

»Der arme Wolf«, sage ich mitleidig. »Warum betäubt ihr ihn denn nicht so, dass er richtig schläft und nichts von euren Untersuchungen mitbekommt?«

»Weil das Beruhigungsmittel Atmung und Herzschlag gefährlich absinken lassen kann, wenn man es zu hoch dosiert.«

Ich schweige. Wenn ich jetzt etwas sagen würde, dann wäre es nichts Nettes, und ich möchte mich nicht streiten. Mein Onkel und meine Tante tun schließlich nur ihre Arbeit.

Richard schenkt mir ein aufmunterndes Lächeln. »Jetzt guck nicht so betrübt, Jana. Glaub mir, nach kurzer Zeit hat sich der Wolf wieder erholt und bis auf den Peilsender ist für ihn alles beim Alten.«

»Wahrscheinlich hast du recht«, erwidere ich zögernd.

Richard steht auf und klopft sich den Sand von den Hosenbeinen. »Na, dann!«, sagt er etwas kurz angebunden.

Die Sonne ist untergegangen. Tiefe Schatten legen sich über den Strand, und so laufen wir zurück zum Blockhaus.

Jeder von uns hängt seinen Gedanken nach.

Dass Richards Erkundungstouren vor allem dem Zweck dienen, die besten Plätze für seine Wolfsfallen auszukundschaften, war mir bisher nicht klar gewesen.

Auch wenn es mir nicht gefällt, beruhige ich mich damit, dass Richard und Grace die Wölfe ja nicht töten und auch nicht absichtlich verletzen. Sie möchten lediglich ihr Verhalten erforschen. Und das ist – trotz der rüden Methoden – schließlich kein Verbrechen.

Wir reden nicht mehr viel an diesem Abend. Stattdessen legen wir uns früh auf unsere Isomatten und lesen, Richard ein Fachbuch und ich meinen Roman.

Warum auch nicht?

Wir können ja nicht ahnen, dass dies unsere letzten gemeinsamen Stunden sind.

Luke

Ich sitze im Schneidersitz vor dem Zelt.

Eine salzige Brise weht mir um die Nase, und die Vorfreude malt mir ein Lächeln aufs Gesicht. Denn ab morgen werde ich das Kanu nicht mehr über Stromschnellen lenken, sondern über das Meer.

Der Pazifik ist nicht offen in dieser Gegend, sondern ein Flickenteppich aus Wasser und Land. Deshalb ist das Meer hier etwas sanfter als weiter draußen, und wenn man ein bisschen Erfahrung hat, kann man in den Kanälen zwischen den vielen Inseln problemlos herumpaddeln.

Okay, vielleicht nicht *problemlos.*

Und *ein bisschen* Erfahrung reicht wahrscheinlich auch nicht aus.

Aber ich bin kein Anfänger, ich habe keine Angst und ich mache so etwas nicht zum ersten Mal. Weil ich es nämlich liebe, unbewohnte Inseln zu umrunden und Neuland zu entdecken – und wo ginge das besser als hier?

Neuland.

Ich lege den Kopf in den Nacken und blicke in den schwarzen Himmel, an dem eine Milliarde Sterne funkeln. In Vancouver werde ich nachts nur einen Bruchteil davon sehen, da die Lichter der Stadt das Sternenlicht schlucken.

Ist es in Ordnung, dass ich fürs Studium fortgehe?

Darf ich Emily und Caroline zurücklassen, einfach so?

»Nicht einfach so«, murmele ich, und meine zweifelnde Stimme vermischt sich mit den Geräuschen der Nacht, dem Wispern, Knacksen und Rascheln in Zweigen und Blättern. »Nicht einfach so!«

Ich rufe mir in Erinnerung, was Doug mir seit ein paar Monaten unermüdlich predigt: dass ich meiner Schwester nichts Gutes tue, sondern ihr bloß ein schlechtes Gewissen aufbürde, wenn ich ihr zuliebe zu Hause bleibe. Dass ich meine Zukunft nicht verspielen, meine beruflichen Träume nicht aufgeben darf. Dass laut der Mythologie der First Nations der Lachs sozusagen mein Sternzeichen ist und dass ich als »Lachsgeborener« nicht nur lernen muss, meine Stärke und Energie zu beherrschen, sondern auch, mein Verantwortungsgefühl zu begrenzen ... und es manchmal sogar loszulassen.

Alles schön und gut. Aber meine kleine Schwester loslassen, sodass sie versinkt?

Das geht gar nicht.

Zu meinem Ärger brennen plötzlich Tränen in meinen Augen.

Doch seit jener Nacht, als Caroline mich gefunden hat, habe ich es mir nicht mehr erlaubt zu weinen, und auch heute wische ich mir nur wütend übers Gesicht und krieche ins Zelt.

Das wird schon. Irgendwie wird es schon werden.

Mit dieser müden Lüge schlafe ich ein.

Jana

Eine laute Stimme dringt in meinen Traum. »Guten Morgen, Jana. Tut mir leid, aber ich muss dich kurz wecken.«

Ich blinzele zu Richard hoch. Fix und fertig angezogen steht er neben meiner Isomatte; sogar Schuhe hat er schon an. Dabei dringt durch die Ritzen der Fensterläden noch nicht einmal das Morgenlicht.

»Ist etwas passiert?«, murmele ich verschlafen.

»Nein, nein. Aber ich wollte nicht einfach weg sein, wenn du aufwachst.«

»Weg?« Verwirrt rappele ich mich auf.

»Nur bis heute Abend. Allerdings könnte es etwas später werden, deshalb wollte ich dir Bescheid geben«, sagt Richard. »So, und nun schlaf schön weiter – und ich mache mich auf die Socken!«

»Warte, bitte.« Ich fahre mir durch die vom Schlaf zerzausten Haare. »Wohin gehst du denn? Ich meine, ist heute irgendetwas Besonderes?«

»Nein, ich mache nur eine Tour mit dem Motorboot.«

Fragend hebe ich die Brauen und warte stumm auf weitere Erklärungen.

»Na gut.« Mein Onkel seufzt. »Ich fahre heute um die Insel und suche nach geeigneten Stellen für unsere Fallen.«

»Oh.«

»Ich weiß, dass dir das mit den Wolfsfallen nicht gefällt«, sagt mein Onkel ernst. »Aber dafür bin ich hier, das ist meine Arbeit. Es ist die *Voraussetzung* für meine Arbeit. Und das musst du akzeptieren.«

»Muss ich wohl«, murmele ich, und wieder seufzt mein Onkel.

»Wie auch immer. Ich werde an der Insel entlang Richtung Norden fahren, und das wird eine Weile dauern«, sagt er. »Ich nehme das Kanu mit, damit ich zwischendurch an Land paddeln kann. Ich will mir ein genaueres Bild von der Insel machen, verstehst du? Nach weiteren Wolfspfaden suchen, nach möglichen Schlafplätzen des Rudels, nach Wurfhöhlen und so weiter.«

»Aber … du hast gestern doch schon einen Wolfspfad gefunden. Darüber hast du dich doch so gefreut.«

»Ja, und der Pfad ist auch vielversprechend. Aber natürlich ist *eine* Falle nicht genug, Jana. Wir brauchen viele Fallen, über die gesamte Insel verteilt. Nur so werden Grace und ich die Chance haben, ausreichend viele Wölfe mit Peilsendern auszustatten.«

»Eine mit Fallen gespickte Insel.« Ich sehe ihn an. »Wenn ich ein Wolf wäre, fände ich das ganz schön ätzend.«

»Du bist aber kein Wolf«, sagt mein Onkel fest und wendet sich zum Gehen. »Mach dir einen netten Tag. Oder möchtest du mitkommen?«

Ich schüttele den Kopf.

»Das dachte ich mir.« Richard nickt mir zu. »Tschüs, Jana. Bis heute Abend.«

Und dann ist er fort.

Bald nachdem Richard aufgebrochen ist, weicht der Frühnebel einem blitzblauen Himmel.

Ich nutze das schöne, warme Wetter, um mir am Wasserfall die Haare zu waschen. Dank der komischen Bioseife sind sie danach völlig verfilzt, und ich brauche ewig, um sie zu entwirren. Aber ich habe ja nichts anderes vor.

Gegen Mittag spaziere ich dann mit frisch gewaschenen, frisch entwirrten Haaren den Strand entlang.

Ich koche mir Reis mit Dosentomaten.

Anschließend lese ich meinen Achthundert-Seiten-Wälzer zu Ende, und dann lege ich mich auf die Lichtung in die Sonne und beobachte müßig einen Diademhäher, der sich auf einem Zedernzweig das Gefieder putzt.

Es wird Abend, und nun müsste Richard eigentlich zurückkommen.

Doch das tut er nicht.

Aber er hat ja gesagt, es würde heute später werden. Ich gehe noch einmal zum Wasserfall und fülle unsere beiden Kanister auf. Ich umrunde die Blockhütte und überprüfe, ob die Nagelbretter noch vor den Fenstern liegen. Und als ich damit fertig bin, ist Richard immer noch nicht da.

Ich laufe zum Strand und halte nach meinem Onkel Ausschau. Unruhig blicke ich übers Meer. Die Strahlen der untergehenden Sonne lassen das Wasser aussehen wie flüssiges Gold. Hübsch eigentlich, aber ich habe jetzt keinen Sinn für die Schönheit der Natur.

Was hat Richard wohl mit »später als sonst« gemeint: bloß später als spätnachmittags – oder *wirklich* spät? Aber kann er denn im Dunkeln mit dem Kanu zur Insel zurückrudern? Ist das nicht saugefährlich?

Noch ist es ja nicht dunkel. Ich werde jetzt auf ihn warten, und dann … wird er schon kommen. Ich setze mich in den Sand und schlinge mir die Arme um die Knie.

Die Sonne ist im Meer versunken. Von Richards Motorboot ist weit und breit nichts zu sehen. Geschweige denn von seinem Kanu.

Ob mein Onkel heute Nacht auf dem Boot schläft? Bleibt er vielleicht so lange weg, weil ihn meine Reaktion auf die Wolfsfallen genervt hat? Ich finde es nicht in Ordnung, dass er einfach nicht zurückkommt.

Und eigentlich passt es auch nicht zu ihm.

Widerstrebend stehe ich auf, und durch den dunkler werdenden Wald gehe ich langsam zurück zum Blockhaus.

In unseren vier Wänden ist es schon düster. Ich zünde die Petroleumlampe und mehrere Kerzen an.

Dann warte ich.

Aber Richard kommt nicht zurück, nicht nach einer Stunde, und auch nicht nach zwei.

Draußen ist es mittlerweile stockdunkel.

Ruhig Blut, sage ich mir, ruhig Blut. Es ist bestimmt nichts passiert! Vielleicht ... vielleicht hat die Dämmerung ihn einfach überrascht. Vielleicht hat er eine tolle Entdeckung gemacht und darüber die Zeit vergessen. Sicher kommt Richard morgen im Laufe des Tages zurück. Und sicher wird er eine gute Erklärung für sein Fortbleiben haben. Er kann mich halt nicht anrufen, um mir Bescheid zu geben, das ist alles. Und ich kann ihn nicht anrufen, um nachzufragen.

Ich kann *überhaupt niemanden* anrufen!, schießt es mir durch den Kopf. Selbst dann nicht, wenn Richard etwas zugestoßen ist und er auch morgen nicht zurückkehrt, ich bin völlig abgeschnitten von der Außenwelt, ich ...

Energisch verbiete ich es mir, meine panischen Gedanken weiter zu verfolgen. Bestimmt liegt Richard gemütlich in seiner Koje auf dem Motorboot, und ich mache mich hier ganz umsonst verrückt.

Ich puste die Kerzen aus, kuschele mich in meinen Schlafsack, greife nach Teil zwei des Achthundert-Seiten-Wälzers und lese mich verbissen müde. Dann lösche ich die Petroleumlampe. Ich werde jetzt schlafen, und morgen ist Richard wieder da.

Hundertprozentig!

Mitten in der Nacht schrecke ich hoch.

Etwas ist anders als sonst. Ich komme nicht gleich darauf, doch dann fällt es mir wieder ein: Richard ist weg. Ich bin mutterseelenallein.

So sehr mir das Gefühl, keine anderen Menschen um mich zu haben, in den letzten Tagen gefallen hat, so sehr erschreckt es mich jetzt. *Ganz* allein zu sein ist irgendwie nicht dasselbe, wie allein mit meinem Onkel zu sein.

Wo ist Richard???

Die Schwärze im Blockhaus ist undurchdringlich, und in meinen Ohren fängt es an zu rauschen. Eigentlich habe ich keine Angst im Dunkeln. Aber eigentlich habe ich ja auch keine Angst vor tiefem Wasser.

Starr liege ich in meinem Schlafsack, und mit einem Mal finde ich es verdammt gruselig, nur durch ein paar Holzwände von der nächtlichen Wildnis getrennt zu sein. Zumal von draußen merkwürdige Geräusche zu hören sind, ein Kratzen, ein Schaben … wie wenn sich ein Tier an der Holzwand reiben würde … zum Beispiel ein … Bär?

Meine Handflächen werden feucht. Oh Gott, liegen die Nagelbretter noch unter den Fenstern?!

»Natürlich liegen sie noch da, du Feigling!«, schimpfe ich laut. »Das hast du vorhin noch überprüft.«

Meine Stimme hat das … Tier … offensichtlich dazu gebracht, innezuhalten. Was auch immer es gerade getan hat, nun ist es leise. Kein Schaben mehr. Kein Kratzen. Beobachtet das Tier mich etwa?!

»Oh Mann, Jana!«, rufe ich, wenn auch nur, um diese bedrohliche Stille zu durchbrechen, »wie soll das Tier dich beobachten, wenn die Fensterläden geschlossen sind? Komm mal runter und vergiss die Paranoia!«

Es ist absurd. Da liege ich herum und streite mit mir selbst, während draußen etwas lauert und ich besser sofort zu den Töpfen stürzen sollte. Topfdeckel gegeneinanderschlagen: das beste Mittel zur Bärenabwehr! Apropos, wo ist das Bärenspray? Das hat Onkel Richard doch nicht etwa mitgenommen?

Kalte Angst kriecht mir die Wirbelsäule hoch, als mir klar wird, dass ich nicht nur allein bin, sondern auch völlig schutzlos, ohne Waffen und ohne ausreichendes Wissen über ... was auch immer sich da draußen herumtreibt. Wie soll ich das hier überstehen, wenn dort wirklich ein Raubtier lauert? Kann ein Bär oder Wolf oder Luchs nicht doch die Tür eindrücken, das lächerliche Nagelbrett überwinden, durch die Fensterläden brechen, wenn seine Entschlossenheit und sein Hunger nur groß genug sind und es aus dem Inneren der Hütte so verlockend riecht, nach Lebensmittelvorräten, nach wehrlosem Menschen?

Ein kleiner Teil von mir weiß, dass meine Furcht irrational und überzogen ist. Menschen werden in Kanada nur äußerst selten von Raubtieren angegriffen.

Doch »äußerst selten« ist nicht »nie«, und in der Schwärze der Nacht reicht das vollkommen aus, um mich versteinern zu lassen, während in das Wesen vor meinem Fenster wieder Leben kommt. Die Wände des Blockhauses knarren und ächzen, und ich fühle mich der feindlichen Natur ausgeliefert wie ein

Steinzeitmensch – in die Ecke getrieben in einer Höhle, die zur tödlichen Falle geworden ist. Panik schießt in mir hoch wie eine Lava-Fontäne.

Und es gibt nichts in mir, das ich ihr entgegensetzen könnte.

All meine Ängste vermischen sich, nähren einander, dehnen sich aus, wachsen und wuchern, schöpfen grausame Kraft aus meinen Erinnerungen – bis sie über mir zusammenschlagen und sich in einem Flashback entladen, der mich mit gnadenloser Gewalt aus der Realität katapultiert. Die Blockhütte löst sich in Luft auf, blind und taub greife ich mir an den Hals, und ich fange an zu schreien.

Die Insel

Die neugierigen Welpen sind die ersten, die es wagen.

Langsam, vorsichtig schleichen sie sich heran.

Sie schnuppern, trauen sich näher, stupsen das seltsame Wesen mit ihren feuchten Nasen an, und als es einen Laut von sich gibt – einen seltsamen Laut, weder Knurren noch Grollen noch Heulen, nichts, was die Welpen von ihren Eltern kennen –, springen sie hastig zurück.

Es riecht zwar gut, dieses Wesen, nach Fleisch und heißem Blut.

Aber es riecht auch gefährlich, und etwas in den Welpen warnt sie eindringlich davor, zuzubeißen.

Der Vorwitzigste von ihnen zögert.

Doch dann macht auch er kehrt, und gemeinsam trollen sich die Welpen zu ihren Eltern an den Strand.

Im Dunkeln splittern Knochen. Das Rudel frisst und spielt, die Kleinen planschen in den Wellen und balgen ausgelassen miteinander, die Alten stupsen sich mit ihren Schnauzen gegenseitig an.

Sie sind wild und frei und unversehrt, und als der Tag dämmert, verschwinden die Wölfe im Wald.

Das seltsame Wesen stöhnt.

Dann beugt es sich zum Wasserfall und trinkt.

Jana

Mechanisch rühre ich in meinem Kaffee.

Völlig sinnlos, denn mangels Milch ist er ja schwarz. Andererseits: In einem Kaffee ohne Milch herumzurühren, ist auch nicht dümmer, als sich mit den immer gleichen Erinnerungen zu quälen. Stichwort Flashbacks. Ich meine, warum veranstaltet mein Gehirn den Mist überhaupt? Diese Anfälle nützen ihm doch nichts! Sie nützen *mir* nichts. Sie helfen mir kein bisschen, mit der Vergangenheit abzuschließen, sondern führen lediglich dazu, dass ich übernächtigt und missmutig bin und deutlich mehr Koffein brauche als sonst.

Wie lange das Kaffeepulver wohl noch reicht?

Ich knalle den Löffel auf den Holztisch und springe auf. Was für eine bescheuerte Frage! Als hätte Onkel Richard Schiffbruch erlitten und ich müsse nun auf der Insel überwintern, und als sei mein dringlichstes Problem in diesem Fall der Kaffeenachschub.

So langsam drehe ich wirklich durch.

Ich stürze aus der Hütte und renne durch den Wald. Vielleicht ist Onkel Richards Boot schon in Sichtweite … vielleicht kommt er heute ja doch wieder zurück! Vielleicht ist ihm gar nichts passiert, vielleicht mache ich mir umsonst Sorgen, vielleicht muss ich gar nicht hier überwintern, ohne Nahrung, ohne Kaffeepulver und ohne Verstand … Keuchend erreiche ich den Strand.

Und bleibe abrupt stehen. Denn mit dem Rücken zu mir, die rechte Hand auf den linken Oberarm gepresst, steht ein junger Mann.

»Wer zum Teufel …?«, japse ich, und als der Typ meine Stimme hört, dreht er sich um.

Obwohl er breite Schultern hat, ist er kaum älter als ich. Er ist klatschnass, sein T-Shirt und die kurze Hose kleben ihm am Körper, und dort, wo er die Hand auf den Arm drückt, quillt Blut hervor und tropft auf den Sand.

Mein Verstand ist noch nicht so weit, doch mein Körper reagiert instinktiv: Mein Herz schlägt wie verrückt, mein Mund wird trocken, meine Beine fangen an zu zittern. Eine plötzliche, heiße Panik ergreift mich, eine Angst, die so ursprünglich ist wie die Furcht vor einem wilden Tier. Und nun ziehen auch meine Gedanken nach: Mir steht ein fremder Mann gegenüber, und wir sind ganz allein auf einer verlassenen Insel.

Fliehen oder kämpfen, fliehen oder kämpfen, pocht mein Herz.

Der Typ sagt gar nichts. Er steht reglos da, hält seinen verletzten Arm und mustert mich überrascht.

Die Panik weicht ein kleines Stückchen zurück – und macht damit Platz für Fragen.

Wie ist er hierhergekommen, da doch weit und breit kein Boot zu sehen ist? Wer ist er, und warum ist er verletzt? Mein Verstand rattert die Fragen nur so herunter.

Doch zu dem Typen sage ich bloß stotternd: »Ich … Kann ich dir helfen?«

Muss er mich so durchdringend anstarren?

Ich beiße die Zähne zusammen. Sage mir, dass es nichts mit bösen Hintergedanken seinerseits zu tun hat und schon gar nichts damit, dass er mich schon einmal gesehen hat. Ich sollte es doch inzwischen gewöhnt sein: das ungläubige Augenaufreißen, den entrückten Blick, den offen stehenden Mund … Wobei der nasse, blutende Kerl mir zumindest den Gefallen tut, sich ungewöhnlich schnell wieder zu fangen. Nach kaum drei Sekunden klappt er den Mund wieder zu.

Er atmet tief durch.

Dann sagt er grimmig: »Wenn du so fragst – ein Satellitenhandy wäre nicht schlecht. Meines steckt nämlich in meiner Scheißschwimmweste, und die treibt irgendwo im Scheißpazifik, genau wie mein Scheißkanu.«

Okay, da ist einer wohl so richtig sauer.

»Du bist gekentert?«, frage ich und mache einen vorsichtigen Schritt auf ihn zu.

Sein Kinn ruckt in Richtung Treibholz. »Ich bin an der Insel entlanggepaddelt, und plötzlich wurde mein Kanu in die Strömung unter diesem Holzverhau gezogen. Oh Mann, ich hätte es wissen müssen. Warum habe ich nicht mehr Abstand gehalten?!«

Während er so mitleiderregend vor sich hin schimpft, verfliegt meine Angst immer mehr, bis sie nur noch eine kleine, warnende Stimme in meinem Hinterkopf ist. Mein Blick geht zum Treibholz. Ich kenne mich im Kanufahren nicht besonders gut aus, aber so viel weiß ich: Wenn ein Boot erst einmal in einer solchen Verblockung drinhängt, kommt man nicht mehr da raus. Man klebt fest wie in einem Sieb, durch das die Strömung ständig Wasser presst. Ein Wunder, dass der Typ es ohne Hilfe aus dem Kanu und bis zum Strand geschafft hat.

»Wir könnten dein Kanu gemeinsam aus dem Treibholz befreien«, sage ich zögernd, auch wenn ich keine Ahnung habe, wie.

»Hast du nicht zugehört?«, meint er unwirsch. »Das blöde Ding treibt längst im offenen Meer, das kann ich abschreiben!«

Ich verschränke die Arme vor der Brust. Ziemlich unfreundlich, dieser Kanufahrer ohne Kanu. Als wäre es meine Schuld, dass er sein doofes Boot verloren hat. Nun ja, er hatte einen Unfall. Gute Laune ist da wohl zu viel verlangt.

Ich versuche, nicht genervt zu klingen, als ich sage: »Wie wäre es, wenn du mir etwas genauer erzählst, was passiert ist?«

Dazu hat der Typ keinerlei Lust, das sehe ich ihm an. Doch er will es sich anscheinend auch nicht mit mir verscherzen, und so berichtet er zähneknirschend, dass er nicht nur mit seinem Kanu in der Verblockung feststeckte, sondern dass sich seine Schwimmweste zudem im Geäst verhakt hatte. Ihm war klar, dass er so schnell wie möglich aus dem Wasser musste, weil ihm sonst eine lebensgefährliche Unterkühlung drohte, und so kämpfte er sich aus der Weste, hievte sich auf das Treibholz und zog sich ans Ufer, wobei er sich am Oberarm verletzte. Mit Müh und Not schaffte er es an Land – als eine Windböe kam und heftige Wellen mitbrachte.

»Alles wurde losgerissen und in den Pazifik getrieben«, endet er wütend. »Alles! Mein Kanu, meine Weste, meine technische Ausrüstung, mein gesamtes Gepäck. FUCK!«

Ich kaue auf meiner Unterlippe. Leider muss ich das Ganze jetzt noch schlimmer machen.

»Du hast vorhin nach einem Satellitenhandy gefragt. Ich würde dir ja gerne helfen, aber ich habe keins, und mein Onkel hat seines mitgenommen. Das macht er immer.«

»Verstehe«, sagt er knapp. »Was ist mit einem Laptop? Einem Tablet? WLAN?«

»Hier?« Ich schnaube. »Machst du Witze?«

»Okay, also nicht. Habt ihr dann zumindest ein Boot?«

»Ja, aber damit ist mein Onkel unterwegs.«

»Ein Funkgerät?«

Ich schüttele den Kopf.

»Du kannst niemanden kontaktieren?!«

»Nein.«

»Und wer außer dir und deinem Onkel wohnt sonst noch auf dieser Insel?«

»Na ja … keiner«, gebe ich zu. »Abgesehen von zwei kreativen Aussteigern aus Vancouver, den Robinsons. Aber ihre Hütte ist zwanzig Kilometer Luftlinie von hier entfernt.«

Der Typ stöhnt auf. Er murmelt etwas, das wie »selbst schuld, du Idiot« und »verfluchtes Neuland!« klingt, und ich sage hastig: »Mein Onkel müsste allerdings jeden Augenblick zurückkommen. Er wurde nur, ähm … aufgehalten.«

Aufgehalten. Wahrscheinlich stimmt das ja sogar, irgendwie.

Und weil der Typ verletzt und durchnässt ist und vor Kälte schon blaue Lippen hat, fühle ich mich verpflichtet, hinzuzusetzen: »Du kannst mit zum Blockhaus kommen, wenn du möchtest. Mein Onkel hat bestimmt nichts dagegen, wenn ich dir ein paar seiner Klamotten leihe. Und verbinden sollten wir dich auch.«

Interessant, die Insel scheint mich bereits stärker beeinflusst zu haben, als ich dachte. In Deutschland würde ich nie im Leben einen wildfremden Kerl zu mir nach Hause einladen. Besonders nicht, wenn ich völlig allein wäre.

Für zwei, drei Herzschläge schaut der Typ mich nur an.

Dann sagt er widerwillig: »Danke. Das wird wohl das Beste sein.«

Seit einer gefühlten Ewigkeit stehe ich vor dem Blockhaus.

Gereizt frage ich mich, wie viel Zeit der Typ wohl *noch* braucht, um sich umzuziehen. Wieso dauert es dermaßen lange, in ein T-Shirt und eine Hose zu schlüpfen? Passen Richards Sachen nicht? Mein Onkel und der Kanufahrer sind ungefähr gleich groß, da müssten die Klamotten doch hinkommen.

»Hey«, höre ich ihn gepresst rufen. »Könntest du mir bitte mal helfen?«

Na endlich.

»Klar«, rufe ich zurück, und nur für den Fall, dass er noch halb nackt sein sollte, füge ich hinzu: »Dann komme ich jetzt rein, okay?«

Ich betrete das Blockhaus.

Er *ist* noch halb nackt.

In den Cargohosen meines Onkels, aber mit bloßen Füßen und nacktem Oberkörper sitzt er am Tisch. Als mein Blick auf seinen Arm fällt, zucke ich erschrocken zusammen. Die Wunde ist tief und klaffend; ein spitzer Ast muss sich ins Fleisch gebohrt und es regelrecht aufgeschlitzt haben.

Ich schlucke hart. Zwar will ich Ärztin werden und habe grundsätzlich kein Problem mit Blut. Aber das hier sieht echt übel aus, und mir ist nun auch klar, warum der Typ so lang gebraucht hat. Den Arm mit dieser Verletzung zu bewegen, muss höllisch schmerzhaft sein … ganz zu schweigen davon, sich aus einem blutverkrusteten, mit der Wunde verklebten T-Shirt zu schälen.

»Was soll ich tun?«, frage ich mit belegter Stimme.

»Ich schätze, das sollte tatsächlich verbunden werden«, stößt er hervor. »Würdest du …?«

»Natürlich.«

Ich haste zum Regal, wo Onkel Richard ein Notfallset verstaut hat. Fahrig krame ich darin herum. Tücher, Mullbinden, Desinfektionsspray, eine Schere und Schmerzmittel … mehr enthält das Set nicht. Aber zusammen mit sauberem Wasser aus dem Trinkkanister reicht das fürs Erste wohl aus.

Der Typ ballt die Fäuste, gibt jedoch keinen Mucks von sich, als ich seinen Oberarm und die Wunde wasche, desinfiziere und einigermaßen fachmännisch verbinde. Danach helfe ich ihm vorsichtig in Richards T-Shirt. Sein Oberkörper ist braun gebrannt, aber sein Gesicht wird immer blasser, und obwohl er am Strand so unfreundlich war, tut er mir leid.

Um ihn von den Schmerzen abzulenken, sage ich: »Schon seltsam, dass ich deine Wunde verbinde und dich anziehe und noch nicht einmal deinen Namen weiß. Ich heiße Jana.«

»Luke«, stößt er hervor. Schweißperlen stehen auf seiner Stirn. »Woher kommst du, Jana?«

Mein kaum hörbarer Akzent ist ihm also aufgefallen. »Aus Deutschland.«

Schließlich ist Lukes Wunde versorgt und er vollständig angezogen und nicht ohnmächtig – das ist doch schon mal was. Sicherheitshalber bringe ich ihm etwas zu trinken, damit ihm nicht doch noch der Kreislauf wegkippt. Luke leert das Glas in einem Zug, dann lehnt er sich zurück und streckt seufzend die langen Beine aus.

Allmählich normalisiert sich seine Gesichtsfarbe.

»Meine Vorfahren stammen auch aus Europa.« Er bringt ein angestrengtes Lächeln zustande. »Aus Norwegen, genauer gesagt. In meinem Heimatdorf haben die meisten Weißen norwegische Wurzeln. Ich wohne übrigens auf dem Festland, im Bella Coola Valley, gar nicht so weit weg von hier.«

Ich mustere Luke genauer. Die nordischen Vorfahren hätte ich ihm nicht angesehen, denn er hat braune Augen und wildes dunkles Haar, in das sich eine Spur Rotgold mischt. Wie Ahornsaft, denke ich und muss lächeln. Ahornsaftfarbenes Haar: Wenn das mal nicht superkanadisch ist.

»Und deine Vorfahren?« Luke legt den Kopf schief. »Schöne Feen? Mangaprinzessinnen?«

Mein Lächeln erstirbt.

»Sehr witzig«, sage ich brüsk.

»Hey, war nicht böse gemeint.« Er zuckt mit der Schulter seines unverletzten Arms. »Das sollte eigentlich ein Kompliment sein. Tut mir leid, wenn es danebengegangen …«

»Ach, halt doch den Mund!«, fauche ich ihn an.

»Warum bist du so sauer?«, fragt Luke sichtlich verwirrt. »Ich wollte dich wirklich nicht …«

»Lass gut sein!«, unterbreche ich ihn barsch. »Lass einfach gut sein!«

Ich verstaue das Notfallset wieder im Regal. Meine Hände zittern, und in meinem Rücken brennt Lukes ratloser Blick. Mir ist klar, dass nun ich es bin, die sich unfreundlich verhält, sehr unfreundlich sogar. Aber das Letzte, worauf ich scharf bin, ist ein Gespräch über mein ungewöhnliches Aussehen, und das muss dieser Junge so schnell wie möglich kapieren. Mir ist ja sowieso bewusst, was er sieht – was *jeder* sieht, der mich anblickt.

Früher fand ich es angenehm, dass mir meine Schönheit von Kindheit an das Leben erleichtert hat, denn jeder schenkte mir sein Lächeln, jeder wollte mir behilflich sein, jeder warb um meine Freundschaft.

Doch im letzten halben Jahr hat sich das gründlich geändert.

Ich *hasse* mein Aussehen!

Ich verfluche es, dass ich so auffällig bin, ganz egal, was ich dagegen tue – und ich tue einiges. Mein hüftlanges Haar habe ich auf eine langweilige Schulterlänge abgeschnitten. Ich schminke mich nicht mehr. Ich trage niemals ein Oberteil mit Ausschnitt und schon gar keine kurzen Röcke oder Hotpants. Meine bevorzugten Klamottenfarben sind Grau in allen Schattierungen sowie ein neutrales, gebrochenes Weiß.

Und trotzdem steche ich heraus, aus jeder Menge, in jeder Umgebung, und das ist *kein* Luxusproblem, wie meine Freundin Carmen mir im Streit einmal vorgeworfen hat – es ist zum Verzweifeln!

Denn wenn ich anders aussehen würde, normaler, durchschnittlicher, dann wäre es niemals so weit gekommen. Es wäre zwar … geschehen, und vielleicht hätte es auch eine Handvoll perverser Menschen interessiert. Aber es wäre nicht dermaßen ausgeufert, nicht so unfassbar schnell explodiert, und ich selbst wäre nicht paranoid und verbittert geworden und würde jetzt nicht auf dieser gottverlassenen Insel festsitzen, ohne meinen Onkel, ohne jeden Kontakt zur Außenwelt, dafür aber mit einem Typen mit einer fürchterlichen Fleischwunde, der mir nett gemeinte Komplimente macht, die ich nicht hören will. Ich hab das alles so satt!

Ein fast hysterischer Zorn steigt in mir auf, doch ich habe keine Ahnung, gegen wen ich ihn richten soll, kein einzelnes Gesicht, das ich mir als Feind vorstellen kann, und das macht den Zorn umso schlimmer, lässt ihn sich ausbreiten wie einen Flächenbrand. Eine Stimme in meinem Hinterkopf warnt mich, dass ich kurz davor stehe, durchzudrehen, und bevor der fremde Typ zur Zielscheibe meines Zornes werden kann – einfach nur, weil er *hier* ist –, greife ich auf meinen Plan A für Notfälle zurück: Ich flüchte.

Kein sehr ausgefeilter Plan.

Aber seit Monaten der einzige, der halbwegs funktioniert.

»Ich geh Wasser holen«, sage ich heiser, schnappe mir den noch halb vollen Kanister und verlasse die Hütte. Die Tür schlage ich hinter mir zu, und da Luke mich nun nicht mehr sehen kann, fange ich an zu rennen, immer schneller und schneller, und als ich zum zweiten Mal an diesem Tag den Strand erreiche, werfe ich den Kanister in den Sand, stütze die Hände auf die Knie und lasse den Kopf hängen. Ich habe keine Kondition mehr, weil ich seit dem Frühjahr keinen Sport gemacht habe, und alles dreht sich, der Strand, der Himmel, das Meer, mein verstörter Verstand.

So kann es nicht weitergehen, flüstert mir dieselbe Stimme zu, die mich davor gewarnt hat, Luke zu beschimpfen. Du musst darüber hinwegkommen!

»Ich weiß«, flüstere ich erstickt. »Ich weiß. Aber ich weiß doch nicht, wie!«

Und darauf hat die neunmalkluge Stimme auch keine Antwort.

Luke

Verdrossen sitze ich vor dem Blockhaus im Gras und hänge meinen Gedanken nach.

Zum Beispiel über dieses Mädchen, bei dem ich gestrandet bin – Jana. Sie ist keine schöne Fee.

Und auch keine Mangaprinzessin.

Sie ist eine *Göttin!* Wenn auch eine ziemlich durchgeknallte.

Noch nie habe ich jemanden gesehen, der auf die gleiche Art schön ist wie sie.

Silberblondes Haar, das sanft gewellt ihr Gesicht umspielt.

Graublaue, beinahe schon absurd große Augen.

Einen zart geschwungenen Mund.

Eine kleine, gerade Nase.

Dazu eine Alabasterhaut ohne jeden Pickel oder Leberfleck.

Und ihre Figur … Ich bremse mich, bevor meine Fantasie mit mir durchgehen kann.

Trotzdem kann ich nicht leugnen, wie volkommen Jana ist. Sie ist makellos, aber nicht austauschbar. Ätherisch, aber nicht zerbrechlich. Attraktiv, aber auf eine Art, die völlig unbeabsichtigt wirkt. Es ist verrückt, aber wenn man Jana zum ersten Mal ins Gesicht blickt, dann hat man nicht den Impuls, sie anzumachen.

Man möchte vor ihr auf die Knie sinken.

Ich bin nur froh, dass ich zumindest *das* nicht getan habe. Stattdessen habe ich diese bescheuerte Bemerkung über Janas Vorfahren gemacht. Und das war wohl der dümmste Versuch eines Kompliments, den ich jemals unternommen habe.

Aber selbst wenn das Kompliment daneben war – Jana hat schon extrem merkwürdig reagiert. Statt mich mit einem arroganten oder spöttischen Blick abzustrafen, hat sie gezittert wie Espenlaub. Dann sah sie aus, als würde sie gleich explodieren. Und zu guter Letzt ist sie weggerannt.

Diesen Effekt hatten meine Worte auf ein Mädchen noch nie.

Fassen wir also zusammen, denke ich mürrisch. Meine Verletzung brennt wie Lava, dieser Onkel lässt sich mit dem Heimkommen ganz schön Zeit und unterdessen bin ich auf eine Göttin mit Dachschaden angewiesen. Ich habe den Kanuunfall überlebt, dafür sollte ich wahrscheinlich dankbar sein. Aber eine verlorene Schlacht ist dieser Unfall allemal und ein finanzielles Desaster sowieso. Ich darf gar nicht darüber nachdenken, was ich alles neu kaufen muss, wenn ich wieder zu Hause bin: Action-Cam, Kanu, Schwimmweste, Rucksack … und all das, was darin war. Wütend schlage ich mir mit der Faust in die Handfläche.

Und bereue es sofort, denn heftige Bewegungen mag die Fleischwunde an meinem Oberarm gar nicht. Vor Schmerz wird mir übel und ich presse die Kiefer aufeinander, konzentriere mich ganz darauf, nicht umzukippen.

Nach ein, zwei Minuten lässt die Übelkeit nach.

Ich denke daran, dass ich bald gedemütigt und geschlagen nach Hause zurückkehren muss. Was Caroline wohl sagen wird? Vielleicht erwische ich sie ja in flagranti, denke ich grimmig, jetzt, wo sie mich weit weg wähnt.

Ach, verflucht, ich bin ungerecht. Es war nur ein Kuss, ein einziger Kuss in zweieinhalb langen Jahren, und Caroline hat ihn mir sofort gebeichtet. Sie war ehrlich zu mir, sie hat geweint und mich um Verzeihung gebeten, und wer bin ich, dass ich so streng mit ihr sein dürfte? Wollte ich selbst nicht gerade noch vor einer anderen auf die Knie sinken? Wenn auch nur für einen kurzen, schwachen Moment.

Erschöpft lehne ich mich gegen die Wand des Blockhauses und schließe die Augen. Ich möchte Caroline diesen Kuss nicht mehr vorwerfen. Ich möchte mich nicht mehr fragen, wer der andere wohl war, und ich will auch nicht mehr darüber nachdenken, was es eigentlich ist, das mich so umtreibt. Verletzter Stolz? Eifersucht? Ihre Unfähigkeit, mir zu erklären, *warum* sie es getan hat? Oder die Angst, dass doch mehr dahintersteckt? Dass es, entgegen ihren Worten, gar nicht beim Küssen geblieben ist …

Ich lasse die Lider fest geschlossen, während ich versuche, mich an das Prinzip Hoffnung zu halten. Vielleicht tun die Wochen ohneeinander uns ja gut. Vielleicht können wir danach einen wirklichen Neuanfang machen.

Vielleicht erledigt sich das mit uns aber auch von selbst, wenn ich fürs Studium nach Vancouver gehe. Denn dass Caroline im Dorf bleibt, hat sie mir unmissverständlich klargemacht. Und ich ihr ebenso unmissverständlich, dass ich gehen muss.

Bittersüße Erinnerungen wirbeln durch meinen Kopf.

Caroline im Sommer auf dem Steg, den Doug und ich gebaut haben. Ihr langes braunes Haar weht im Wind, Doug ruft ihr etwas zu und sie lacht.

Caroline und ich mit fünfzehn, wie wir uns unter einer verschneiten Tanne zum ersten Mal küssen.

Ich mit einer mörderischen Wut im Bauch, auf alles und jeden, und dann Carolines Arme, die mich tröstend umfangen. Ihre Wärme. Ihr Mund. Unsere nackten Körper unter der Bettdecke. Der Himmel, den sie mir aufschließt, damit ich mich nicht voller Zorn in die Hölle stürze.

Ich *darf* das nicht wegwerfen!

Nicht wegen eines einzigen kleinen Ausrutschers.

Hinter meinen Lidern tanzt das Licht, lockt mich, die Augen zu öffnen, doch ich will nicht, denn mit einem Mal bin ich bleiern müde. Ich möchte weg von dieser Insel, auf der ich nichts, aber auch gar nichts tun kann, außer zu grübeln. Und fast noch dringender möchte ich weg von Jana, diesem überirdisch schönen Mädchen mit dem seltsamen Verhalten und dem gehetzten Blick. Ich habe genügend eigene Probleme.

Janas gehen mich nichts an.

Jana

Als ich mit dem vollen Wasserkanister zum Blockhaus zurückkehre, sitzt Luke in der Sonne. Er blinzelt zu mir hoch.

»Wir haben Glück mit dem Wetter«, sagt er höflich. »Es ist ungewöhnlich warm.«

Ungewöhnlich warm. Sicher doch. Mir ist schon klar, was Luke wirklich denkt: Da ist sie wieder, die Irre.

Aber nachdem ich einfach so davongestürzt bin, hat er wohl ein Recht auf solche Gedanken. Ich schlage den Blick nieder.

»Was macht die Wunde?«, frage ich im gleichen unverbindlichen Tonfall wie er. »Tut sie noch sehr weh?«

»Danke«, antwortet Luke. »Es geht.«

Das kann ja heiter werden, schießt es mir durch den Kopf, während wir uns gezwungen anlächeln. Hoffentlich kommt Richard bald und erlöst uns voneinander.

Lukes Gedanken scheinen in dieselbe Richtung zu gehen wie meine. Er macht nach der Wetterbemerkung jedenfalls keinen Versuch mehr, ein Gespräch anzufangen.

Stattdessen sitzt er noch eine Weile schweigend in der Sonne.

Tigert dann um das Blockhaus herum, lernt den Moskitotreffpunkt kennen und hilft mir irgendwann wortlos, Spaghetti mit Dosentomaten zu kochen.

Bis wir dann beim Mittagessen am Holztisch in der Hütte sitzen und er beiläufig fragt: »Sag mal, dein Onkel. Wann wollte der denn spätestens zurück sein?«

Ich zögere. Schließlich gestehe ich: »Gestern.«

Lukes dunkle Augenbrauen schießen in die Höhe.

»Er wollte mit seinem Motorboot und dem Kanu die Inselküste entlangfahren«, sage ich bedrückt. »Spätestens am Abend wollte er wieder da sein. Es sieht ihm gar nicht ähnlich, mich einfach so allein zu lassen, und deshalb ... na ja, ich mache mir schon langsam Sorgen. Zuerst dachte ich, die Dunkelheit hat ihn vielleicht überrascht und er musste auf der Insel oder auf dem Boot übernachten. Aber selbst wenn es so war ... Er müsste eigentlich längst zurück sein.«

»Was?!« Luke starrt mich an. »Und warum sitzen wir dann hier herum und drehen Däumchen?«

»Was sollen wir denn sonst machen?«, frage ich spitz. »Ans Festland schwimmen und zur Polizei gehen?«

Luke schüttelt ungläubig den Kopf. »Ich fasse es nicht. Dein Onkel kommt von einer Bootstour nicht zurück, und du willst hier warten, bis ganz zufällig irgendjemand auftaucht und dich rettet? War *das* der Plan?«

»Bis *uns* jemand rettet!«, fauche ich. »Denn wenn wirklich etwas passiert ist, sitzt du genauso auf dieser Insel fest wie ich. Und ich bezweifle, dass du einen besseren Plan hast!«

»Okay«, Luke fährt sich mit der rechten Hand durch die Haare, »okay. Lass uns nachdenken. Streiten hilft uns nicht weiter.«

Gut erkannt! Beleidigt verschränke ich die Arme vor der Brust.

Mit zusammengekniffenen Augen blickt Luke aus dem Fenster. »Du hast gesagt, dein Onkel hätte ein Satellitenhandy. Bist du denn sicher, dass er es mitgenommen hat?«

»Ja«, sage ich – und schlagartig komme ich mir total blöd vor.

Natürlich, das Satellitenhandy! Wenn Richard etwas zugestoßen ist, dann hat er doch ganz bestimmt Hilfe angefordert! Gerade will sich eine tiefe Erleichterung in mir breitmachen, als Luke weiterspricht und den Spielverderber gibt.

»Nehmen wir also an, dein Onkel hatte einen Unfall. Wenn er bei Sinnen ist, benutzt er dieses Handy. Dann wird er per Hubschrauber gerettet und sorgt mit ziemlicher Sicherheit dafür, dass man dich *nicht* allein im Blockhaus sitzen lässt, sondern dich so schnell wie möglich von hier wegholt. Richtig?«

Ich nicke beklommen. Leider ahne ich jetzt, worauf Luke hinauswill.

»Wenn man dich also *nicht* von hier wegholt – und danach sieht es im Moment aus –, dann müssen wir davon ausgehen, dass dein Onkel sein Handy nicht benutzt hat. Entweder weil er bewusstlos ist oder weil er aus irgendeinem Grund nicht drankommt. Oder weil er keinen Empfang hat oder weil …«

»Langsam, langsam!« Ich hebe die Hände. »Wie kann es sein,

dass Richard keinen Empfang hat? Ich dachte, das sei der Clou an Satellitenhandys: dass man immer Empfang hat.«

Doch Luke schüttelt den Kopf. »Man braucht freien Himmel über sich. Unter Bäumen zum Beispiel ist der Empfang bereits gestört. Vielleicht schafft es dein Onkel deswegen nicht, zu telefonieren. Aber es kann natürlich auch sein, dass …«

»Nein!« Meine Finger zittern und ich verknote sie in meinem Schoß. »Ich weiß, was du sagen willst, aber … nein. Das glaube ich nicht!«

Ich spreche es nicht aus, denn es darf nicht sein. Es darf einfach nicht sein, dass Richard sein Handy nicht benutzt, weil er …

Tot ist.

»Nein«, wiederhole ich stur. »Wir sollten den Teufel nicht an die Wand malen. Richard ist gerade einmal seit gestern Morgen fort. Es kann doch sein, dass gar nichts Schlimmes passiert ist und dass er in fünf Minuten durch diese Tür spaziert. Oder dass … dass er tatsächlich sein Telefon benutzt hat und im Laufe des Tages der Suchhubschrauber kommt, um uns zu holen. Das ist doch möglich, oder nicht?«

Lukes Blick ist unergründlich.

»Ist es doch?«, dränge ich, und ich höre selbst, wie bettelnd meine Stimme klingt. Ätzend.

Er sieht weg und zuckt mit den Schultern. »Klar. Ist es.«

»Also … warten wir ab?«

Luke wickelt ein paar Spaghetti auf seine Gabel. Ruhig sagt er: »Fürs Erste.«

Da ich es im Blockhaus nicht mehr aushalte, verbringen wir den Nachmittag am Strand.

Ich setze mich auf einen Felsen und starre aufs Meer, denn ich möchte auf keinen Fall den Moment verpassen, in dem Richards Boot in Sicht kommt. Noch schaukelt die orangefarbene Boje einsam auf den Wellen – aber das kann sich ja schnell ändern. Und deshalb sitze und warte, warte und sitze ich.

Mal schaue ich mehr nach rechts, mal mehr nach links.

Angestrengt lausche ich auf das gleichmäßige Motorengeräusch des Bootes.

Doch alles, was ich sehe, ist unendliches Blau, und alles, was ich höre, sind Vogelrufe und Wellenrauschen.

Währenddessen läuft Luke am Strand herum und tut Dinge, deren Sinn sich mir nicht recht erschließt. Er geht zu der Treibholzsperre, an der er sein Kanu verloren hat. Er untersucht die Steilwand am Wasserfall auf Klettermöglichkeiten. Schließlich watet er sogar einige Schritte ins eisige Meer, um zu erkunden, was sich hinter dem Wasserfall befindet. Ich frage mich, was das soll.

Aus den Augenwinkeln beobachte ich ihn. Luke kommt mir vor wie ein gefangenes Tier, das ebenso unermüdlich wie erfolglos nach einem Fluchtweg sucht. Doch selbst wenn es einen Fluchtweg gäbe – wohin sollte er uns denn führen? Hinter dem Wasserfall gibt es nur das, was es am Strand, hinter der Treibholzsperre und hinter dem Blockhaus auch gibt: wilde Natur.

Weil es auf dieser verdammten Insel *nichts* gibt als wilde Natur.

Ich fange an, die wilde Natur gründlich zu verabscheuen.

So vergeht der Nachmittag.

Die Minuten ziehen sich in die Länge, und während sie zu Stunden werden und sich auf dem Meer nichts, aber auch gar nichts tut, schwindet meine Hoffnung immer mehr.

»Hey, Jana.« Im schrägen Licht der Abendsonne stapft Luke auf mich zu. »Kommst du mit mir in den Wald?«

Ich hebe die Brauen. »Warum sollte ich mit *dir* in den Wald gehen?«

Ungeduldig antwortet Luke: »Weil wir die Lage checken müssen, natürlich.«

Die Lage checken? Ich verdrehe die Augen.

»Das ist blinder Aktionismus, Luke. Das bringt doch nichts.«

Abgesehen davon, dass ich eine Höllenangst vor wilden Tieren habe und schon deshalb nicht mit Luke in den Wald gehen würde. Aber das brauche ich ihm ja nicht auf die Nase zu binden.

Er stemmt die Hände in die Hüften und starrt grimmig auf mich herab. »Weißt du, was? Ich finde meinen blinden Aktionismus immer noch besser als deine Schockstarre.«

»Ich warte nur auf meinen Onkel«, verteidige ich mich.

»Ach ja? Und wie lange? Bis du Moos ansetzt?«

»Ich setze kein … Mann, was schlägst du denn vor?«, rufe ich aufgebracht. »Einfach mal heldenhaft die Ärmel hochkrempeln und loslegen, oder was?«

Luke grinst. »Sieht aus, als hättest du's kapiert.«

Was für ein Idiot.

Bissig frage ich: »Bekommt man dort, wo du herkommst, für Selbstgefälligkeit eigentlich einen Preis?«

»Nein. Aber für Ehrlichkeit.« Sein Grinsen verschwindet. »Hör zu. Deinem Onkel ist etwas zugestoßen, denn sonst wäre er hier. Diesem Problem müssen wir uns stellen, denn es ist die Wahrheit. Es sei denn, dein Onkel ist ein verantwortungsloser Mistkerl, der seine Nichte …«

»Hey!«, unterbreche ich ihn scharf. »Mein Onkel ist kein verantwortungsloser Mistkerl, ist das klar?«

»Dann sind wir beide ja ganz einer Meinung«, sagt Luke kühl. »Da dein Onkel kein Mistkerl ist, muss ihm etwas passiert sein.«

Ich wende mich ab, blicke mit schmalen Augen übers Meer. Luke spricht nur aus, was ich sowieso längst ahne. Doch es ist unerträglich, es aus seinem Mund zu hören, denn das macht die Bedrohung schrecklich real.

»Jana.« Luke stützt die Hände auf die Knie und sucht meinen Blick.

Widerwillig sehe ich ihn an.

»Wir müssen etwas tun!«, sagt er eindringlich.

»Wir können nichts tun«, antworte ich.

Dann stehe ich auf, und ohne mich noch einmal nach Luke umzudrehen, gehe ich zurück zum Blockhaus.

Als es dunkel geworden ist, essen Luke und ich im Kerzenschein Toast mit Thunfisch. Schweigend kauen wir vor uns hin. Doch erst, als ich mir das letzte Stück Toast in den Mund schiebe, gestehe ich mir widerstrebend ein, dass Luke recht hat.

Richard muss etwas passiert sein.

Und wir müssen etwas tun.

Nur – was?

Luke lehnt sich auf seinem Stuhl zurück. »Diese Aussteiger, die du erwähnt hast«, sagt er, »diese Robinsons. Vielleicht sollten wir versuchen, uns bis zu denen durchzuschlagen. Dann könnten wir von ihnen aus Hilfe organisieren.«

»Tolle Idee.« Ich schüttele den Kopf. »Die Robinsons wohnen ganz im Norden, am anderen Ende der Insel. Das sind zwanzig Kilometer Luftlinie. Bisschen viel, oder?«

Und ein bisschen gefährlich, denn es sind auch zwanzig Kilometer Wildnis.

Doch Luke zuckt bloß mit den Schultern. »Im Regenwald kommt man etwa einen Kilometer pro Stunde voran. Das würde zwanzig Stunden machen, bis wir das Nordende der Insel erreicht hätten. Machbar, denke ich.«

»Machbar? *Zwanzig* Stunden?« Ich schlucke. »Aber das würde bedeuten, dass wir im Wald übernachten müssen!«

»Jep«, sagt Luke, der sich für die Idee zu erwärmen scheint.

Ganz im Gegensatz zu mir.

Er beugt sich nach vorne und schaut mir in die Augen. »Nur mal angenommen, wir ziehen das durch und gehen morgen früh los. Dann wären wir, wenn wir uns ein bisschen ranhalten, voraussichtlich drei Tage lang unterwegs. Traust du dir das zu, Jana?«

»Nein! Ich war noch nie über Nacht in der Wildnis, und wir … wir haben doch gar kein Zelt! Außerdem, falls Onkel Richard doch noch zurückkehrt oder falls meine Tante herkommt, weil sie sich Sorgen macht …«

»Deine Tante? Wie wahrscheinlich ist das?«, unterbricht mich Luke.

Ich beiße mir auf die Lippe.

»Unwahrscheinlich«, gebe ich zu. »Meine Tante geht davon aus, dass wir noch mehr als zwei Wochen hier sind und uns nicht bei ihr melden.«

»Es wird dich vor Ablauf von über zwei Wochen also niemand vermissen«, stellt Luke fest.

»Nun ja, also … nein.«

»Mich auch nicht. Meine Eltern sind es gewöhnt, längere Zeit nichts von mir zu hören, wenn ich auf Tour bin, und sie sind sowieso meistens mit anderen Dingen beschäftigt.«

Seine Stimme verändert sich bei diesen Worten, doch bevor ich nachfragen kann, fügt er hinzu: »Bis uns also jemand holen kommt, wird dein Onkel, falls er wirklich irgendwo verunglückt ist, längst gestorben sein. Selbst wenn er jetzt noch lebt.«

Wenn er jetzt noch lebt? Preise für Ehrlichkeit hin oder her: Ich will solche Worte nicht hören. Und in den Regenwald will ich auch nicht. Und schon gar nicht will ich dort draußen übernachten!

»Wir sollten lieber abwarten«, sage ich zu Luke. »Das ist … sicherer.«

»Sicherer? Mann, Jana, begreifst du denn nicht?« Er steht so heftig auf, dass sein Stuhl umfällt. »Wir selbst können die Insel nicht durchkämmen, das muss ein Suchtrupp tun. Aber wenn wir jetzt *gar nichts* unternehmen, ist dein Onkel tot, bevor auch nur der erste Hubschrauber abhebt! Und dann wird er vielleicht noch gefunden, aber auf keinen Fall mehr lebendig. Für wen, bitte schön, wäre abwarten also sicherer?«

»Verdammt, warum sagst du so was?« Wütend springe ich ebenfalls auf. »Richard stirbt nicht! Wahrscheinlich gibt es für sein Fortbleiben eine völlig harmlose Erklärung und wir begeben uns ganz umsonst in Gefahr, wenn wir uns auf diese dämliche Expedition über die Insel machen! Drei Tage in der Wildnis, Luke, ohne irgendeinen Schutz? Das ist doch Wahnsinn!«

Wir stehen dicht voreinander und starren uns an.

Das Blut rauscht in meinen Ohren.

Heiser sagt Luke: »Deine Entscheidung. Aber wenn es mein Verwandter wäre, ich würde losgehen. Ich würde nicht abwarten, bis es zu spät ist.«

Meine Gedanken rasen, während Luke und ich mit Blicken einen stummen Kampf ausfechten.

Er hat recht, ich kann nicht *nichts* tun. Ich kann nicht weiter Toast und Thunfisch essen, meinen Onkel verrecken und mich schließlich von einer besorgten Grace abholen lassen wie ein hilfloses Kind. Muss ich es nicht wenigstens versuchen?

Aber die Wildnis kann tödlich sein!, schreit es in mir. Ich

werde nachts keine Wände um mich haben, die mich vor einem Bärenangriff schützen, ich werde nicht einmal die blöden Topfdeckel haben! Und was ist, wenn ich es gar nicht schaffe bis zu den Robinsons, wenn *wir* es nicht schaffen? Immerhin ist Luke verletzt …

Zu den streitenden Stimmen in meinem Kopf gesellt sich eine plötzliche Erkenntnis, und sie schockiert mich. Luke will diesen Gewaltmarsch nicht in erster Linie für sich selbst auf sich nehmen. Sondern für meinen Onkel! Er kennt Richard nicht, hat ihn nie gesehen, weiß nicht das Geringste über ihn, und trotzdem ist Luke bereit, sich verwundet durch den Regenwald zu schlagen – damit jener ihm unbekannte Mann nicht sterben muss.

Denn könnte Luke die nächsten zwei Wochen nicht auch hier verbringen? Wie viel bequemer wäre das für ihn! Er könnte seine Wunde in Ruhe heilen, sich dann zusammen mit mir retten lassen und mit einem »danke und tschüs« auf Nimmerwiedersehen verschwinden.

Doch da steht er, mit geballten Fäusten, mustert mich und wartet auf meine Entscheidung, und die Einzige, die noch zögert, *meinem* Onkel zu helfen, bin ich.

»Weißt du was?« Luke wendet sich verächtlich ab. »Ich gehe einfach allein.«

»Vergiss es«, stoße ich aus und hebe das Kinn. »Ich komme mit!«

Es ist Nacht.

Neben mir schläft Luke in Richards Schlafsack.

Ich muss zugeben, ich bin verdammt froh, dass er da ist. Draußen schabt, trappelt und kratzt es nämlich wieder, und die Erinnerung an meine Panik gestern Nacht ist noch zu frisch, als dass mich die erneute Anwesenheit des … Tieres kalt lassen würde.

Ich bin nicht mehr allein, sage ich mir und wälze mich herum. Wir sind zu zweit, es kann gar nichts passieren.

»Jana?«, murmelt Luke. »Ist was?«

»Alles in Ordnung«, flüstere ich halbherzig. »Schlaf einfach weiter.«

»Wenn alles in Ordnung ist«, sagt Luke, »warum zittert dann deine Stimme?«

»Tut sie nicht.«

»Tut sie schon. Also?«

»Da draußen … ist ein Tier«, gestehe ich zögernd. »Ich glaube, es möchte ins Blockhaus, und ich glaube, es … es ist ein Bär.«

»Glaubst du das?« Luke gähnt.

Dann ratscht der Reißverschluss seines Schlafsacks. Es ist zu dunkel, um etwas zu sehen, doch ich ahne, dass Luke aufsteht, und höre ihn zum Fenster gehen.

Er scheint für einen Moment zu lauschen.

Und öffnet dann die Läden.

Helles Mondlicht flutet herein, und ich sehe Luke in T-Shirt und Boxershorts, wie er sich aus dem Fenster beugt und die

Umgebung inspiziert. Mir stockt der Atem. Ist der Kerl verrückt? Präsentiert dem Bären seinen Kopf wie ein Häppchen auf dem Silbertablett!

»Ein Marder«, sagt er ruhig. »Das dachte ich mir.«

Mein Herz hämmert gegen meine Rippen. »Woher wusstest du das?«

»Wir haben zu Hause auch oft Marder«, erklärt Luke. »Wenn die an der Fassade herumturnen, hört es sich genauso an.«

»Oh Mann, und ich dachte, es ist ein Bär!«

»Du magst Bären nicht?« Luke schließt die Läden und es wird wieder finster. Ich höre, wie er zurück in seinen Schlafsack kriecht.

»Mit Mögen hat das nichts zu tun«, sage ich. »Ich mag Bären im Zoo, hinter Eisengittern. Aber ich mag sie nicht, wenn sie mir ans Leder wollen!«

»Wollen sie doch gar nicht.« Luke klingt belustigt. »Bären haben Angst vor Menschen. Deshalb soll man sich ja unterhalten, wenn man in der Wildnis unterwegs ist: Wenn ein Bär die Menschen früh genug hört, nimmt er in der Regel Reißaus.«

»In der Regel?«

»Na ja, es gibt Ausnahmen. Wenn er sehr hungrig ist und gerade mit einem Kadaver beschäftigt, gibt er den natürlich nicht so gerne auf. Dann kann es sein, dass er seine Beute verteidigt und …«

»Schon gut, das will ich gar nicht hören. Erzähl mir das, wenn wir die nächsten Tage und Nächte überlebt haben, okay?«

Für ein paar Sekunden ist es still.

Dann fragt Luke: »Weshalb bist du auf dieser Insel, wenn du solche Angst hast?«

Weil ich vor den Menschen noch mehr Angst habe, denke ich.

»Mein Onkel ist Forscher«, sage ich zu Luke. »Ich bin für vier Wochen bei ihm und meiner Tante zu Besuch, und sie dachten, es sei eine gute Idee, ähm … mir etwas Zeit in der Natur zu gönnen.«

»Aha.« Luke scheint zu ahnen, dass hinter dieser guten Idee ein bisschen mehr steckt.

Um ihn abzulenken, frage ich schnell: »Kennst du den Dokumentarfilm über diesen Bärenforscher, den ›Grizzly Man‹?«

Und als Luke verneint, fahre ich fort: »Er handelt von Timothy Treadwell, einem Mann, der wilde Bären über alles liebte. Er verstand sich als ihr Freund und Beschützer und lebte viele Sommer lang in der Nähe einer Gruppe von Grizzlybären. Und weißt du, wie es für ihn ausgegangen ist? Die Bären haben ihn getötet und halb aufgefressen.«

Überall Gefahr, flüstert es in meinem Hinterkopf. Unter Bären, unter Menschen. Es ist nirgends sicher, Jana.

Unbeeindruckt sagt Luke: »Bloß weil es Leute wie diesen Treadwell gibt, die Grenzen überschreiten, zu wenig Respekt vor der Andersartigkeit von Tieren haben oder die ganz einfach mal Pech haben … bloß weil es solche Leute und Vorkommnisse gibt, ist die Natur noch lange nicht unberechenbar. Oder böse.«

»Das sage ich ja gar nicht. Aber sie ist gefährlich! Ich fürchte

Bären nicht deshalb, weil ich besonders ängstlich bin, sondern weil ich als Mensch allen Grund dazu habe.«

Das stimmt natürlich nicht ganz. Ich bin durchaus ängstlich. Aber irgendwie muss ich ja argumentieren, wenn ich vor Luke halbwegs das Gesicht wahren will.

»Ach, weißt du, wenn man es richtig anstellt«, entgegnet Luke, »kann man in der Wildnis schon ganz gut überleben.«

»Soso. Und du stellst es richtig an?«

»Immerhin lebe ich noch«, sagt Luke trocken. »Und jetzt lass uns schlafen. Wir werden in den nächsten Tagen viel Kraft fürs Laufen brauchen. Das wird kein Kindergeburtstag, Jana.«

»Super, danke.« Ich seufze. »Jetzt freue ich mich gleich noch mehr.«

Ich höre Luke leise lachen.

Wenig später atmet er ruhig und gleichmäßig, er ist schon wieder eingeschlafen, und während der Marder zurückkehrt und geschäftig an der Holzwand kratzt, fallen auch mir die Augen zu.

Die Insel

Mit der Morgendämmerung kommen die Seehunde.

Sie suchen diesen Strand schon seit Generationen auf. Sie lieben diesen Strand. Er gehört ihnen.

Doch nun liegt dort, ganz nah am Wasser, ein Ding. Es dürfte nicht hier sein, und die ängstlicheren Tiere stören sich daran. Das Ding ist lang und schmal, es ist vollgepackt mit Dingen, die nach Mensch riechen, und es wehrt sich gegen die Flut. Denn es ist zu schwer.

Aber nur ein kleines bisschen.

Die Seehunde verbünden sich mit den Wellen. Geschmeidig schiebt das Wasser sich unter das Ding, beharrlich stupsen und rempeln die Seehunde es an, und dann haben sie es geschafft und das Ding bewegt sich.

Es geht auf die Reise.

Es tanzt auf dem Ozean, der es immer schneller zu sich hinauszieht.

Und die Seehunde begleiten es.

Fröhlich schwimmen sie um das Ding herum, vergessen ist

die Ruhepause am Strand. Neugierig tauchen die Seehunde nach den merkwürdigen Gegenständen, die nach und nach von den Wellen herausgespült, vom Wasser in die Tiefe gedrückt werden. Einer dieser Gegenstände ist sorgfältig in Plastik verpackt, in eine Tüte, wie sie manchmal auf dem Meer schwimmt.

Der Gegenstand muss schwer sein, denn er sinkt schnell.

Doch nun verlieren die Seehunde das Interesse. Ihre Mägen knurren, und die merkwürdigen Gegenstände kann man nicht fressen, genauso wenig wie Plastiktüten.

Also drehen die Tiere ab und gehen jagen, während der schwere Gegenstand auf dem Meeresboden aufkommt und das schmale Ding weitertanzt. Weiterreist.

So lange, bis es vom Strand aus nicht mehr zu sehen ist.

Jana

Ich stopfe ein Sweatshirt in den Rucksack.

Es passt kaum mehr hinein, da ich schon Wechselkleidung, Regenjacke, ein Stück Seife, Zahncreme und Zahnbürste, Schlafsack, Propangaskocher, einen kleinen Topf, Teller, Tassen und mehrere Packungen Toastbrot eingepackt habe. Zweifelnd blicke ich auf das volle Gepäckstück. Im Grunde habe ich nur das Nötigste dabei – und trotzdem so viel zu schleppen!

Ich linse zu Luke hinüber, der einen von Richards großen Rucksäcken tragen wird. Sein Gepäckstück ist ebenfalls schon prall gefüllt. Neben Verbandszeug für seine Wunde, einigen wenigen Kleidungsstücken meines Onkels, Konservendosen, Keksen und Wasserflaschen möchte Luke nämlich noch ein Tarp mitnehmen – eine wasserdichte Plane, die aussieht wie ein Zelt für Arme. Dazu einen Kompass, ein Messer, eine Stirnlampe, ein Feuerzeug, ein paar Angelhaken und eine Angelschnur. Dieses ganze Zeug hat Luke gefunden, als er nach dem Frühstück die Kisten im Regal durchgesehen hat, und er ist der festen Meinung, dass uns das alles unterwegs nützlich sein wird.

Als die beiden Rucksäcke schließlich fertig gepackt vor uns stehen – die Isomatten haben wir darunter geschnallt –, sehen sie verdammt schwer aus.

Und sind es auch. Kaum habe ich meinen auf dem Rücken, gehe ich mit einem »Uff!« in die Knie. Ich schaffe es gerade noch, mich am Tisch festzuhalten, und falle so zumindest nicht auf den Hintern. *Das* soll ich stundenlang tragen – und währenddessen über Stock und Stein kraxeln?!

»So kommst du keinen Kilometer weit«, stellt Luke fest. »Gib mir noch was.«

»Geht schon«, sage ich trotzig. »In deinen Rucksack passt sowieso nichts mehr rein.«

Luke hebt die Brauen. »Dann lass zumindest den Kocher und das Geschirr hier. Es bringt doch nichts, wenn wir zwar manierlich von Tellern essen können, du aber so langsam bist, dass wir zwei Wochen brauchen.«

Hm.

Probeweise packe ich die Hälfte meiner Sachen wieder aus.

Als ich mir den Rucksack danach erneut auf die Schultern hebe, muss ich mir eingestehen, dass Luke recht hatte. So ist es viel besser. Doch laut sage ich das nicht, denn Lukes Lächeln ist schon selbstgefällig genug.

Ich sehe mich ein letztes Mal in der Hütte um. Auf dem Tisch liegt meine Nachricht für Onkel Richard, falls er wider Erwarten zurückkehrt, während ich nicht da bin. Und sonst, habe ich auch wirklich nichts Lebenswichtiges vergessen?

Das, denke ich nervös, werde ich früh genug merken.

Keiner von uns wirft einen Blick zurück, als wir zwischen die Zedern und Kiefern hinter dem Blockhaus treten.

Bisher bin ich immer nur zum Strand gegangen, der Weg dorthin war mein einziger Kontakt zum Wald. Nun tief in diesen Wald einzudringen, fühlt sich seltsam an; als breche ich ein Tabu. Mein Magen macht unruhige Hüpfer.

Aber ich habe mich entschieden, und ich werde keinen Rückzieher machen. Schon gar nicht vor Luke.

Er geht stumm neben mir und blickt konzentriert auf Richards Kompass.

Vor dem Aufbruch haben Luke und ich abgemacht, so direkt wie möglich nach Norden zu laufen. Da die Insel in perfekter Nord-Süd-Ausrichtung im Ozean liegt, wie ein auf der Spitze stehendes Ei, dürfte dies der kürzeste Weg sein. Folgten wir hingegen der Küstenlinie, würde uns das zwar garantieren, dass wir uns nicht verirren. Aber wir würden einen ziemlichen Umweg machen, und bei einer Höchstgeschwindigkeit von einem lumpigen Stundenkilometer können wir uns fünf oder zehn Kilometer mehr schlichtweg nicht leisten.

Schweigend stapfen wir in die Richtung, die der Kompass uns vorgibt.

Zunächst geht es besser als gedacht. Es ist kühl und zwischen den Zedern und Kiefern wabert der Nebel, aber es regnet nicht. Das Unterholz hält sich in Grenzen, sodass wir ganz gut vorankommen. Hier und da liegt ein vom Wind umgeworfener, halb zerfallener Baum, wir müssen Brombeersträucher umrunden und langen Flechten ausweichen, die wie graugrüne Bärte von den Ästen hängen. Doch besonders anstrengend ist es trotz des schweren Rucksacks nicht, und ich gebe mich schon der Hoffnung hin, dass wir vielleicht schon morgen statt übermorgen bei den Robinsons ankommen, wenn wir nur noch ein kleines bisschen schneller laufen … als sich die Bäume zusammenschieben, das Unterholz dichter wird und die ganze Vegetation so üppig, dass jeder Biologe seine helle Freude daran hätte.

Wir leider nicht. Denn der Wald wird immer undurchdringlicher, und nach wenigen Minuten stehen wir wie vor einer grünen Sperre. Zwischen den Nadelbäumen wuchern brusthohe Farne und dornige, wehrhafte Sträucher, liegen moosüberzogene Felsen und abgebrochene Äste – und es gibt kein Stück freien Boden mehr.

Luke blickt mich an. »Tut mir leid, Jana, aber da müssen wir durch. Das ist der Weg nach Norden.«

Der Weg. Lustig.

»Bist du sicher?«, frage ich und schlage eine Bremse fort, die mich in die Wange beißt.

Luke hält mir den Kompass hin. Doch mir ist schon klar, dass er sich nicht irrt, und statt auf den Kompass blicke ich auf das Pflanzengewirr, das sich feindselig vor uns aufbaut.

Ich kaue auf meiner Unterlippe. Durch einen relativ offenen Wald zu spazieren, ist das eine. Doch mit Pflanzen und Tieren auf *direkte* Tuchfühlung zu gehen, weil man über Stämme klettern und sich durch Büsche zwängen muss, ist etwas ganz anderes. Was immer sich in diesem Gestrüpp verbirgt, mag es klein sein oder groß, satt oder hungrig, harmlos, giftig oder mit

Raubtierinstinkt: Wir werden ihm verdammt nahe kommen! Und dieses Wissen treibt meinen Puls unangenehm in die Höhe.

Was werden wir aufschrecken? Wer wird uns belauern und beobachten, während er selbst unsichtbar bleibt? Ich stelle es mir vor: Hunderte von Augen, die mich aus ihren Verstecken heraus ins Visier nehmen, Hunderte von Augen, die mich als ihr Opfer auserkoren haben. Ohne dass ich mich dagegen wehren könnte. Ohne dass ich es auch nur *weiß!* Mir bricht der Schweiß aus.

Doch dann denke ich an Onkel Richard. Wenn er noch lebt, braucht er Hilfe, und zwar bald. Ich habe keine Zeit, hier herumzustehen und mich zu fürchten.

Also ignoriere ich meinen rasenden Puls.

»Los geht's«, sage ich zu Luke.

Über mir ist Grün. Neben mir ist Grün. Vor mir ist Grün, und hinter mir ist Grün und unter mir ist Grün, und sich durch all dieses feuchte, stachelige, peitschende Grün zu schlagen, ist so unglaublich mühsam. Schon nach wenigen Schritten verfängt sich mein Rucksack im Gebüsch. Ich rucke daran, einmal, zweimal, doch ohne Erfolg. Erst als ich mich heftig winde und mit meinem ganzen Gewicht an dem Rucksack zerre, schaffe ich es, ihn wieder zu befreien. Schimpfend kämpfe ich mich weiter, doch sogleich gerate ich mit den Füßen in kräftige, lange Ranken. Auf der Suche nach Halt greife ich nach einem Ast, ratsche mir die Hand auf und unterdrücke einen Schmerzensschrei.

Scheiße! Und so soll das jetzt weitergehen, den ganzen Tag lang, und morgen und übermorgen auch?

Während ich an der grünen Hölle schier verzweifele, zeigt Lukes Gesicht eine stoische Entschlossenheit. Ich fluche – er beißt die Zähne zusammen. Als sehe er die Stürze und Schrammen, Dornen und Stolperfallen als persönliche Herausforderung an, und als habe er keineswegs die Absicht, aus dieser Schlacht als Verlierer hervorzugehen.

Verstohlen beobachte ich ihn, wie er dem Regenwald trotz seines verletzten, dick verbundenen Arms einen Schritt nach dem anderen abringt, und ich frage mich, ob Luke einer dieser Macho-Typen ist. Einer von denen, die unter allen Umständen gewinnen müssen, aber nur, weil sie kein echtes Selbstbewusstsein haben: Großes Ego, nichts dahinter.

Doch so kommt Luke mir eigentlich nicht vor. Er *hat* Selbstbewusstsein, definitiv. Wahrscheinlich möchte er seine Zeit bloß nicht damit verschwenden, sich über etwas zu beklagen, das wir sowieso nicht ändern können. Seufzend wedele ich ein paar Mücken weg. *Ich* würde mich nur zu gern beklagen. Diese Tour hängt mir bereits gründlich zum Hals raus.

Aber mit Luke an meiner Seite … geht das irgendwie nicht. Herumjammern, vielleicht sogar aufgeben, während Luke trotz seiner Wunde nicht einmal daran denkt? No way!

Also mache ich verbissen weiter. Seite an Seite klettern Luke und ich über Baumstämme, laufen über rutschiges Moos, waten durch Matsch und Pfützen, und bei alldem folgen wir stur dem Zeiger der Kompassnadel.

Doch wir sind langsam, so langsam! Und mit jeder Minute wird es anstrengender, erscheint mir der Rucksack schwerer. Meine Haut ist trotz der kühlen Temperaturen nass, vom Nebel und von meinem Schweiß. Wie lange sind wir eigentlich schon unterwegs? Es kommt mir wie eine Ewigkeit vor. Ein Blick auf meine Uhr, die nun wieder im Dienst ist, beweist mir allerdings, dass wir erst eine gute Stunde geschafft haben.

Eine Stunde – das macht einen Kilometer.

Einen elenden Kilometer von zwanzig.

Eine elende Stunde von den sechs bis sieben, die wir heute insgesamt laufen müssen.

Und ich pfeife jetzt schon aus dem letzten Loch.

»Hey, Luke«, sage ich keuchend. »Was hältst du davon, wenn wir … äh, Wildwechseln folgen? Oder Wolfspfaden. Würden wir auf diese Weise nicht schneller vorankommen?«

»Doch, würden wir.« Luke schiebt sich zwischen zwei tief hängenden Zweigen hindurch. »Kennst du denn einen Wildwechsel oder Wolfspfad? Hier in der Nähe?«

»Nein. Woher sollte ich die kennen? Ich war ja noch nie so weit von der Hütte weg. Aber wir könnten … na ja … Ausschau danach halten?«

Luke wirft mir ein flüchtiges Lächeln zu. »Das tue ich bereits. Der letzte Wildwechsel, der mir aufgefallen ist, ging nur leider in die falsche Richtung, nach Osten statt nach Norden.«

Ich komme mir blöd vor. Eine Sekunde später ärgere ich mich. War ja klar, dass Mr Outdoor auf alle guten Ideen zuerst kommen muss.

Missmutig brumme ich: »Du arbeitest wohl als Survivalguide, was?«

»Ja«, sagt Luke.

Ich bleibe stehen. »Echt jetzt?«

»Quatsch.« Luke grinst und schnippt sich eine Bremse vom Arm. »Ich bin diesen Sommer mit der Schule fertig geworden und im Herbst fange ich an zu studieren, ›Film Production‹ in Vancouver. Ich bin halt nur gern unterwegs, mache viele Touren und deshalb kenne ich mich ganz gut in der Wildnis aus. Ich stelle meine Touren auf YouTube ein, weißt du? Als ich für meinen Highschool-Abschluss lernen musste, habe ich das ein bisschen vernachlässigt, aber jetzt gibt es dafür umso öfter etwas Neues.«

»YouTube«, wiederhole ich tonlos.

»Ja, YouTube.« Luke grinst noch breiter. »Kennst du das? So eine Plattform im Internet, auf der man Videos …«

»Mann, Luke«, unterbreche ich ihn wütend, »lass das endlich sein!«

»Was denn?«

»Diese ätzend-überheblichen Bemerkungen. Als gäbe es irgendeinen Menschen, der YouTube *nicht* kennt!«

»Sorry«, sagt er und klingt dabei kein bisschen, als täte es ihm leid. »Aber du hast das so komisch gesagt. Wie meine Oma, wenn wir uns unterhalten und sie mich völlig verständnislos fragt: ›Was um alles in der Welt ist *Snapchat*, mein Junge?‹«

Ich weiß nicht, ob ich lächeln, eine Panikattacke bekommen oder einfach sauer auf Luke sein soll. »Wie deine Oma, hm?«

»Ja. Aber mach dir nichts draus. Wie alt bist du, siebzehn, achtzehn? Du hast schon recht, da muss einen YouTube nun wirklich nicht interessieren«, bemerkt er ironisch.

Ich muss lachen. Doch hinter meinen Augen lauern die Tränen, und weil ich nicht will, dass Luke etwas von dem Gefühlschaos in meinem Inneren mitkriegt, erkläre ich: »Das ist für mich gerade ziemlich weit weg, verstehst du? Internet und Urwald – für mein Gefühl passt das nicht zusammen.« Versöhnlich setze ich hinzu: »Aber okay, du bist also YouTuber. Erzähl mal. Stellst du bloß deine Touren ein oder machst du noch was anderes?«

»Nur meine Touren.«

Wir setzen uns wieder in Gang, trotzen dem Wald im Schneckentempo die nächsten Meter ab, und dabei berichtet Luke mir von seinem Kanal.

Angefangen, erzählt er, habe alles vor etwa zwei Jahren. Da sei er sechzehn gewesen und habe zum ersten Mal etwas eingestellt: eine Wildwassertour, die eigentlich gar nicht spektakulär gewesen sei, aber trotzdem etliche Likes bekommen habe. Also folgten bald weitere Videos, von Kanufahrten, Boulder-Touren, Begegnungen mit Elchen und einmal sogar mit einem Puma – alles aufgenommen in der großartigen Natur des Great Bear Rainforest. Manchmal habe sein Freund Doug ihn gefilmt, sagt Luke, aber meistens habe er seine Action-Cam benutzt. Die hatte er sich zugelegt, als die Zahl seiner Abonnenten vierstellig geworden war.

Als sie dann fünfstellig wurde, fing Luke an, die Sache ernster zu nehmen. Er bemühte sich, seine Videos qualitativ hochwertiger zu machen, und anstatt seine Hausaufgaben zu erledigen, beschäftigte er sich mit Aufbau, Hintergrundmusik und dem perfekten Schnitt. Seinen fünfzigtausendsten Abonnenten feierte er schließlich mit dem Kauf einer teuren Videobearbeitungssoftware.

»Fünfzigtausend ist noch nicht sooo super«, sagt er, »aber für ›Follow me arounds‹ in Kanada ist es nicht schlecht, und bisher hatte ich ja auch nicht viel Zeit. Zumindest das wird jetzt anders: keine Schule mehr!«

Luke lacht. Er fährt sich durch die Haare, und als unsere Blicke sich treffen, glaube ich mit einem Mal zu verstehen, warum seine Videos so erfolgreich sind. Luke ist offen und sieht gut aus; aber das allein ist es nicht.

Viel wichtiger erscheint mir, dass er etwas ausstrahlt. Etwas, das ich noch nicht näher benennen kann.

Und ich muss zugeben, dass dieses Etwas extrem anziehend ist.

»Warum schaust du so?« Luke runzelt die Stirn. »Hab ich was Blödes gesagt? Schon wieder?«

»Alles okay.« Ich sehe weg. Mein Herz klopft schneller als sonst.

»Ich habe dich vollgelabert«, stellt Luke fest, und er seufzt. »Irgendwie mache ich ziemlich viel falsch in deiner Nähe, was?«

Ein Lächeln stiehlt sich auf mein Gesicht. »Höre ich da einen Anflug von Selbstkritik heraus?«

Luke zuckt nur mit den Schultern, aber als ich ihn wieder

ansehe, erwidert er mein Lächeln. Und weil wir uns angrinsen und uns in die Augen schauen statt auf den nicht vorhandenen Weg, stolpern wir in schönster Gemeinsamkeit über einen verrottenden Baumstamm.

Wir stürzen beide zu Boden. Ich falle weich in einen Farn und rappele mich gleich wieder auf, doch Luke hat weniger Glück. Stöhnend rollt er sich zusammen und presst sich die Hand auf den verletzten Arm.

»Luke!« Ich hocke mich neben ihn, berühre ihn vorsichtig an der Schulter. Hoffentlich hat er sich seine Wunde nicht wieder aufgerissen! »Soll ich mal nach deinem Arm sehen? Ich könnte … ihn neu verbinden?«

Luke schüttelt den Kopf. Er presst ein paar Worte heraus, aus denen ich »nicht so tragisch« und »Verbandszeug sparen« herauszuhören meine. Dann setzt er sich auf. Er ist sichtlich darum bemüht, seine Schmerzen in den Griff zu kriegen, und ich würde so gern mehr für ihn tun … aber ich habe keine Ahnung, was, denn ich bin ja leider noch keine Ärztin. So sitze ich bloß hilflos daneben, meine Hand tröstend auf seiner Schulter.

Als Luke langsam aufsteht, ist er blass. Rau sagt er: »Gehen wir weiter.«

Ich mache mir Sorgen um ihn. »Wollen wir nicht lieber abwarten, bis es dir wieder richtig gut geht?«

»Können wir uns nicht leisten. Es ist schon in Ordnung, wirklich.«

Das glaube ich Luke zwar nicht, aber er rückt seinen Rucksack zurecht und stapft los, und mir bleibt nichts übrig, als ihm zu folgen.

»Du bist dran, Jana«, sagt er über die Schulter. »Was machst du so in deiner Freizeit? Wenn du nicht gerade mit verletzten Jungs im Regenwald abhängst.«

Unwillkürlich versteife ich mich.

Was ich früher gern gemacht habe: Darauf könnte ich Luke selbstverständlich antworten. Aber jetzt?

Alles, was mir Spaß gemacht hat, ist der Angst zum Opfer gefallen, diesem schrecklichen Grundgefühl meines neuen Lebens. Was also soll ich zu Luke sagen, ohne mich bloßzustellen oder zu lügen und damit mehr aus mir zu machen, als ich bin?

Frustriert verziehe ich das Gesicht. Nicht einmal Smalltalk ist mir noch möglich! Gar nichts ist möglich, wenn man ständig das Gefühl hat, am Rande des Abgrunds zu balancieren.

»Du möchtest wohl lieber nicht reden?«, fragt Luke. »Ist okay. Muss ja nicht sein.«

Er geht vor mir her, sodass ich sein Gesicht nicht sehe, aber ich könnte mir vorstellen, dass er gerade die Augen verdreht.

Weil ich mich in der einen Sekunde um ihn sorge und in der nächsten abweisend verstumme.

Weil alles an mir so kompliziert ist.

Weil sich jede Bemerkung, jede noch so harmlose Frage bei einer wie mir als Tretmine herausstellen kann.

Ich balle die Fäuste, und mit einem Mal ertrage ich es nicht mehr – mich nicht, den drohenden Abgrund nicht, mein Leben nicht. Denn was ist das für ein ätzendes Leben, das ich da führe?

Verdient es überhaupt noch diesen Namen? Tränen schießen mir in die Augen. Dabei hatte ich mich doch schon fast daran gewöhnt. Daran, wie ich geworden bin, daran, was ich verloren habe. Ich hatte das doch schon beinahe akzeptiert.

Nun aber, da Luke vor mir herläuft und zwischen uns dieses plötzliche, unbehagliche Schweigen hängt, nur weil ich es nicht hinkriege, ihm auf eine einfache Frage eine einfache Antwort zu geben, würde ich am liebsten schreien. Ich will das nicht mehr, ich will nicht mehr so weiterleben. Doch um etwas zu ändern, müsste ich sie anschauen, die Scherben in mir.

Ich müsste versuchen, sie zu kitten.

Scherben, die Millionen von Füßen zu Milliarden von scharfen Splittern zertrampelt haben.

Luke

Mehr als seltsam: In Janas Nähe geht es mir gut. Sehr gut sogar, besser als seit Langem. Obwohl Jana Stimmungsschwankungen hat, dass einem schwindelig werden kann. Obwohl ich sie immer noch merkwürdig finde und sie mir nach wie vor ein Rätsel ist.

Da wäre zum Beispiel die erstaunliche Tatsache, dass Jana in all ihrer umwerfenden Schönheit vollkommen uneitel ist. Zwar ist Caroline auch keines dieser Mädchen, die ihre Seele für einen neuen Nagellack hergeben würden. Aber Jana hat ja noch nicht einmal einen Spiegel. Okay, wir sind in der Wildnis und müssen schon genug schleppen, auch ohne so überflüssiges Zeug wie Taschenspiegelchen, und Jana hat es natürlich auch gar nicht nötig, sich aufzuhübschen.

Aber Caroline hat das auch nicht nötig, und trotzdem geht sie nie ohne Puder aus dem Haus.

Ich klettere über einen Baumstamm und rufe mich zur Ordnung. Ist doch total egal, ob ein Mädchen sich gern schminkt oder nicht. Es ist unfair, Caroline und Jana miteinander zu vergleichen, und ich sollte das schleunigst bleiben lassen. Überhaupt sollte ich nicht so viel über Jana nachdenken.

Ich sollte *gar nicht* über sie nachdenken!

Trotzdem kann ich nicht verhindern, dass ich mich frage, wovor sie solche Angst hat.

Emily hat auch Angst, schießt es mir durch den Kopf. Doch Emily hat es aufgegeben, zu kämpfen.

Jana hingegen wehrt sich.

Ich spüre es, selbst wenn sie nur schweigend hinter mir herläuft, es liegt in der Luft wie elektrische Spannung. In Jana vibriert, wirbelt, arbeitet es, und trotz des gehetzten Ausdrucks in ihren Augen hat dieses Mädchen etwas Zähes und Tapferes an sich. Allein, wie sie diesen Gewaltmarsch aushält: ohne auch nur eine Sekunde lang zu klagen. Obwohl ich ihr ansehe, dass sie ziemlich erschöpft ist.

Wie Jana wohl war, bevor sie so verletzt wurde?

Denn *dass* sie verletzt wurde, ist mir klar. Aber von wem? Was ist Jana zugestoßen? Wovor versteckt sie sich?

Ich schlage ein paar Zweige fort, aggressiver als nötig, und ich weiß, dass ich mich jetzt auf gar keinen Fall zu Jana umwenden darf. Denn das plötzliche Bedürfnis, sie zu beschützen, vor wem oder was auch immer, ist zu groß; Jana würde es mir anmerken.

Das verwirrt mich. Bisher hat niemand außer Emily diesen Instinkt in mir geweckt.

Beunruhigt denke ich an Caroline. Sie war es, die mich damals gerettet hat, und sie hat es echt nicht verdient, dass ich mir den Kopf über eine andere zerbreche. Ich streiche mir über die

Augen. Was da gerade in mir abgeht, darf nicht sein, auch nicht in Ansätzen. Zwar liebe ich die Gefahr – aber dieser hier sollte ich so schnell wie möglich aus dem Weg gehen.

Zu schweigen ist da vielleicht ein ganz guter Anfang.

Jana

Meine Uhr sagt, dass wir erst Mittag haben.

Mein Körper schreit, dass das gar nicht sein kann, weil wir schon mindestens hundert Stunden gelaufen sind.

Ich habe eine Blase am Fuß, mein Haar klebt mir in feuchten Strähnen in der Stirn und ich bin so müde, dass ich kein Problem damit hätte, auf der Stelle im Stehen einzuschlafen. Doch wir haben, grob geschätzt, kaum mehr als die Hälfte unseres Tagesmarsches geschafft, und so ist ein Mittagsschläfchen auf der Isomatte nicht drin.

Da Luke und ich seit seiner Frage nach meinen Freizeitbeschäftigungen nicht mehr miteinander gesprochen haben, zucke ich überrascht zusammen, als ich seine Stimme höre.

»Ich kriege langsam Hunger«, sagt er. »Wollen wir bei der Quelle dort eine Pause machen?«

Pause. Was für ein wundervolles Wort! Erschöpft nicke ich. Eine Pause ist kein Mittagsschlaf, also dürfen wir sie uns wohl gönnen. Oder besser, wir *müssen* sie uns gönnen, wenn ich nicht bald über meine eigenen Füße stolpern möchte.

Luke steigt über moosbewachsene Steine zu einem Rinnsal, das zwischen zwei Felsen hervordringt. Ich stolpere mit Puddingbeinen hinter ihm her. Felsen sind gut, funkt mein müdes Gehirn, denn auf Felsen kann man sich setzen und das ist großartig. Nach einem halben Tag im Regenwald braucht man wirklich nicht mehr viel, um zufrieden zu sein – nur einen Felsen, ausgestreckte Beine und absolute Bewegungslosigkeit.

»Hier können wir unsere Flaschen auffüllen, das ist gut.« Luke lässt seinen Rucksack fallen. »Dieser Wald will kein Ende nehmen, was?«

Er schenkt mir ein Lächeln und ich lächele zurück. Obwohl wir uns stundenlang angeschwiegen haben, benimmt Luke sich wohltuend normal; nicht mal einen schrägen Blick wirft er mir zu. Offensichtlich hat er meine merkwürdige Art akzeptiert, und dafür bin ich ihm dankbar.

Wir packen Kekse und Toastbrot aus, füllen unsere Flaschen und setzen uns dann hin. Unser Picknick ist spartanisch, die Felsen sind feucht und statt im Sonnenschein hocken wir im Nebel, doch als ich in die erste Scheibe Toast beiße, bin ich beinahe glücklich. Ich schließe für einen Moment die Augen, gebe mich ganz der Freude hin, dass meine dringendsten Bedürfnisse jetzt, in dieser Sekunde, befriedigt werden: Nahrung, Ruhe, Sicherheit.

Wobei das Gefühl der Sicherheit einzig und allein Luke geschuldet ist, wie mir unangenehm bewusst wird, als ich mich wenig später in die Büsche schlage, um einem ebenfalls sehr dringenden Bedürfnis nachzugehen. Denn kaum sehe ich Luke nicht mehr, erscheint mir das Trappeln um mich herum lauter, das Rascheln in den Blättern beunruhigend, das Knacken der Äste bedrohlich. Habe ich bei der Anstrengung der letzten Stunden vergessen, dass ich mich ohne jeglichen Schutz in der Wildnis befinde, so fällt es mir jetzt siedend heiß wieder ein. Ich mache, dass ich fertig werde, nutze ein hastig aus dem Boden gerissenes Moospolster als Klopapierersatz und beeile mich, zu Luke zurückzukommen.

»Hey.« Er blickt mir entgegen und mustert wachsam mein Gesicht. »Bist du okay?«

Dem Kerl fällt aber auch alles auf. Jede meiner Stimmungsänderungen, jede noch so kleine Anspannung.

Zugegeben, diese Aufmerksamkeit ist süß.

»Bist *du* okay?«, frage ich zurück und setze mich wieder auf meinen Felsen. »Schließlich bist du derjenige mit dem aufgeschlitzten Oberarm.«

»Passt schon.« Er hebt einen Mundwinkel.

Seine lässige Tapferkeit rührt etwas in mir an. Ich muss schlucken.

»Luke, glaubst du … Glaubst du wirklich, wir schaffen es? Glaubst du, wir kommen rechtzeitig bei den Robinsons an?«

»Ja. Wenn du auch daran glaubst, Jana, dann schaffen wir es.«

Ich lege den Kopf in den Nacken, schaue in das grüne Nadeldickicht über mir. Glaube ich daran?

Plötzlich komme ich mir dumm und egoistisch vor, dass ich noch vor wenigen Minuten ganz zufrieden war. Denn was ist mit Onkel Richard? Hat auch er, wofür ich so dankbar war: Nahrung, Ruhe, Sicherheit? Ziemlich wahrscheinlich nicht.

»Ich wünschte, wir hätten ein verdammtes Telefon«, sage ich inbrünstig.

Ich blicke Luke wieder an. Doch statt mir zu antworten, runzelt er die Stirn. »Hörst du das?«

»Das Krächzen? Vielleicht ein Rabe …«

»Nicht das Krächzen«, sagt er angespannt und steht auf.

Und einen Wimpernschlag später weiß ich, was er meint.

Denn im Wald hebt ein Krachen und Rauschen an, als bräche ein Bulldozer durchs Gebüsch. Ich habe gerade noch Zeit, mich in die Richtung zu drehen, aus der der Lärm kommt, da geschieht alles plötzlich blitzschnell. Büsche werden zur Seite gerissen, Äste niedergetrampelt, Moos zerfetzt. Abgerissene Nadeln wirbeln durch die Luft und mit einem Mal bekomme ich keine Luft mehr. Denn ich kann nicht fassen, was ich da sehe.

Ein schwarzbraunes Ungetüm prescht direkt auf uns zu.

Ein … Bär?!

Oh. Mein. Gott.

Vor Entsetzen kann ich nicht einmal schreien. Wie gelähmt hocke ich auf dem Felsen und starre dem riesigen Tier entgegen, das aus dem Gebüsch hervorgebrochen ist und in vollem Galopp auf uns zuhält.

»JANA!«, höre ich Lukes Stimme wie aus weiter Ferne, doch ich kann nicht reagieren, kann ihn nicht einmal ansehen, denn meine Augen sind gefesselt von dem Anblick des riesigen Schwarzbären, der nur noch wenige Meter von mir entfernt ist.

Gleich ist er da, schießt es mir durch den Kopf, gleich stürzt er sich auf uns, gleich sind wir tot …

Da werde ich vom Felsen gerissen.

Luke wirft mich zu Boden, sein Körper landet auf meinem und wir rollen zur Seite, weg von dem Raubtier. Lukes Arme legen sich schützend um meinen Kopf, als Zweige und Erdbrocken auf uns herabregnen. Ich schließe die Augen und höre ein Brüllen, ganz nah, furchtbar nah, sodass ich mir am liebsten die Ohren zuhalten würde, wenn ich in der Lage wäre, mich auch nur einen Zentimeter zu bewegen.

Ein Krachen, ein Keuchen, ein Rascheln, das sich immer weiter entfernt.

Und dann – Stille.

»Er ist weg«, wispert Luke schließlich, und ich öffne vorsichtig die Augen. Da hebt das Heulen an. Lang gezogene Laute, ein vielstimmiger Chor – Triumphgesang.

»Wölfe«, flüstert Luke an meinem Ohr.

Mit wummerndem Herzen liege ich unter Luke im Gestrüpp. Das Heulen erstirbt, und für einen Moment ist es beklemmend still im Wald. Lukes Atem ist das Einzige, was ich hören kann, seine Nähe das Einzige, was ich spüre.

Er setzt sich auf, reicht mir die Hand und zieht mich hoch. Wie betäubt sehe ich mich um. Überall liegen abgebrochene Zweige, nicht weit von uns hat der Bär sogar einen jungen Baum umgeknickt. Das Moos auf dem Felsen hat er wohl mit seinen Krallen zerfetzt; es ist der Felsen, auf dem ich gerade noch gesessen habe.

»Er muss vor den Wölfen geflüchtet sein«, sagt Luke. »Er wollte uns gar nicht angreifen, sonst wären wir nicht so leicht davongekommen.«

Mein Körper beginnt unkontrolliert zu zittern.

»Luke ... w-wenn du mich nicht ...«, stammele ich, »wenn du mich nicht zu Boden gerissen hättest ...«

»Hab ich aber«, sagt er ruhig. »Es ist alles gut gegangen, Jana.«

»A-aber der Bär, er wäre d-direkt in mich ...«

Ich breche ab. Mein Zittern wird stärker, die Panik galoppiert heran wie vor einer Minute der Bär. Ich wäre gestorben, begreife ich, tatsächlich gestorben! Diesmal wirklich, denn diesmal war es kein Marder wie in der Nacht im Blockhaus. Wenn Luke nicht so geistesgegenwärtig reagiert hätte, wäre ich vom Gewicht des Bären niedergemäht, von seinen Krallen aufgerissen worden ... Oh Gott, und was ist eigentlich mit den Wölfen, wo sind *die?!* Sicher wollen sie den Bären doch verfolgen, und das bedeutet, dass sie auf uns zu hetzen ... ein ganzes Rudel, ein hungriges Rudel, aber ich will nicht sterben, ICH WILL NICHT STERBEN! Wollte es im Frühling nicht und will es heute nicht. Angst, ich habe solche Angst – der Bär, das Messer, die Wölfe, das Blut, die Blicke, und die Bäume stürzen auf mich zu und mein Herz rast, ich schwitze und mein Hals wird eng, so eng, mein Hals, mein Hals, mein blutiger Hals ...

»Atme, Jana«, höre ich Lukes Stimme, gedämpft wie durch Watte, »atme! Komm schon, es ist nichts passiert. Atme!«

Ich schnappe nach Luft, doch in meinem Gehirn kommt kein

Sauerstoff an, oder zu viel davon, und mir wird schwindelig. Mein Herz überschlägt sich. Flashback. Ich sterbe.

»Atme!« Lukes Arme umfassen mich. »Atme, Jana, du schaffst das … wir atmen zusammen, ja? Alles ist gut, wir atmen zusammen.«

Ich halte mich an ihm fest wie eine Ertrinkende, schäme mich noch nicht einmal dafür. Denn viel zu dringend brauche ich Sauerstoff, und indem ich mich an Lukes Brust presse, die sich gleichmäßig hebt und senkt, zwinge ich meinen Körper, dasselbe zu tun: Lukes Lunge atmet ein und meine folgt ihr; Luke atmet aus und ich ebenfalls. Heben. Senken. Einatmen. Ausatmen. Immer wieder. So lange, bis der Schwindel nachlässt, die Bäume mich nicht mehr erschlagen wollen und das Blut mir nicht mehr in den Ohren rauscht.

Bis ich beim Einatmen nicht mehr keuche, bis mein Gehirn nicht mehr nach Luft schreit, sondern langsam, zögernd Entwarnung gibt.

Bis ich zusammen mit Luke lange, lange ausatme … und in der Leere danach endlich Ruhe finde.

Ich liege an Lukes Brust. Er hält mich in seinen Armen. Und alles steht still.

Dann lässt Luke mich los, und bevor ich mich versehe, ist er auch schon einen halben Meter von mir abgerückt.

»Geht's wieder?«, fragt er kurz.

Ich nicke nur, bin zu verwirrt, um zu sprechen.

Luke blickt weg. »Lass uns weitergehen, wir haben noch ein paar Kilometer vor uns.«

»Luke …«

»Ich erzähle dir was über Wölfe, dann geht die Zeit schneller rum. Möchtest du?«

Sein Ton ist freundlich, aber distanziert – und wider jede Vernunft fühle ich mich zurückgewiesen.

Doch ich reiße mich zusammen und sage so locker wie möglich: »Klar, erzähl mir was! Mehr über Wölfe zu wissen, kann hier nun wirklich nichts schaden. Apropos … bist du dir eigentlich sicher, dass die Wölfe nicht gerade auf dem Weg zu uns sind?«

»Der Bär ist fort. Mehr wollten sie nicht erreichen.«

»Und woher weißt du das?«

»Ich weiß es nicht, ich vermute es nur.«

Ich blinzele. Dann sollten wir wohl langsam mal in die Gänge kommen.

Luke presst die Hand auf seinen Oberarm, während wir uns weiter Richtung Norden schlagen. Mich vom Felsen zu reißen und vor dem flüchtenden Bären zu retten, hat seiner Wunde offensichtlich nicht gutgetan, und ich ärgere mich über mich selbst. Wäre ich doch besser von allein zur Seite gesprungen, statt wie ein verschrecktes Reh zu erstarren! Doch auf mein hilfloses Angebot hin, die Wunde vielleicht zumindest einmal frisch zu desinfizieren, winkt Luke ab. Wenn wir vor Weihnachten ankommen wollten, erklärt er, könnten wir nicht alle naselang Pause machen.

Das stimmt natürlich. Trotzdem habe ich den Verdacht, dass

das nicht der einzige Grund für Lukes Abwehr ist. Möchte er nicht, dass ich ihn anfasse? Seit er mich vorhin fest in den Armen gehalten hat, ist Luke nämlich deutlich zurückhaltender geworden. Insbesondere weigert er sich beharrlich, mich länger als für den Bruchteil einer Sekunde anzuschauen.

Aber warum wundert mich das eigentlich? Ist doch klar, dass ihn mein Mangel an Mut und Stärke, mein Zittern und meine Angstanfälle abstoßen – ihn, der auf riskante Wildwassertouren und Begegnungen mit Pumas steht.

Wie ihm wohl die frühere Jana gefallen hätte?

Aber was kümmert mich das überhaupt! Wir sind ein paar Tage zusammen unterwegs, danach sehen wir uns sowieso nie wieder. Und dass es mir mit einem Mal so wichtig erscheint, was Luke von mir hält, liegt bestimmt nur daran, dass ich in diesem verfluchten Regenwald auf ihn angewiesen bin. Und daran, dass ich noch dünnhäutiger bin als sonst, weil ununterbrochen die Angst um Onkel Richard an mir nagt. Und daran, dass Luke mir geholfen hat, zu atmen ... was sich wirklich angefühlt hat, als rette er mir ein weiteres Mal das Leben.

Ich versuche, mich nicht länger in meinen Gedanken über Luke zu verlieren, und statt weiter dämlich darauf zu hoffen, dass er mir mehr als einen flüchtigen Seitenblick aus seinen dunkelbraunen Augen schenkt, starre ich auf das Pflanzengewirr zu meinen Füßen. Was schon deshalb gesünder für mich ist, weil ich auf diese Weise nicht stolpere. Und außerdem kriege ich so endlich mit, was Luke mir während des Laufens erzählt.

»... nicht Bären, sondern Wölfe die wahren Könige des Küstenregenwaldes«, sagt er gerade und klettert über einen toten Baum. »Und die Wölfe wissen das, ebenso wie die anderen Tiere es wissen, einschließlich der Schwarz- und Grizzlybären. Stell dir vor, wenn ein Wolfsrudel angreift, dann kämpft der Bär noch nicht einmal, sondern flüchtet, ohne auch nur einen Moment zu zögern! Wie der Bär vorhin. Unglaublich, oder? Wo wir Menschen doch so viel mehr Angst vor Bären haben als vor Wölfen ... okay, manche Menschen fürchten auch Wölfe. Obwohl sie uns gegenüber sehr scheu sind.«

Ich klettere ebenfalls über den Stamm, und während ich Lukes Stimme lausche und in seine Geschichten eintauche, vergesse ich die Kratzer an meinen Händen, die Blasen an meinen Fersen und sogar meine Erschöpfung.

»Das Verhältnis der First Nations zu den Wölfen«, fährt Luke fort, »ist ein ganz anderes als das der Weißen. Die First Nations respektieren den Wolf, aber sie fürchten ihn nicht. Mein Freund Doug zum Beispiel gehört einem sogenannten Wolfsstamm an; er glaubt, dass zwischen den Wölfen und seinem Clan eine spirituelle Verbindung besteht. Es gibt Legenden, dass ein Wolf sogar der Urvater des Clans sein soll. Und weil Wölfe als starke und weise Beschützer gelten, wurden in harten Zeiten immer besonders gerne die Mitglieder des Wolfsclans um Rat gefragt.«

»In Deutschland gibt es nur wenige Wölfe«, sage ich nachdenklich, »und selbst die werden von den meisten Menschen gefürchtet. Angeblich reißen die Wölfe zu viele Schafe. Ich glaube aber, dass es im Grunde gar nicht um die Schafe geht, sondern eher um diese Urangst, die wir vor Wölfen haben. Die ist wohl manchmal stärker als die Vernunft.«

Luke wirft mir einen seiner kurzen Seitenblicke zu. »Wie letzte Nacht im Blockhaus?«

»Ja«, gebe ich zu, »ich schätze, da hat auch mich die Urangst gepackt.«

Wenngleich nicht nur. Aber meine Angst vor den Flashbacks, vor der Erinnerung, vor der Welt ... die geht Luke nichts an.

»Dougs Stamm«, sagt er, »setzt an die Stelle unserer Urangst eine Art Urvertrauen, so verstehe ich das jedenfalls. Ein Urvertrauen in die gesamte Natur, das gesamte Sein. Das finde ich schön.«

Urvertrauen, hallt es in mir wider.

Dieses eine Wort, begreife ich, beschreibt die Essenz all dessen, was ich verloren habe, und die plötzliche heiße Sehnsucht danach zieht mein Herz zusammen.

»Ich finde das auch schön«, sage ich heiser. »Aber etwas schön finden und es besitzen – das sind zwei verschiedene Dinge.«

Luke bleibt stehen. Zum ersten Mal seit unserer Umarmung schaut er mir direkt ins Gesicht.

»Ich glaube«, sagt er leise, »dass es niemanden gibt, der gar kein Urvertrauen besitzt. Und ich denke, selbst wenn es so tief in einem vergraben ist, dass man es fast nicht mehr spürt ... Man hat es doch trotzdem in der Hand, worauf man setzt: Wir können uns immer für die Zuversicht entscheiden, für den Mut, für die Hoffnung und ...«

»Nein«, höre ich mich widersprechen, bevor ich mich eines Besseren besinnen kann, »nein, wir haben es eben *nicht* in der Hand! Nicht immer. Wenn einem Menschen etwas ... zustößt, wenn er etwas erlebt, das sein Urvertrauen zerstört, dann ist es hin. Tot. Ausgelöscht! Und wie kann man auf das Helle setzen, wenn nur noch das Dunkle existiert?«

»Aber das Helle ist niemals ausgelöscht«, sagt Luke heftig, »es ist nur schwach! Man kann seine innere Stärke *suchen!* Man kann das Helle wählen, kann gegen das Dunkle kämpfen und sich wehren und wenn das alles nichts hilft, dann kann man sich verdammt noch mal Hilfe holen! Was ist schon dabei, wenn man sich helfen lässt? Ist das nicht eine Million Mal besser als die Menschen, denen man wichtig ist, vor Sorge verrückt werden zu lassen?!«

Lukes Fäuste sind geballt, unsere Blicke brennen sich ineinander. Hier geht es schon längst nicht mehr um das Thema Wölfe, und das wissen wir beide. Aber von wem sprechen wir? Von mir? Von ihm? Von jemandem, den Luke kennt – und der ihm so wichtig ist, dass es ihn in die Verzweiflung treibt, dass dieser Jemand sich nicht helfen lassen will?

»Luke.« Langsam strecke ich die Hand aus und lege sie vorsichtig um seine Faust. »Möchtest du ...«

... es mir erzählen?, will ich sagen, doch sofort entzieht Luke mir seine Hand und ich verstumme.

Ich beiße mir auf die Lippe. Schon wieder abgewiesen, schießt es mir durch den Kopf.

»Entschuldige«, sagt Luke rau. »Ist ja nicht deine Schuld. Es ist nur … wenn jemand einfach aufgibt, dann könnte ich so wahnsinnig wütend werden!«

Es gibt diesen Jemand also. Ein Mädchen?

Ich lächele schwach. »Du könntest nicht wahnsinnig wütend werden, Luke. Du *wirst* wahnsinnig wütend.«

»Ich sollte das in den Griff bekommen, hm?« Luke seufzt. »Okay, lass uns einen Deal machen: Ich arbeite an meiner Wut.«

»Klingt gut. Und ich?«

»Du, Jana … du suchst, wählst und kämpfst.« Luke lächelt, doch sein Blick ist ernst. »Und wenn du Hilfe dabei brauchst, sagst du Bescheid.«

Luke

Es war im Winter vor anderthalb Jahren.

»Emily«, sagte ich. »Komm mit mir raus.«

Meine Schwester saß auf dem Drehstuhl vor ihrem Schreibtisch. Doch sie machte keine Hausaufgaben, und sie tat auch sonst nichts. Nicht mal ihr Computer lief. Sie saß einfach nur da, und nun schüttelte sie im Zeitlupentempo den Kopf.

»Es hat geschneit, siehst du?« Ich deutete aufs Fenster. »Es ist schön draußen. Wir könnten eislaufen gehen.«

»Keine Lust.«

»Doug würde auch mitkommen.« Ich gab nicht auf. »Und Caroline.«

Gleichgültig sagte Emily: »Morgen vielleicht.«

Ich spürte, wie der altbekannte Zorn in mir aufstieg, denn ich wusste, »morgen« kam nie. Morgen würde sie wieder »morgen« sagen und übermorgen auch. Doch statt meiner lethargischen Schwester kräftig in den Hintern zu treten – bildlich gesprochen, versteht sich –, knirschte ich nur mit den Zähnen.

Sie kann nichts dafür, sagte ich mir. Sie leidet! Sie glaubt nicht, dass sie mit dem, was auf sie zukommt, fertig werden kann. Wir müssen alle Geduld mit Emily haben, viel Geduld.

Denn das war es, was Mom und Dad mir ständig predigten, und ich nahm an, dass es stimmte. Ich hatte nicht das Recht, Emily zu drängen, nur weil ich es nicht aushielt, sie versinken zu sehen.

Andererseits war Geduld vielleicht gar nicht der richtige Weg. Vielleicht sollte ich Emily an der Hand packen und sie einfach mit mir rausziehen, in den sonnigen Wintertag, ins Leben, zu Doug auf den zugefrorenen See, damit wir zusammen eislaufen konnten wie früher. Emily mochte Doug sehr, und sie mochte auch Caroline. Warum gab sie sich keinen Ruck?

Mit erzwungener Ruhe fragte ich meine Schwester: »Du möchtest also den ganzen Winter in deinem Zimmer verbringen, ja?«

In diesem verfluchten, einsamen Zimmer, in dem Poster von Bands hingen, die meine Schwester schon längst nicht mehr hörte. In dem Bücher herumlagen, die seit Ewigkeiten auf derselben Seite aufgeschlagen waren. In dem das Grün der Topfpflanze, die auf dem Fensterbrett stand, schon im Sommer zu einem schlappen Braun geworden war. Hätte Emily ein Haustier, es läge mit Sicherheit verhungert in seinem Käfig.

»Ja, möchte ich.« Emily zuckte mit den Schultern. »Warum nicht?«

Ich vergaß die Predigten meiner Eltern, verlor den Kampf gegen meinen Zorn und warf die Hände in die Höhe.

»Warum nicht?! Weil du lebendig begraben bist hier drinnen! Weil du freiwillig alles wegwirfst, was du noch hast, und du hast viel, scheiße noch mal! Du kannst gehen und rennen und lachen und die meiste Zeit über alles tun, was wir anderen auch tun – aber nein, du willst ja nicht! Du entscheidest dich dafür, dich zu verhalten, als seist du schon tot, du gibst einfach auf! Warum kämpfst du nicht, Emily?«

Meine Schwester sprang von ihrem Stuhl und er fiel krachend gegen den Schreibtisch.

»Was weißt du denn schon?«, schrie sie mich an. »Du hast doch keine Ahnung, Luke! Und außerdem kommst du doch selbst nicht damit zurecht, obwohl es dich noch nicht einmal betrifft! Mich betrifft es, ich bin die, die keine normale Zukunft hat, aber du hast nach der Diagnose diesen ganzen Mist gebaut, oder etwa nicht? Also erzähl *du* mir nicht, wie *ich* mich verhalten soll!«

Emilys Augen schwammen in Tränen.

Unser gemeinsamer Zorn verpuffte und machte einer tiefen Traurigkeit Platz.

Wir standen voreinander, mit hängenden Schultern, und ich wusste, meine Schwester hatte recht und zugleich auch nicht. Sicher, ich war nicht gerade ein leuchtendes Vorbild in Sachen Krisenbewältigung. Aber dass ich alles andere als perfekt war, bedeutete noch lange nicht, dass Emily sich selbst aufgeben durfte. Egal, was sie mir vorwarf, das ließ ich nicht zu. Ich *wollte* es nicht zulassen. Doch was konnte ich tun, wenn ich ihr wieder und wieder die Hand reichte und Emily sich wieder und wieder weigerte, sie zu ergreifen?

Ich zog meine kleine Schwester in eine feste Umarmung, und sie klammerte sich an mich wie damals im Fluss. Sie verbarg ihren Kopf an meiner Brust und weinte, und ich streichelte ihr tröstend den Rücken. Ich spürte, dass sie mir vertraute, immer noch und trotz allem.

Und ich hasste es, wie hilflos ich mich dabei fühlte.

An jenem Abend sagte Caroline: »Du musst deine Schwester in Ruhe lassen, wenn sie nicht will. Du kannst niemandem helfen, der sich nicht helfen lassen möchte.«

Wir waren nach dem Eislaufen noch zu ihr gegangen, und nun saßen wir auf ihrem Bett. Draußen fielen dicke Schneeflocken, doch in Carolines Zimmer war es gemütlich warm.

Mit schmalen Augen erwiderte ich: »Also soll ich einfach zusehen, wie Emily auf ihrem Schreibtischstuhl vermodert?«

Caroline legte mir die Hand in den Nacken und zog mich an sich.

»Ach, Luke. Du hast lange genug getobt und es hat nichts genützt, oder? Und Emily zu ihrem Glück zwingen zu wollen, nützt genauso wenig. Konzentrier dich auf dich selbst, auf deine Videos – und auf mich. Auf uns.«

Sie küsste mich. Ich roch den Duft ihres Haars und ihrer Haut. Ihre Hände schoben sich unter den Bund meiner Jeans. Carolines Eltern waren nicht zu Hause, und so gab es keinen Grund zu widerstehen.

Wir schliefen miteinander, und tatsächlich schaffte ich es für eine selige halbe Stunde, alles zu vergessen.

Aber etwas in mir verschränkte eigensinnig die Arme, und dieses Etwas ließ sich weder durch Sex ablenken noch von Carolines geradliniger Argumentation überzeugen.

Mochte meine Schwester auch noch so entschlossen sein, ihr Leben wegzuwerfen: Ich würde niemals aufhören, an Emilys Stelle dafür zu kämpfen.

Jana

Am späten Nachmittag mache ich schlapp.

Meine Beine sind schwer wie Blei und mein Nacken ist vom Gewicht des Rucksacks so verspannt, dass ich den Kopf kaum mehr zur Seite drehen kann. Außerdem mache ich mir schreckliche Sorgen um meinen Onkel. Während des Laufens hatte ich mehr als genug Zeit, mir auszumalen, was ihm alles zugestoßen sein könnte, und leider schätze ich die meisten meiner Horrorvorstellungen als realistisch ein. Auf einer Insel wie dieser kann einem Menschen, der ganz allein unterwegs ist, einfach verdammt viel passieren. Sofern Richard nicht schon auf dem Meer verunglückt ist … Schiffbruch erlitten hat … ertrunken ist …

Ich bekomme Kopfschmerzen.

Auch Luke sieht geschafft aus. Er drückt die Hand nun ununterbrochen auf seinen Oberarm, und da er immer blasser wird, entscheide ich, dass für heute Schluss sein muss. Morgen ist auch noch ein Tag.

Luke protestiert nicht. Kurz danach erlaubt er mir sogar, nach seiner Wunde zu sehen.

Zwei sichere Zeichen, dass es ihm nicht gut geht.

Diese Vermutung bestätigt sich, als wir auf einer nebeligen Lichtung stöhnend die Rucksäcke abgeworfen haben. Wir sitzen im feuchten Gras, Luke lässt die Hand sinken und ich sehe, dass der Stoff seines Ärmels blutdurchtränkt ist. Erschrocken helfe ich ihm aus dem Sweatshirt. Ich entferne die durchnässte Mullbinde – und schlage mir die Hand vor den Mund.

Die Verletzung sieht furchtbar aus. Das Fleisch klafft auseinander, und Lukes ganzer Oberarm ist verschmiert von altem und neuem Blut. Trotz des Verbandes muss die Wunde seit heute Morgen mehrfach wieder aufgegangen sein.

»Warum hast du denn nicht gesagt, dass es *so* schlimm ist?«, rufe ich entsetzt. »Du musst das doch gespürt haben!«

»Wozu hätte ich was sagen sollen? Damit du einen Arzt rufen kannst?«

»Nein, natürlich nicht, aber ich hätte die Wunde desinfizieren und frisch verbinden können!«

»Und du meinst, das hätte was genützt.«

»Ja! Wunden wie diese können sich wahnsinnig schnell entzünden, wenn man sie nicht gut versorgt, und dann ist man ohne Antibiotikum ziemlich aufgeschmissen. Das weiß doch jeder!« Aufgebracht stoße ich ihm den Zeigefinger gegen die Brust. »Vorhin noch groß darüber philosophieren, wie wichtig es ist, dass man Hilfe annehmen kann, und jetzt das! Echt, Luke, dir selbst gegenüber bist du total verantwortungslos!«

»Nur die Ruhe«, meint Luke. Belustigt mustert er mich, und in meiner Sorge um ihn ärgert mich das maßlos.

»Das ist kein Spaß!«, schimpfe ich. »Willst du auf dieser Insel verrecken, nur weil es unter deiner Würde ist, eine Fleischwunde ernst zu nehmen? Dann hör mir mal gut zu, Mr Outdoor: *Ich* will nicht, dass du stirbst. Ich werde die Wunde jetzt desinfizieren und dir einen neuen Verband anlegen, und ab sofort machen wir das regelmäßig. Verbandsmaterial sparen, was für ein Unsinn! Wenn du in der Wildnis zusammenbrichst, weil du eine Blutvergiftung hast, nützt dir das eingesparte Zeug auch nichts mehr.«

Ich habe mich richtig in Rage geredet, angestachelt von dem vielen Blut und meinem medizinischen Halbwissen, das mir beunruhigende Bilder von Organversagen, Kollaps und Tod durch den Kopf schießen lässt. Doch statt sich zerknirscht zu zeigen, grinst Luke nur noch breiter. Ich bin nahe daran zu explodieren. Hört der Kerl denn gar nicht, was ich sage? Begreift er nicht, dass dies kein Spiel ist?

»Du solltest Ärztin werden.« Lukes braune Augen funkeln. »Niemand würde es wagen, sich deinen Anordnungen zu widersetzen.«

»Ach ja?«, fauche ich. »Tja, ich werde tatsächlich Ärztin, stell dir mal vor!«

»Du willst Medizin studieren?«

Ich nicke knapp. »Im Oktober fange ich an.«

»Toll«, sagt Luke aufrichtig.

Das nimmt mir den Wind aus den Segeln. Ich kneife misstrauisch die Augen zusammen. Woher dieser Stimmungswechsel? Gerade hat der Kerl sich noch über mich amüsiert.

»Nein, wirklich«, schiebt Luke hinterher, »ich finde es super, wenn jemand Mediziner werden und kranken Menschen helfen will. Ich hatte es mir auch überlegt, aber ich bin sicher, dass das für mich nichts wäre. Denn wenn ich einen Patienten mal nicht heilen könnte ... wenn einer trotz meiner Bemühungen sterben würde ... Selbst wenn ich gar nichts dafür könnte, würde mich das um den Schlaf bringen. Umso mehr bewundere ich jeden, der sich für den Arztberuf entscheidet.«

Ich weiß nicht, was ich sagen soll. Meine Empörung ist in sich zusammengefallen und Lukes Worte machen mich verlegen, denn ich habe das Gefühl, er lobt und bewundert mich zu Unrecht; schließlich habe ich in den letzten Monaten schwer an meinem Berufswunsch gezweifelt. Und das nicht, weil ich nicht mehr Ärztin werden *will*, sondern weil ich es möglicherweise nicht mehr *kann*. Eine Medizinerin mit Sozialphobie, die während der Arbeit von Panikattacken heimgesucht wird? Völlig unmöglich!

Leider.

Obwohl ich mich in meinen dunkelsten Momenten tatsächlich schon gefragt habe, ob ich den Menschen nach dem, was mir passiert ist, überhaupt noch helfen will. *Allen* Menschen, meine ich. Und das müsste ich als Ärztin.

Ich wende mich ab und krame im Rucksack nach Verbandszeug und Desinfektionsmittel. Schweigend mache ich mich daran, Lukes Wunde zu versorgen. Er lässt mich ohne weiteren Kommentar gewähren, ganz so, als sei ich bereits Ärztin und als vertraue er mir, und merkwürdig – trotz meiner düsteren Gedanken macht es mich zufrieden, ihm zu helfen. Es gefällt mir, Lukes Arm von einer blutigen Horror-Gliedmaße in ein desinfiziertes, sauberes, frisch verbundenes Körperteil zu verwandeln und damit hoffentlich zu verhindern, dass sich Bakterien darin einnisten. Was ich für Luke tun kann, das will ich so gut wie möglich tun; es ist ja wenig genug.

»Fertig!«, sage ich und hebe den Kopf.

Unsere Blicke treffen sich. Luke lächelt, doch diesmal wirkt er nicht belustigt, sondern nachdenklich.

»Danke, Jana«, sagt er sanft.

»Gern geschehen«, murmele ich.

Und während mir unter Lukes unverwandtem Blick ganz warm wird, denke ich: Vielleicht kann ich es ja doch schaffen, Ärztin zu werden.

Luke

Der Nebel hat uns den ganzen Tag lang umhüllt. Nun, am Abend, löst er sich endlich auf.

Janas Silberhaar ist feucht, und sie streicht es sich ungeduldig aus der Stirn. Ihre Jeans und ihr Pullover sind übersät von erdfarbenen und grünen Flecken, und die Anstrengung hat dunkle Ringe unter ihre Augen gezeichnet. Trotzdem liegt in ihrem Ausdruck etwas Kämpferisches, das gestern noch nicht da war, und das freut mich mehr, als es sollte. Als es dürfte.

Sie spürt meinen Blick und sieht mich fragend an, und ich beuge mich rasch über das Moos, das ich gerade in großen Stücken vom Boden schneide. Konzentrier dich auf deine Arbeit, Mann!, weise ich mich zurecht. Wenn du sie die ganze Zeit über anstarrst, wird sie denken, dass du nicht besser bist als jeder andere Typ!

Schließlich kann Jana nicht wissen, dass ich sie nicht aufgrund ihrer berückenden Schönheit anschaue. Zumindest nicht nur.

Ich kann nicht aufhören sie anzusehen, weil ich auf eine beunruhigende Art begierig darauf bin, mehr über die andere Jana zu erfahren. Die verborgene Jana. Die Jana hinter der Angst. Die Jana, die Ärztin werden und andere Menschen heilen will. Ich ahne, dass sie wild ist und fröhlich und voller Lebenslust, aber ob ich mit meiner Ahnung richtigliege? Das würde ich echt gern herausfinden. Und zwar, weil …

Tja, und da kommen wir zum Problem an der ganzen Sache: dem »Weil«.

Ich ziehe die Brauen zusammen und hacke hart in dem armen Moos herum. Mir Gedanken darüber zu machen, wie ich zu Jana stehe, warum sie mich so sehr interessiert und was Caroline wohl dazu sagen würde, wird uns kein Nachtlager bescheren. Auch kein Feuer und kein Abendessen.

Also verdränge ich das »Weil« und kümmere mich lieber um unser Überleben.

Während Jana zwischen drei Bäumen am Rande der Lichtung das Tarp aufspannt, damit wir im Schlaf nicht von Regenschauern überrascht werden, schneide ich aus dem unebenen Waldboden so viel weiches Moos heraus, dass es für uns beide als Unterlage reicht. Vollgepackt gehe ich zu Jana hinüber, breite das Moos unter dem Tarp aus, bis es eine natürliche grüne Matratze bildet, und lege unsere Isomatten und Schlafsäcke darauf. Dabei bemühe ich mich, weder an den reißenden Schmerz in meinem Oberarm zu denken noch daran, dass Jana auf unserem Moosbett verboten nah neben mir liegen wird.

Ich verdränge die Gefühle, die diese Vorstellung in mir auslöst, und mache mich ans Entzünden des Feuers.

Was ziemlich lange dauert, weil der Nebel heute alles mit feinen Tröpfchen bedeckt hat und sämtliches Totholz auf dem Waldboden feucht ist. Ich bin bloß froh, dass ich nicht zum ersten Mal vor der Herausforderung stehe, bei Nässe ein Lagerfeuer in Gang kriegen zu müssen. Ich will mich nicht vor Jana blamieren.

So aber kann ich auf meine Erfahrungen zurückgreifen. Ich erinnere mich daran, dass Totholz in Bodennähe stets feuchter ist als tote Zweige an Bäumen, und breche mehrere abgestorbene Äste von einer Fichte ab. Mit dem Messer entferne ich mühselig die Rinde, bis ich ans trockene Innere gelange. Dann schnitze ich Kerben in die Äste, damit die Flammen möglichst viel Angriffsfläche finden – und schon habe ich mein Anzündholz. Und da ich in der Blockhütte glücklicherweise ein Feuerzeug eingepackt habe, ist der Rest ein Kinderspiel.

Allerdings ein ziemlich anstrengendes Kinderspiel. Ich muss nämlich noch eine Menge Späne schnitzen, und mit dem Schmerz, der von meiner Wunde bis hinunter in meine linke Hand ausstrahlt, ist das gar nicht so ohne. Doch ich beiße die Zähne zusammen … und irgendwann, irgendwie, habe ich es geschafft. Aus Anzündholz, Spänen und ein wenig Kiefernharz als Wachsersatz entfache ich ein hübsches Anmachfeuer. Bald erfassen die Flammen auch die feuchteren, größeren Äste, und das Ganze qualmt und raucht – aber es brennt. Und da auf der Lichtung viel Totholz herumliegt, das zwar nass, aber auch harzig ist, werde ich das Feuer jetzt, wo es erst einmal in Gang gekommen ist, auch problemlos die Nacht über erhalten können.

Zufrieden stemme ich die Hände in die Hüften. Ohne groß nachzudenken, sage ich fürsorglich zu Jana: »Jetzt hast du es trotz des Nebels schön warm.«

»Danke.« Sie schmunzelt und deutet zwischen die Bäume. »Und du hast es heute Nacht schön ungefährlich. Wir essen nämlich hundert Meter von hier entfernt. So locken wir keine Bären zu unserem Schlafplatz.«

Mein Blick folgt ihrem ausgestreckten Zeigefinger. Während ich Feuer gemacht habe, hat Jana im Wald irgendetwas hergerichtet, das auf ihrer Regenjacke liegt wie auf einer Picknickdecke.

»Ah, du hast den Tisch gedeckt«, sage ich grinsend. »Es lebe die traditionelle Rollenverteilung! Was hast du denn zubereitet, Weib?«

Mit spöttisch hochgezogenen Brauen sieht sie mich an. »Toast, Dosen-Ananas, frische Heidelbeeren und Wasser. Ach, erwähnte ich schon, dass *du* danach abspülst, Mann?«

Ich lache, zumal sie das mit dem Abspülen nicht ernst meint – wir haben schließlich weder Teller noch Tassen. Jana und ich messen uns mit Blicken, einen Herzschlag lang. Zwei, drei Herzschläge lang. Vierfünfsechssieben schnellere Herzschläge lang, und der Spott verschwindet, als sich etwas zwischen uns verändert. Jana leckt sich nervös über die Lippen. Mein Mund wird trocken.

Gar nicht gut.

Abrupt wende ich mich ab.

Ich stapfe in den Wald zu unserem Essplatz. Dabei sehe ich

Caroline vor mir wie einen Geist, und ihre anklagende Miene ist nur allzu berechtigt. Wieso soll ich es noch leugnen? Meine Gefühle für Jana sind schon längst nicht mehr unschuldig und kumpelhaft.

Wenn sie das je waren.

Natürlich, ich kann mich dagegen wehren. So wie nach der Sache mit dem Bären, als ich deutlich auf Distanz gegangen bin, nachdem ich Jana im Arm gehalten hatte.

Das hat nur leider nicht lange funktioniert.

Ich gehe schneller, bin mir Janas Anwesenheit hinter mir viel zu bewusst. Dieses widersprüchliche, seltsame Mädchen macht mich irre! Mit jeder Sekunde, die wir zusammen verbringen, fühle ich mich stärker zu ihr hingezogen, ob ich das nun will oder nicht.

Verdammt, komm wieder runter, schimpfe ich in Gedanken. Es ist bloß ihr Aussehen, gib's doch zu! Von wegen, dich interessiert die verborgene Jana. Dich interessiert genau *diese* Jana, die da gerade hinter dir läuft, weil sie nämlich unfassbar heiß ist, selbst wenn sie verschwitzt ist und schmutzig und zerzaust. Das ist alles, mehr ist da nicht. Luke, du Idiot, es geht dir um Sex! *Ausschließlich* um Sex! Mehr ist da nicht!

Nein, mehr ist da nicht, und einem Mädchen zu widerstehen, mag es auch noch so sexy sein, das werde ich ja wohl gerade noch schaffen.

Ich war Caroline nie untreu, nicht ein einziges Mal in zweieinhalb Jahren. Da werde ich in den wenigen Tagen mit Jana ganz bestimmt nicht damit anfangen.

Jana

Ich beobachte Luke, wie er sich ein Stück Ananas in den Mund steckt. Unwillkürlich lecke ich mir über die Lippen, und als mir das bewusst wird, senke ich schnell den Blick.

Ich habe schon lange niemanden mehr auf diese Weise angesehen.

Meinen ersten festen Freund hatte ich mit fünfzehn. Unsere Beziehung hielt drei Monate.

Meinen zweiten Freund hatte ich mit sechzehn. Diese Beziehung hielt vier Wochen lang.

Danach hatte ich fürs Erste genug von den Jungs.

Es schien ihnen sowieso nur um mein Äußeres zu gehen, und ich hatte nicht vor, ein weiteres Mal die attraktive Trophäe zu spielen. Ich wollte keine Freundin sein, mit der man vor seinen Kumpels angeben kann, die man auf Instagram zeigt und die man gleichzeitig eifersüchtig bewacht, ohne sich jedoch wirklich für sie zu interessieren. Dann lieber Single sein! Ich hatte ja Carmen, und das Leben war – jedenfalls bis zu jenem Frühlingstag, als ich im Drogeriemarkt an der Kasse stand – auch ohne Jungs super.

Einmal jedoch sagte Carmen zu mir: »Ganz ehrlich? Wenn ich du wäre, hätte ich jeden Tag einen anderen.«

Wir übten gerade Kickflips auf dem Skateboard, und Carmen schielte immer wieder zu einem dunkelhaarigen Typen rüber. Er vollführte Tricks mit seinem Board, für die wir selbst noch Jahre würden üben müssen, und er sah ziemlich gut dabei aus.

»Der da zum Beispiel«, fügte Carmen sehnsüchtig hinzu. »Der wäre mein Nächster.«

Als er merkte, dass wir über ihn redeten, lächelte der Typ und fuhr sich durchs Haar. Dann kam er auf uns zu.

»Hey«, sagte er und blickte mir tief in die Augen. »Lust auf ein bisschen Privatunterricht? Schönheiten wie dir bringe ich gern alle meine Tricks bei. Sogar umsonst!«

Er lachte und ich wusste nicht, was ich am Schlimmsten finden sollte: die Schleimigkeit dieses Typen, seine billige Anmache oder die Tatsache, dass er Carmen total ignorierte – als gäbe es nur mich und meine Freundin sei Luft.

Carmen schnappte sich ihr Board und rauschte mit knallroten Wangen ab.

»Idiot!«, zischte ich ärgerlich. Dann rannte ich meiner Freundin hinterher.

Als ich sie eingeholt hatte, lief sie langsamer. Bedrückt gingen wir nach Hause. Darauf, die Boards zu benutzen, hatte keine von uns mehr Lust.

»Hey, vergiss den Blödmann«, sagte ich, als wir vor ihrer Tür standen. »Mit dem hättest du es sowieso nicht lange ausgehalten. Oder hättest du ernsthaft Lust auf einen Freund mit dem IQ einer Kokosnuss?«

Doch Carmen lachte nicht über meinen lahmen Scherz. Sie lächelte nicht einmal. Stattdessen stieß sie aus: »Manchmal ist es so verdammt schwer, Jana!«

»Was denn?«

»Deine Freundin zu sein!«

Das hatte ich nicht erwartet und ich zuckte zusammen. Wegen ihrer Worte und, mehr noch, wegen der Bitterkeit in ihrer Stimme.

»Bitte nicht falsch verstehen.« Carmen seufzte. »Du bist die beste Freundin, die man sich nur wünschen kann. Aber neben dir … neben dir bin ich immer das hässliche Entlein. Dabei sehe ich doch gar nicht so schlecht aus, oder?«

Heftig schüttelte ich den Kopf. Carmen war alles andere als hässlich. Mit ihren hellgrünen Augen und dem langen schwarzen Haar fand ich sie sogar ausgesprochen hübsch.

»Trotzdem schaut mich keiner an, wenn du dabei bist«, fuhr Carmen schlecht gelaunt fort, »und das nervt. Das nervt total! Kannst du das nachvollziehen? Nee, kannst du natürlich nicht. Wie auch?«

Ich fühlte mich schuldig.

»Carmen, ich … es tut mir leid. Soll ich … na ja … ich weiß auch nicht … soll ich vielleicht …«

»Dir eine Maske aufziehen? Dich unsichtbar machen, wenn

süße Jungs in der Nähe sind?« Jetzt grinste Carmen mich an. »Lass mal. Du bist zwar unerträglich attraktiv, und eigentlich müsste ich dich dafür hassen, aber was soll ich sagen: Ich mag dich trotzdem. Bescheuert, oder?«

Ich schaute sie an, Carmen, meine beste Freundin, und hätte heulen können. Man musste also bescheuert sein, um mich zu mögen?

»Ach, egal.« Carmen straffte die Schultern. »Ich kriege keinen, und du willst keinen. Letztlich kommt es aufs Gleiche raus – wir bleiben beide solo. Das ist doch schon fast wieder gerecht.«

Sie grinste schief, und zum Abschied umarmte sie mich.

Doch die Stimmung zwischen uns blieb noch tagelang angespannt, und so wurde ich vorsichtig. Ich gewöhnte es mir konsequent ab, in Carmens Beisein mit irgendjemandem zu flirten, und wenn ihr ein Junge gefiel, vermied ich es, ihn auch nur anzuschauen. Geschweige denn, mehr als ein, zwei abweisende Worte mit ihm zu wechseln.

Ehrlich gesagt bedeuteten diese Einschränkungen aber kein allzu großes Opfer für mich. Ich war nicht auf der Suche nach der Liebe, und ich vermisste nichts. Mein Interesse an Sex war nun mal eher gering ausgeprägt, warum auch immer.

Bis heute.

Denn nun sitze ich hier und starre wie hypnotisiert auf Lukes Lippen. Gerade steckt er sich ein weiteres Stück Ananas in den Mund. Eine total normale Handlung, sollte man meinen, ein simpler Akt der Nahrungsaufnahme … aber bei Luke finde ich diese Geste *heiß*, und zwar dermaßen heiß, dass ich mich selbst nicht wiedererkenne.

Schon gut, sage ich mir beunruhigt, dann finde ich ihn eben heiß. Na und? Ich bin achtzehn, ich hatte lange keinen Freund mehr und wahrscheinlich … sind das einfach nur die Hormone. Ich fände jeden heiß, mit dem ich hier draußen allein wäre.

Doch tief in mir weiß ich, dass das nicht stimmt.

Luke schiebt sich das nächste Ananasstück in den Mund, dann leckt er sich den Zeigefinger ab. Und bei diesem Anblick werde ich so richtig nervös.

Komm schon, das ist ein gutes Zeichen, rede ich mir ein, das ist doch ein echt gutes Zeichen! Sind solche Gefühle etwa nicht besser als Panik und Flashbacks?

Die mir im Moment übrigens erstaunlich weit weg erscheinen. Mir ist zwar klar, dass sie noch irgendwo lauern, in meinem Hinterkopf. Aber ich spüre oder fürchte sie nicht, und das ist doch ein Fortschritt!

Ein so riesiger Fortschritt, dass mich der Übermut packt und ich spontan ein kleines Experiment wage.

»Sag mal, Luke.« Ich reiße meinen Blick von seinen Lippen los und schaue ihm in die Augen. »Stört es dich eigentlich gar nicht, wenn du von fünfzigtausend Menschen angegafft wirst? Auf YouTube, meine ich. Wenn du deine Touren und Wildnisabenteuer einstellst.«

Mein Herz klopft schneller.

Ich habe es getan. Ich habe das Thema selbst angeschnitten,

und nun warte ich beinahe trotzig darauf, dass die Panik heranstürmt.

Was sie nicht tut.

Ha!

Luke sieht mich nachdenklich an. »Das ist der Sinn solcher Videos, oder? Dass man gesehen wird.«

»Aber du wirst ja nicht nur gesehen, sondern auch beurteilt. Von Leuten, mit denen du überhaupt nichts zu tun hast. Die es im Grunde einen Scheiß angeht, was du machst, wohin du mit deinem Kanu fährst, ob du einem Elch begegnest oder einer dreibeinigen Katze oder einem Alien.«

Hör auf, warnt mich eine leise Stimme.

Ich ignoriere sie.

»Es ist dein Leben«, sprudelt es aus mir heraus, »deine Privatsphäre, es sind deine Erlebnisse. Warum nur setzt du dich freiwillig den Blicken Tausender Fremder aus?«

»Weil es mir gefällt, Jana.« Er zuckt mit den Schultern. »Die Leute mögen, was ich tue. Wo liegt das Problem, wenn ich es ihnen zeige?«

Luke sagt das, als sei es tatsächlich kein großes Ding, und ein Teil von mir versteht ihn sogar und stimmt ihm zu. Das bringt mich durcheinander. Es verwirrt mich so sehr, dass ein anderer Teil von mir nun genug hat und entschieden anfängt, sich zu wehren.

Schon bricht mir der Schweiß aus.

»Hey«, sagt Luke leise. »Kann es sein, dass wir der Sache näherkommen?«

Ich blinzele, und ohne seine Frage zu beantworten, stehe ich auf. Experiment gescheitert. Ich *kann* nicht darüber reden.

»Wir müssen morgen lange laufen«, sage ich und schlucke. »Ich würde jetzt gern schlafen.«

Ich ziehe mich ins Gesträuch zurück, um mich bettfertig zu machen. Oder besser: Moos-und-Schlafsack-fertig.

Mangels Bach oder Quelle benutze ich zum Zähneputzen ein wenig Wasser aus meiner Trinkflasche. Auch fürs Waschen von Händen, Gesicht und Achseln muss mein Trinkwasser herhalten, zusammen mit der Bio-Seife – und das war's auch schon mit der abendlichen Hygiene. Sauber sieht anders aus.

Und sauber riecht auch anders, denn nach einem ganzen Tag schweißtreibenden Wanderns dufte ich auch nach meiner Katzenwäsche nicht gerade nach Rosen. Aber was soll ich machen? Eine heiße Dusche bietet der Regenwald nun mal nicht, und mit unserem Wasser müssen wir sparsam sein. Besser heute Nacht schmutzig sein als morgen durstig. Ich kämme mir die Haare mit den Fingern durch und laufe zurück zu unserem Nachtlager.

Das Feuer brennt nun ganz gut, und damit das so bleibt, legt Luke einige harzige Zweige nach. Dann schlägt er sich ebenfalls ins Gebüsch.

Während er fort ist, ziehe ich rasch meine verdreckten Sachen aus. Einen Pyjama einzupacken, habe ich vergessen, aber auch in Unterwäsche werde ich wohl kaum erfrieren, und so krieche ich lediglich mit BH und Unterhose bekleidet in meinen Schlafsack. Mit einem müden Seufzer kuschele ich mich in die Daunen. Ich höre Luke im Gebüsch herumrascheln und mir wird bewusst, wie anders mir zumute ist als in der vergangenen Nacht.

Da hatte ich noch vier stabile Wände, die mich vor der Wildnis schützten, und statt des Feuers spendete mir die Petroleumlampe Licht. Ich hatte Wasser, so viel ich wollte, Konserven und Nudeln in Hülle und Fülle und damit letztendlich alles, was ich für mein Wohlbefinden brauchte. Es war nicht luxuriös. Aber es war in jeder Hinsicht genug.

Heute Nacht hingegen lagert mein zerschlagener Körper auf einem Bett aus Moos, in dem schätzungsweise eine Million Käfer und Spinnen krabbeln. Dort, wo die Rucksackriemen auflagen, sind meine Schultern übel aufgescheuert. Jeder einzelne meiner Muskeln scheint vor Überforderung zu schreien. Zudem bin ich immer noch hungrig, denn Obst und Toast reichen meinem Magen nach einem solchen Tag definitiv nicht aus. Über mir spannt sich als einziger Schutz ein dünnes Tarp, und der Abend schluckt mit jeder Stunde mehr Licht; bald wird es jenseits des Feuers stockdunkel sein. Sämtliche Raubtiere können sich also unbemerkt an Luke und mich anschleichen, um uns als Mitternachtssnack zu verspeisen. Alles nicht so super, wenn man mal ehrlich ist.

Und trotzdem habe ich keine Angst.

Ob das nur daran liegt, dass Luke bei mir ist?

Ich drehe mich zur Seite, lege den Kopf auf den Unterarm und blicke nachdenklich ins Feuer.

Luke

Das Tarp ist aufgespannt, das Feuer brennt – doch die Sache mit dem Proviant bleibt ein Problem.

Eigentlich müssten wir alles potenziell Essbare (wozu für einen Bären auch Zahncreme zählt) an einem Ast aufhängen, mindestens zwei Meter vom Baumstamm und vier Meter vom Boden entfernt. Aber im Blockhaus war kein Seil zu finden, das ich hätte mitnehmen können, unsere Angelschnur müssen wir schonen und einen Bärencontainer haben wir natürlich auch nicht.

Was also tun, um diese Nacht einigermaßen sicher zu überstehen?

Ich reibe mir den Nacken. Mir ist nicht ganz wohl dabei, doch mir bleibt nichts anderes übrig: Ich muss auf Trick siebzehn zurückgreifen.

»Was machst du da?«, fragt Jana. Sie liegt schon im Schlafsack, nur ihr Kopf und ihre Schultern mit den BH-Trägern lugen heraus.

Ich bemühe mich, nicht auf ihre nackte Haut zu starren, und

antworte: »Wir dürfen nichts bei unserem Schlafplatz lagern, was für Bären nach Nahrung riechen könnte. Deshalb bringe ich unsere Rucksäcke an den anderen Rand der Lichtung und baue dort ein lärmgesichertes Proviantnest.«

Sie runzelt die Stirn. »Ein was, bitte?«

Ich erkläre ihr, dass ich unsere Habe zu einem Haufen stapeln und am Ende alles, was scheppern kann, lose obendrauf legen werde.

»Die Idee ist, dass der Haufen umkippt, wenn ein Bär ans Essen will, und dass der Krach ihn in die Flucht schlägt. Glaub mir, das funktioniert.« Mehr oder weniger zuverlässig.

»Dann hätte ich Teller und Tassen doch lieber mitnehmen sollen, was? Die hätten bestimmt schön gescheppert.«

»Es wird auch so gehen«, sage ich mit deutlich mehr Optimismus, als ich verspüre. »Wir haben immerhin den Kompass, die Stirnlampe, das Messer und … äh … die Angelhaken.«

Jana lacht. »Stimmt. *Die* machen bestimmt richtig viel Krach!«

Dass sie, die bisher so ängstlich war, trotz der drohenden Gefahr lacht, verblüfft mich ebenso sehr, wie es mich freut.

»Wenn du dich umdrehst, ziehe ich mich wieder an und helfe dir«, bietet sie mir an. »Oder ich baue dieses Ding gleich ganz allein. Dann kannst du deinen Arm schonen.«

Ich soll Jana schuften lassen und ihr gemütlich dabei zusehen? Ja, klar. Entschieden winke ich ab. »Passt schon. Ich habe das in fünf Minuten erledigt und die Wunde tut gerade überhaupt nicht weh. Bleib einfach liegen.«

Das mit der Wunde ist natürlich gelogen. Sie tut sogar sehr weh. Aber etwas in mir treibt mich dazu, für Jana den Ritter zu spielen.

Was ihr jedoch nicht zu passen scheint.

»Blödsinn«, sagt sie unverblümt und richtet sich auf. »Du hast schon das Feuer allein gemacht. Also baue ich jetzt dieses Lärmnest. Okay?«

So viel zu meiner ehrenvollen Rolle als Ritter.

»Nicht Lärmnest«, brumme ich unzufrieden. »Es heißt lärmgesichertes Proviantnest.«

Doch ich ernte bloß ein strenges »Luke! Umdrehen!«, und so wende ich mich widerwillig ab, damit Jana erneut in ihre verdreckten Kleider schlüpfen kann.

Dass ich faul am Feuer herumlungern soll, gefällt mir überhaupt nicht, aber Jana, ganz angehende Ärztin, lässt nicht mit sich spaßen. Und leider muss ich zugeben, dass die Anstrengungen des Tages tatsächlich ihren Tribut fordern: Der Schmerz wird mit jeder Minute stärker, und schwindelig wird mir so langsam auch. Weshalb ich mich wie eine Diva aufs Moosbett sinken lasse und erst einmal tief durchatme, damit die Welt um mich herum aufhört, Karussell zu spielen.

Das tut gut! Irgendwie bin ich doch ganz schön müde … und ich habe so schrecklich schwere Lider …

Ich falle in einen unruhigen Halbschlaf.

Wirre Träume suchen mich heim.

Da ist mein Arm, auf dem eine Alarmleuchte montiert ist, die hektisch blinkt – und da ist Jana mit glänzendem Schwert –, und da ist ein Wirbelsturm aus süßem Duft und silbernem Haar, rasend schnell und machtvoller als alles, was ich je erlebt habe. Völlig zwecklos, sich gegen diesen Wirbelsturm zu wehren; ich kann bloß stillhalten und hoffen, dass er vorübergeht.

Aber natürlich erfasst er mich doch, und verführerisch raunt er mir all die Fragen zu, die ich im Wachzustand verdränge: Kann Dankbarkeit wirklich ein Ersatz für Liebe sein? Ist Treue, dieser unanfechtbare moralische Wert, manchmal nicht auch falsch? Kann ein Tsunami aus plötzlichen Gefühlen eine zweieinhalb Jahre alte Beziehung auslöschen? *Darf* er das? Und bin ich eigentlich ein Arschloch, weil ich so etwas denke, obwohl ich die Verursacherin dieses Wirbelsturms erst *gestern* kennengelernt habe?!

»Luke.« Janas Stimme ist ein sanftes Flüstern. »Gleich kannst du weiterschlafen, ich muss bloß schnell wissen, was mit dem Feuer ist. Soll ich noch mehr Holz auflegen? Oder die Flammen löschen? Tut mir leid, ich würde dich gern in Ruhe lassen, aber ich habe noch nie in der Wildnis neben einem Lagerfeuer geschlafen und ich will nichts falsch machen …«

Mit halb geschlossenen Augen blicke ich zu ihr hoch. Die Flammen zaubern eine Aura aus orangerotem Licht um Janas Gestalt und sie sieht überirdisch schön aus, wie ein leuchtender Engel. Träume ich noch oder bin ich wach?

»Luke«, drängt sie leise, »das Feuer?«

Ich rappele mich auf. Fahre mir durchs Haar und verbanne Engel und Wirbelstürme entschieden aus meinen Gedanken. Ersetze sie durch Caroline, das Mädchen, das mich liebt und das immer für mich da war. Es dauert eine Weile, bis ich es geschafft habe. Aber als ich Jana wieder ansehe, habe ich mich gefasst.

»Ich zeig dir das mit dem Feuer«, sage ich tonlos. »Beim nächsten Mal kannst du es dann allein.«

Beim nächsten Mal, wenn sie mit einem Jungen unterwegs ist. Mit irgendjemandem.

Nur nicht mit mir.

Jana

Über die schwarze Lichtung spannt sich ein klarer Sternenhimmel.

Das Feuer wärmt meinen Rücken, während mein Bauch und meine Brust von Gänsehaut überzogen sind; sooo gut war die Idee, fast nackt in den Schlafsack zu kriechen, doch nicht. Aber nach der Aktion mit dem Proviantnest habe ich keine Lust, erneut aufzustehen, nur um mir etwas überzuziehen. Dafür bin ich nach diesem anstrengenden Tag zu müde. Viel zu müde!

Und trotzdem liege ich wach.

Ich ahne, dass meine Schlaflosigkeit einen Grund hat: Lukes körperliche Nähe einerseits – und die seelische Mauer, die er zwischen uns hochgezogen hat, andererseits.

Sowie Luke in seinen Schlafsack geschlüpft ist, hat er mir den Rücken zugekehrt. Das ist jetzt bestimmt eine halbe Stunde her, doch an seinen unregelmäßigen Atemzügen höre ich, dass Luke noch wach ist, genau wie ich.

Aber als ich wispere: »Kannst du auch nicht einschlafen?«, bekomme ich keine Antwort.

Habe ich etwas falsch gemacht?

Im Feuerschein betrachte ich seine breiten Schultern. Die widerspenstigen Haare. Den Nacken, der mich dazu verlockt, die Hand auszustrecken und mit dem Zeigefinger sanft über die ungeschützte Haut zu streichen. Wie Luke wohl reagieren würde? Vorhin, als er im Halbschlaf zu mir hochgeblickt hat, hatte ich das Gefühl, dass ich ihm alles andere als egal bin. Unmittelbar danach hat er sich jedoch vor mir verschlossen. Warum?

Ob er eine Freundin hat?

Die Vorstellung von Luke mit einem anderen Mädchen gefällt mir gar nicht. Kann es sein, dass ich *wirklich* was von ihm will?!

Na, dann herzlichen Glückwunsch!, denke ich grimmig. Nicht nur habe ich reichlich andere Sorgen, zum Beispiel meinen verschwundenen Onkel. Nein, Luke ist auch noch der erste Junge in meinem Leben, der mich subtil, aber beständig zurückweist – obwohl da doch etwas zwischen uns ist! Oder nicht? Bin nur ich es, die diese sirrende Spannung spürt? Bilde ich mir die Anziehung zwischen uns nur ein?

Als wolle die Natur auf meine aufgewühlte Stimmung antworten, kommt plötzlich Wind auf. Er rüttelt an unserem Tarp, lässt die Bäume um die Lichtung herum gefährlich knarzen, und fröstelnd ziehe ich mir den Schlafsack bis übers Kinn. Doch der Wind bringt nicht nur Kälte mit sich, sondern auch den nächtlichen Geruch der Kiefern und Fichten, eine herbsüße Mischung aus Orangenduft und Harz.

Ich weiß nicht, ob es dieser verlockende Geruch ist. Oder die bedrohliche Schwärze der Nacht. Das unruhig auflodernde Lagerfeuer. Ob es das Wissen ist, dass Luke und ich der Natur im Schlaf vollkommen ausgeliefert sein werden, dass sich jederzeit ein wildes Tier anschleichen und uns töten kann, dass diese Stunden vielleicht unsere letzten sind. Was auch immer der Grund sein mag: Mit einem Mal wünsche ich mir nichts sehnlicher, als mich an Luke zu schmiegen und ihn zu umarmen. Seinen Widerstand zu überwinden, seine Wärme zu spüren und mit ihm gemeinsam der Dunkelheit zu trotzen. Mit heftig klopfendem Herzen liege ich auf dem Moosbett. Luke tatsächlich zu umarmen, wage ich nicht. Aber ich schiebe wie zufällig mein Bein gegen seines.

Kurz setzt Lukes Atem aus.

Zwei dicke Schichten Schlafsack trennen uns, doch in diesem Moment bin ich mir sicher, dass Luke sich der zarten, indirekten Berührung absolut bewusst ist.

Er kommt mir nicht entgegen. Weder, indem er sich zu mir umdreht, noch, indem er etwas sagt.

Aber er rückt auch nicht von mir ab.

Ich halte ganz still, will die fragile Verbindung zwischen uns um keinen Preis verlieren.

Und irgendwann fallen mir die Augen zu.

Als ich einschlafe, wird der Wind stärker.

Er fegt raschelnd über die Bäume, die uns ein wenig vor ihm schützen.

Doch auch die Bäume können nicht verhindern, dass der Wind sich in meine Träume schleicht, und dort singt er säuselnd und heimtückisch den Namen meines Onkels.

Die Insel

Der Wind wirbelt schäumende Wellen auf. Über Wasser sammelt er im Glanz der Sterne Kraft, und unter Wasser setzt er sein wildes Spiel fort.

Die Fische wissen umzugehen mit ihrem alten Freund.

Das Motorboot nicht.

Heftig reißt es an seiner Kette. Der Meeresgrund ist sandig an dieser Stelle, nachgiebig, und so hat das Ankergeschirr den Kräften, die an ihm zerren, wenig entgegenzusetzen.

Beinahe anmutig löst es sich aus dem Boden.

Von nichts mehr gehalten, treibt das Motorboot aufs Meer hinaus. Schaukelnd schwimmt es vorbei an dem untergegangenen Rucksack, an den Einzelteilen der zerstörten Kamera, an dem Satellitenhandy, das in seiner Plastiktüte auf dem Meeresboden ruht. Immer energischer wirft das Meer seine Beute von Welle zu Welle, zieht es fort, weit fort von der Insel.

Weit fort auch von dem roten Holzhäuschen, das sich – nur eine Küstenbiegung entfernt, aber vollständig außer Sicht – unter den windgeschüttelten Bäumen duckt.

Und dann hat das Meer das Motorboot verschlungen, die Menschen in dem roten Holzhäuschen entzünden ein Feuer gegen die Kälte und ein Forscher weint in rauen, erschöpften Schluchzern, die niemand hört.

Nur der Wind.

Doch den kümmert es nicht.

Jana

Ich erwache von Lukes Fluchen.

Verschlafen setze ich mich auf. Luke steht am Rande der Lichtung und rauft sich die Haare, und im selben Moment sehe ich auch, weshalb: Das lärmgesicherte Proviantnest ist kein Nest mehr. Sondern ein Chaos aus zerfetztem Plastik, kaputten Rucksäcken und durcheinandergeworfener Kleidung.

Ich springe auf und will hinüberlaufen, doch in letzter Sekunde fällt mir ein, dass ich kaum etwas anhabe. Also schlüpfe ich in Windeseile in meine Kleider, dann renne ich über die Lichtung zu Luke.

»Was ist denn hier passiert?«, frage ich entgeistert. »War das etwa ein Bär? Wieso haben wir den denn nicht gehört, der Haufen sollte beim Umfallen doch scheppern?!«

»Stirnlampe und Angelhaken«, entgegnet Luke düster, »eignen sich wohl doch nicht, um ein lärmgesichertes Proviantnest zu bauen. Scheiße!«

Ich schlucke. Ja, scheiße. Mehr kann man dazu wirklich nicht sagen. Die Stirnlampe ist zerbrochen. Der gesamte Toast – gefressen. Unsere Kleidung – verdreckt und teilweise zerrissen. Die Rucksäcke – hoffentlich funktionsfähig, denn die Riemen sind noch dran, aber gut sehen sie trotzdem nicht mehr aus. Das Einzige, was uns geblieben ist, sind ein paar Konserven mit weißen Bohnen in Tomatensoße, denn die hat der Bär nicht aufgekriegt, und unsere Zahnpasta, denn die hat er verschmäht.

Ein schwacher Trost.

Lukes Kiefer mahlen. »Okay, es ist, wie es ist. Lass uns das Zeug wieder zusammenräumen. Immerhin ist der Kompass noch heil und die Angelhaken …«, sein Blick schweift über den Boden, »sind auch noch da. Das ist gut! So kann ich uns was fischen, irgendwann sollten wir ja mal an einen Fluss kommen. Und den Rest kriegen wir auch noch hin.«

»Aber warum haben wir gar nichts mitbekommen? Das kapier ich nicht.«

»Wahrscheinlich waren wir von der Wanderung einfach zu müde. Ich wollte in der Nacht eigentlich Holz nachlegen, aber ich hab durchgepennt, das ist mir noch nie passiert. Normalerweise wache ich ein paarmal pro Nacht auf, wenn ich in der Wildnis schlafe. Aber die Erschöpfung war wohl stärker als mein Instinkt, die Umgebung zu checken.«

»Hm. Gescheppert hat jedenfalls nichts, sonst wäre der Bär ja geflüchtet«, überlege ich. »Und die Geräusche, die der Bär gemacht haben muss, als er die Rucksäcke ausgeräumt hat, wurden bestimmt vom Wind übertönt. Immerhin haben wir ziemlich weit entfernt geschlafen.« Ich schaudere. »Zum Glück! Wenn ich mir vorstelle, dass sich ein hungriger Bär hier herumgetrieben hat, während wir beide ahnungslos schlafend unter dem Tarp lagen …«

Unsere Blicke treffen sich. Gerade habe ich noch geschaudert, jetzt wird mir schlagartig heiß.

Wir beide unter dem Tarp. Mein Bein an Lukes. Ob er sich daran erinnert? Oder hat er doch geschlafen und ich habe mir nur eingebildet, dass auch er wach lag, dass er meine vorsichtige Berührung gespürt hat?

»Ist ja noch mal gut gegangen«, sagt Luke.

»Äh, wie?«

Ich brauche einen Moment, um zu begreifen, dass Luke natürlich nicht auf meine Gedanken, sondern auf meine letzte Bemerkung geantwortet hat. Wahrscheinlich denkt er, ich stehe aus lauter Angst vor dem Bären wieder kurz vor einem Panikanfall, und schenkt mir deshalb dieses aufmunternde Lächeln.

Dass ich stattdessen über ihn und mich nachgrübele, kann er ja nicht ahnen. Zumal seine nächtliche Zurückhaltung gerade nun wirklich nicht mein größtes Problem darstellt: Mein armer Onkel hat die Nacht vielleicht irgendwo in der Kälte verbracht. Ohne Schlafsack und ohne Feuer, vielleicht verletzt … Da fällt mir ein: Ist das Verbandszeug eigentlich noch da?!

Eilig knie ich mich hin und durchwühle das Materialchaos. Mit einem erleichterten Seufzer ziehe ich Mullbinden und Desinfektionsmittel unter einem zerrissenen T-Shirt hervor. »Gott sei Dank! Ich kann dich frisch verbinden, Luke.«

»Na, dann ist ja alles gut. Du hast zwar kaum mehr was zu

essen, aber du kannst mich frisch verbinden. Dass dich *das* glücklich macht, nenne ich Berufsethos!« Luke lacht. »Weißt du, was? Wenn du mal Ärztin bist, werde ich ausschließlich zu dir kommen.«

Mir schießt das Blut ins Gesicht. Bin ich zu fürsorglich, nerve ich ihn mit meiner Sorge um seinen Arm? Doch als ich zu ihm hochschaue, blickt Luke mich überraschend liebevoll an, sodass meine Wangen gleich noch röter werden.

Verlegen greife ich nach zwei Dosen und hebe sie in die Höhe.

»Ich wäre für Frühstück. Bohnen oder Bohnen?«

In der Not frisst der Teufel Fliegen – oder kalte Bohnen in Tomatensoße. Ziemlich eklig. Ich bin froh, als ich meinen Anteil hinuntergewürgt habe und das Frühstück vorbei ist.

Nachdem ich Lukes Wunde neu verbunden habe, bauen wir gemeinsam das Tarp ab, rollen unsere Schlafsäcke und Isomatten zusammen und verstauen die über der Lichtung verstreuten Sachen wieder in den lädierten Rucksäcken. Ich spüre Lukes Blick auf mir, doch wenn ich ihn ansehe, schaut er sofort weg.

Seine Verletzung macht mir Sorgen. Die Wunde sah beim Verbinden nicht nennenswert besser aus als gestern, und ich frage mich, ob Luke ein außergewöhnlich geringes Schmerzempfinden hat oder ob er sich die ganze Zeit wahnsinnig zusammenreißt.

Was gäbe ich für einen Arzt!

Und für ein Lebenszeichen von Onkel Richard.

Und für einen anständigen Waldweg, denn die bloße Vorstellung, mich heute wieder den ganzen Tag lang durch mannshohe Farne kämpfen zu müssen, durch dorniges Gestrüpp und über tote Baumstämme, lässt mich müde seufzen. Immerhin scheint heute die Sonne. Ich blicke sehnsüchtig in den blauen Himmel über der Lichtung. Im Wald werden wir von dem schönen Wetter wenig mitkriegen.

Als ahne Luke, was ich denke, sagt er: »Sicher wird die Landschaft bald etwas offener. Ich glaube nicht, dass die gesamte Insel mit Nadelwald bedeckt ist.«

»Und warum nicht?«

Er zieht sich den Rucksack auf und grinst. »Weil das ziemlich ungünstig für uns wäre, da es uns das Laufen so schwer macht. Und an die ungünstigste Situation glaube ich erst, wenn es gar nicht mehr anders geht.«

Matt lächele ich zurück. Ich beneide Luke um seinen Optimismus, und vor allem wünschte ich, ich könnte ihn teilen. Doch als ich den Rucksack auf meine wunden Schultern hieve und sich überall in meinem Körper meine überforderten Muskeln zusammenkrampfen, bin ich von Optimismus weit entfernt. Gott, ob ich den Tag überhaupt durchhalte? Ob ich heute weit genug laufen kann, um morgen die Robinsons zu erreichen? Ob mein Onkel noch lebt, ob ich schnell genug bin, um ihn zu retten, ob …

»Wollen wir?«, fragt Luke, und ich schaue in seine dunklen, entschlossenen Augen.

Er ist es, der verletzt ist. Und doch zweifelt er keine Sekunde daran, dass wir es schaffen können.

Also schaffen wir es!, denke ich und nicke.

Nachdem wir uns etwa eine Stunde lang durch den Wald gequält haben, hören wir es plötzlich plätschern und gurgeln, und wenig später erreichen wir einen glasklaren Fluss. An seinem Ufer liegen große, flache Felsen. Für uns ist das ein Glück, denn so können wir unsere fast leeren Flaschen auffüllen.

Hätten wir mehr Zeit, würde ich in den eiskalten Fluten sogar gerne ein Bad nehmen; schmutzig genug wäre ich jedenfalls. Aber ich habe das Bild meines verunglückten Onkels vor Augen, und das treibt mich voran. Daher laufen wir nach einer kurzen Trinkpause weiter.

Langsam lichten sich die Bäume. Immer öfter erreichen uns wärmende Sonnenstrahlen, und statt dichtem Unterholz bedecken nur noch einzelne Beerensträucher den Boden. Hoffnungsvoll beschleunigen wir unsere Schritte, und tatsächlich weicht der Wald schon bald einer weiten, grasbewachsenen Ebene.

Unser Fluss mäandert weiter in Richtung Norden, seine Ufer werden nun von hohen grüngelben Gräsern gesäumt. Das Vorankommen ist jetzt so viel einfacher als im Wald, dass ich regelrecht euphorisch werde. Die Sonne wärmt mein Gesicht, und trotz der Striemen, des Muskelkaters und der Blasen an meinen Füßen durchströmt mich ein Stoß neuer Energie. Endlich geht es mal so richtig vorwärts! In dieser Ebene schaffen wir bestimmt zwei Kilometer pro Stunde, wenn nicht sogar drei, und das bedeutet …

Ein lautes Kreischen lässt meinen Herzschlag aussetzen. Meine Schritte haben etwas aufgeschreckt – ein Tier, das nun aus dem Gras hervorschießt und sich in Angriffshaltung vor mir aufbaut. Es ist keine zwei Meter von mir entfernt, und erschrocken starre ich in ein weit aufgerissenes Maul mit einem beeindruckenden Gebiss, das sich in Höhe meiner Knie befindet. Was zur Hölle …?!

Während das zornige Wesen vor mir abwechselnd fiept, knurrt und brüllt, dämmert es mir. Der gedrungene Körper, das dichte, gräuliche Fell, der geringelte Schwanz und die schwarze Gesichtsmaske: Kein Zweifel, das ist ein Waschbär. Erleichtert lache ich auf. Ein harmloser, kleiner Waschbär!

»Richte dich zu voller Größe auf, Jana«, ruft Luke, der ein paar Meter hinter mir stehen geblieben ist. »Sag etwas, möglichst laut, und geh dabei zurück. Bleib nicht vor dem Tier stehen. Mach schon!«

Was soll das, warum schreit Luke so?, schießt es mir durch den Kopf, gefolgt von: Kreischt der Waschbär eigentlich aus Angst oder weil er uns droht? Und wie zum Teufel soll ich auf dieser buckeligen Grasebene zurückgehen, wie Luke es sagt, ohne dass ich stolpere und auf den Hintern falle? Schließlich ist das hier kein englischer Rasen und …

»JANA! LOS!«

Lukes eindringlicher Befehl bringt mich zur Besinnung.

Ich folge seinen Anweisungen, mache mich groß, weiche vor

dem Waschbären zurück und rede dabei, wobei ich mich bemühe, ebenso laut zu sprechen wie Luke.

Erster Schritt nach hinten. »Was ist denn, sind Waschbären gefährlich?«

»Im Normalfall nicht.«

Zweiter Schritt nach hinten. »Und warum dann die Aufregung?«

»Weil dies kein Normalfall ist! Wir haben ihn aufgeschreckt, er hat wohl hier geschlafen, und er ist nicht allein.«

Dritter Schritt nach hinten. »Äh, wie, er ist nicht allein?«

»Er scheint eine ›Sie‹ zu sein. Und in dem Gras hinter ihr tummeln sich bestimmt ihre Jungen.«

Ihre Jungen? Wie süß!

Vierter Schritt nach hinten. »Schade, die Kleinen sehe ich nicht. Aber guck mal, ich glaube, die Mutter zieht sich zurück. Da – sie ist weg!«

»Gott sei Dank«, sagt Luke in normaler Lautstärke und atmet hörbar auf. Dann greift er nach meiner Hand und zieht mich von den Gräsern fort. »Lass uns hier verschwinden. Begegnungen mit Waschbären können übel ausgehen.«

Komisch, die Waschbär-Mama hat mir trotz ihrer Drohlaute gar nicht so viel Angst gemacht. Vielleicht, weil sie so niedlich aussah mit ihrem rundlichen Gesicht und dem dicken Pelz. Wie putzig erst ihre Babys sein müssen!

Trotzdem schließen sich meine Finger bereitwillig um Lukes. Im Rennen zwischen Waschbärenbabys und Händchenhalten mit Luke gewinnt ganz klar das Händchenhalten!

»Waschbären haben ein Gebiss wie ein Terrier«, sagt Luke. Er wirkt immer noch erschrocken. »Wenn sie sich bedroht fühlen, egal von wem, greifen sie an und beißen, ohne zu zögern, zu.«

Oh. Ganz so niedlich finde ich Waschbären jetzt doch nicht mehr.

»Und warum hast du so laut gesprochen?«, will ich wissen. »Warum sollte ich mich groß machen?«

»Weil dieses Verhalten die Waschbären von einem Angriff abhält. Manchmal jedenfalls.«

Ich runzele die Stirn. »Wenn ich also stumm stehen geblieben wäre …«

»Dann hätte jetzt nicht bloß ich eine Fleischwunde, sondern auch du.« Luke schüttelt den Kopf. »Wir hatten großes Glück. Das hätte auch ganz anders ausgehen können. Mann, Jana, ich hatte echt Schiss, dass dir was passiert!«

»Uns«, korrigiere ich, und Luke sieht mich verwirrt an.

»Dass *uns* was passiert«, erkläre ich. »Nicht nur mir.«

»Ach so.«

Ich muss lächeln. Typisch! Nie macht Luke sich Sorgen um sich selbst, immer bloß um andere – und es fällt ihm noch nicht einmal auf.

Luke lässt meine Hand los, was ich schade finde. Schweigend gehen wir weiter. Nach einer Weile spüre ich, dass er mich von der Seite ansieht.

»Was ist?«

»So bist du«, stellt er fest. »So wie gerade eben: ziemlich taff.«

Taff.

Ich?

Wie kann Luke so etwas sagen, wo er doch schon mehr als einmal mitgekriegt hat, wie ich vor Panik halb durchdrehe?

»Stimmt nicht«, sage ich belegt. »So bin ich ganz und gar nicht.«

»Doch«, beharrt Luke. Er lächelt. »So bist du *wirklich*, Jana.«

Und dann schaut er wieder nach vorne und fängt beiläufig an zu pfeifen.

Perplex frage ich mich, wie Luke darauf kommt, mich so einzuschätzen. Spürt er, dass sich meine Angst mehr und mehr zurückzieht? Merkt er mir an, dass das Zusammensein mit ihm angefangen hat, mich zu verändern?

Denn es stimmt schon – das Erlebnis, das monatelang mein ganzes Denken und Fühlen bestimmt hat, beschäftigt meine Gedanken nun deutlich weniger. Hier auf der Insel, in Lukes Gegenwart, scheint es irgendwie zu verblassen.

Es ist so wunderbar weit weg!

Aber ich traue dem Frieden nicht. Denn klar, im Moment mag es mir gut gehen. Aber das hier ist ja auch nicht die reale Welt, sondern lediglich ein unberührtes Stück Natur, ein aus Zeit und Raum gefallener, menschenleerer Garten Eden. Objektiv gesehen ist dieser Garten Eden zwar eher mörderisch als idyllisch, und die Chancen, hier verletzt zu werden, sind hoch, das hat uns der Waschbär gerade wieder bewiesen.

Und doch: Wäre da nicht mein verschwundener Onkel, ich würde tausendmal lieber noch monatelang mit Luke durch die Wildnis stapfen, als wieder zurück ins sichere Deutschland zu fliegen.

Denn wie wird es sein, wenn die Welt mich wiederhat?

Die Welt mit ihren Menschen, all den Leuten, die mich unschuldig anlächeln, während sie im Verborgenen ihren Hass und ihre Häme über mir ausschütten. Ich presse die Lippen aufeinander. Ich will nicht dorthin zurück! Ich möchte auf der Insel bleiben … so lange, bis Luke und die Zeit mich stark genug gemacht haben, dass ich den Menschen hocherhobenen Hauptes entgegentreten kann. Ihnen allen. Ob ich sie nun sehen kann oder nicht.

Eine Erinnerung blitzt in mir auf.

Ich war zwölf.

Meine Eltern und ich hatten den Sommerurlaub in Südfrankreich verbracht, und jetzt war ich wieder zu Hause, hockte mit Carmen auf meinem Bett und wir kicherten und redeten. Gerade erzählte ich ihr vom Höhepunkt meiner Ferien, der Canyoning-Tour durch eine der wilden Ardèche-Schluchten.

»Das war sooo cool!«, sagte ich begeistert. »Wir waren zu siebt – vier Erwachsene, zwei andere Mädchen und ich. Wir mussten Neoprenanzüge anziehen, damit wir nicht unterkühlen, und dann hat uns der Guide drei Stunden lang durch den Fluss geführt. Es gab keinen Weg am Ufer, der Fluss war unser Weg und es hat so viel Spaß gemacht, Carmen! Wir sind aus fünf Metern Höhe von einem Felsen gesprungen, haben Purzelbäume in Wasserbecken gemacht, sind kopfüber Felsrinnen heruntergerutscht wie Fische oder Seehunde und … ach, ich zeig dir am besten Fotos. Sonst kannst du dir gar nicht richtig vorstellen, wie super das war!«

Carmen und ich sprangen auf und liefen ins Arbeitszimmer meines Vaters. Dort setzten wir uns vor den Computer. Mein Smartphone hatte ich während des Canyonings nicht benutzen können, sodass ich Carmen keine eigenen Fotos zeigen konnte, aber auf der Website des Guides gab es bestimmt genügend Bilder von ihm und seinen Kollegen zu sehen.

Ich tippte die Adresse ein und öffnete die Seite.

Strahlend lächelte mir ein Mädchen im Neoprenanzug entgegen. Ein Mädchen, das ich nur allzu gut kannte.

»Hey, das bist ja du!«, rief Carmen. Bewundernd setzte sie hinzu: »Du siehst klasse aus in diesem Neoprenanzug, viel besser als die Leute, die da im Hintergrund herumstehen. Sag mal, wusstest du, dass du auf dieser Seite zu sehen bist? Hast du Geld dafür bekommen? Bist du jetzt etwa ein Model?« Carmen wurde ganz aufgeregt.

»Dreimal nein.« Ich runzelte die Stirn.

Dass der Guide mich seitenfüllend auf seiner Homepage zeigen würde, hatte ich weder gewusst noch erwartet, und ich war mir ziemlich sicher, dass meine Eltern der Verwendung dieses Fotos nicht zugestimmt hatten; in dieser Hinsicht waren sie wirklich streng.

Wie auch immer, es war passiert, ich wurde ungefragt als Werbung für Canyoning-Touren gezeigt, und meine erste Reaktion war … Unsicherheit.

Sollte ich sauer sein – oder eher stolz? Eigentlich fand ich schon, dass der Guide mich hätte fragen müssen. Aber andererseits fühlte ich mich auch geschmeichelt, vor allem, als ich die Fotogalerie anklickte, denn da war wieder und wieder nur: ich.

Ich in Großaufnahme. Ich im Zusammenspiel mit Wasser und Fels. Ich, auf jedem einzelnen Bild perfekt in Szene gesetzt. Und das, obwohl ich während der Tour kaum etwas davon mitgekriegt hatte, dass ich überhaupt fotografiert worden war!

Ich sah mich selbst, wie ich lachend vom Felsen sprang, mit weit ausgebreiteten Armen.

Mich, wie ich eine Rolle vorwärts ins Wasser machte, während meine hüftlangen Haare um mich wirbelten wie silbern glitzernde Gischt.

Mich, wie ich tropfend und glücklich am Ufer stand, das Gesicht zur Sonne erhoben, die Augen geschlossen.

Mich, wie ich lächelnd über die Schulter zurückblickte, die Lider halb gesenkt, als würde ich, die Zwölfjährige, mit dem Fotografen flirten.

Ich schluckte. Nicht einmal an dieses Foto konnte ich mich erinnern; wahrscheinlich hatte ich geglaubt, der Guide mache ein Bild von der Schlucht, vor der ich stand. Ich war abgelichtet worden, ohne etwas davon zu ahnen, die ganze Tour über! Und das fühlte sich ätzend an.

»Also«, sagte Carmen in mein verstörtes Schweigen hinein, »fotografieren kann dieser Guide jedenfalls! Du siehst aus wie ein Topmodel, Jana. Ist ja fast schon unheimlich. Ich meine, immerhin bist du erst in der siebten Klasse!« Sie lachte.

Ich lachte nicht, aber unheimlich fand ich die ganze Sache auch. Ich starrte auf das Bild, das ich als Letztes angeklickt hatte: Ich gegen Ende der Tour, mit halb heruntergeschobenem Neoprenanzug.

Natürlich trug ich einen Bikini darunter. Natürlich war also eigentlich nichts dabei. Aber trotzdem … das Foto wirkte anzüglich.

Ich spürte, wie mir die Röte ins Gesicht schoss. Ich war erst zwölf und fühlte mich auch so, doch dieser Guide hatte mich abgelichtet, als sei ich eine Frau – eine Kindfrau, die mit ihrer sorglosen Attraktivität für seine Touren warb, unfreiwillig und ahnungslos.

Geschmeichelt war ich nun nicht mehr. Im Gegenteil, ich schämte mich in Grund und Boden, selbst vor Carmen, die doch meine beste Freundin war. Und obwohl ich davon ausging, dass keiner aus meiner Klasse die Bilder zu sehen bekäme – denn wer von meinen Freunden interessierte sich schon für die Website eines französischen Canyoning-Guides? –, wünschte ich mir plötzlich dringend, dass die Bilder aus dieser Galerie verschwinden würden.

Am Abend zeigte ich die Seite meinen Eltern.

Sie reagierten sofort. Ein hitziges Telefonat auf Französisch, ein etwas ruhigeres mit einem Anwalt, dann waren die Fotos fort.

Ich war zutiefst erleichtert.

Carmen versprach mir, niemandem etwas von den Bildern zu erzählen, und sie hielt ihr Wort, während ich selbst in kindlicher Zuversicht darauf vertraute, dass mir so etwas nie wieder passieren würde.

Tja, schön blöd.

Es war nichts gewesen als ein kleiner, unschuldiger Vorgeschmack.

Luke

Da es nicht schaden kann, schon mal fürs Mittagessen vorzusorgen, schlage ich Jana vor, Prärielilien zu sammeln.

»Du willst Blumenzwiebeln essen?«, fragt sie ungläubig. »Und überhaupt, wo siehst du Prärielilien?«

»Sie sind schon verblüht, aber diese länglichen Blätter hier«, ich knie mich auf die Wiese und nehme eines zwischen die Finger, »das sind Prärielilien. Wir können ihre Zwiebeln ausgraben und rösten. Wenn man sie so zubereitet, schmecken sie gar nicht schlecht.« Ich grinse. »Besser jedenfalls als kalte Bohnen in Tomatensoße.«

Bei der Erinnerung an unser Frühstück schüttelt sich Jana und lacht. »Okay, dann also Lilienzwiebeln. Wenn du sicher bist, dass wir uns nicht vergiften?«

Ich kann nicht widerstehen und gebe ein bisschen mit meinem Survivalwissen an.

»Ich bin sicher. Man nennt diese Art nicht umsonst ›essbare Prärielilie‹«, erkläre ich Jana. »Früher haben die Stämme der Ureinwohner Prärielilien als Wintervorrat gesammelt. Getrocknet lassen die Zwiebeln sich gut aufbewahren, und sie sind sehr vielseitig: Man kann sie rösten oder kochen oder sogar roh essen. Wobei sie roh nicht besonders lecker sind, wie ich finde.«

Jana sieht mich bewundernd an und im Stillen schicke ich einen inbrünstigen Dank an Doug. Für diesen Blick aus großen blaugrauen Augen hat es sich absolut gelohnt, geduldig Dougs endlosen Vorträgen über das Wissen seiner Ahnen zu lauschen. Auch wenn ich dabei vor Langeweile manchmal schier umgekommen bin.

Wir machen uns an die Arbeit, denn nun ist Janas Neugier geweckt und sie ist mit Feuereifer dabei. Zum Graben haben wir nur unsere Löffel, aber die feuchte Erde macht es uns leicht.

Als Jana die erste Zwiebel in der Hand hält, hebt sie ihre Beute beinahe andächtig an die Nase. Konzentriert schnuppert sie daran.

Süß, denke ich und muss lächeln, während ich sie beobachte.

Sofort verdrehe ich die Augen über mich selbst. Was bitteschön ist süß daran, wenn jemand an etwas schnuppert? Das ist nicht süß, sondern total normal!

Doch eine verzückte Stimme in meinem Kopf widerspricht: Bei Jana *ist* es süß! Sehr süß sogar. Wie sie ihre Nase kraust … leicht die Lider senkt … ganz in diesem Moment aufgeht … Oh Mann, so langsam glaube ich, mein Kopf hat zu viel Sonne abgekriegt. Vielleicht sollte ich mir den Nebel zurückwünschen.

Finster beuge ich mich über eine Prärielilie und stoße den Löffel in die Erde, und dabei predige ich mir mein neues Mantra: Komm wieder runter, Luke! Komm verdammt noch mal wieder runter! Jana ist süß, keine Frage. Aber das betrifft dich nicht. Es kann dir absolut egal sein. Und es kann dir auch egal sein, dass sie immer mehr auftaut, dass deine Nähe ihr gutzutun scheint, weil sie nämlich von Stunde zu Stunde lockerer, gelöster und fröhlicher wirkt. Wieder muss ich lächeln. Wie lässig Jana vorhin auf die Waschbärin reagiert hat! Und auch heute Nacht war sie deutlich weniger furchtsam als im Blockhaus.

Heute Nacht.

Unwillkürlich denke ich an Janas Bein, das sich hinter der Sperre aus Schlafsäcken an meines geschmiegt hat.

Ob das Zufall war oder Absicht?

Hör auf, schimpfe ich in Gedanken, hör auf, hör auf, hör auf! Ich bin mit Caroline zusammen und Jana ist mir egal! Sie ist süß, aber das ist schon alles, und okay, sie ist auch interessant, und sie ist geheimnisvoll und hinreißend schön und unglaublich sexy und etwas ganz Besonderes, aber das hat keinerlei Bedeutung für mich. UND SIE IST MIR EGAL! Verzweifelt irrt mein Blick zu ihrem Gesicht.

»Kann man die wirklich auch roh essen?«, fragt Jana.

Und dann leckt sie die Zwiebel vorsichtig an. Wie gebannt starre ich auf Janas Mund, ihre leicht geöffneten Lippen, ihre rosa Zungenspitze.

Oh. Mein. Gott.

Wem zur Hölle mache ich hier eigentlich etwas vor?

Da sagt Jana unvermittelt: »Skaten.«

»Was?«, frage ich schwach.

»Du hast mich gestern gefragt, was ich gern in meiner Freizeit tue. Das ist meine Antwort: Ich skate. Und ich laufe Parcours, und im Winter fahre ich Snowboard, und außerdem …«

Jana redet weiter, erzählt mir von dieser Sportart und jenem Vergnügen, und ich löse meinen Blick von ihren Lippen und tauche ein in ihre riesigen, glänzenden Augen. Auf beinahe magische Art wird sie mit jeder Sekunde lebendiger, echter, janamäßiger, und ich sehe sie unverwandt an, stehe wie unter einem Zauber.

Ich bin verrückt nach diesem Mädchen.

Ich bin verloren.

Die Zweifel aus meinem Wachtraum brechen erneut über mich herein, und sie quälen mich noch stärker als gestern Abend am Lagerfeuer. Im Grunde läuft alles auf eine Frage hinaus: Bin ich ein Mistkerl, wenn ich meine Gefühle für Jana zulasse, obwohl ich eine Freundin habe?

Wenn ich ehrlich bin, kenne ich die Antwort.

Eigentlich weiß ich ganz genau, was ich tun muss.

Ich schließe die Augen.

Und etwas in mir stirbt.

Jana

Obwohl die Prärielilien gar nicht übel sind – na ja, *gut* sind sie nicht, aber man kann sie essen, ohne dass einem schlecht davon wird –, genieße ich unser abenteuerliches Mittagessen nicht. Denn seit wir vorhin die Zwiebeln ausgegraben haben, ist Luke schweigsam und in sich gekehrt. Ab und an schenkt er mir ein abwesendes Lächeln … und das war's.

Ich zermartere mir den Kopf.

Was habe ich auf der Lilienwiese zu Luke gesagt, dass er sich so extrem vor mir zurückgezogen hat? Hat er es als Angeberei empfunden, als ich ihm von meinen Freizeitbeschäftigungen erzählt habe? Dabei wollte ich mich ihm doch nur ein wenig mehr öffnen! Ihn näher an mich heranlassen … Aber wahrscheinlich war genau das der Fehler.

Denn leider ist es ja so, dass ich mich Luke ständig aufdränge: heute Nacht mit meinem blöden Bein, vorhin mit meinem noch blöderen Gelaber. Um beides hatte Luke nicht gebeten. Und sein abweisendes Schweigen ist nun die Quittung dafür.

Trübselig blicke ich in das Feuer, über dem wir an langen, dünnen Stöcken die Zwiebeln geröstet haben (ohne dabei zu reden, versteht sich). Heute war das Feuer im Handumdrehen entfacht, es brennt kräftig und schön, und in mir steigt ein absurdes Bedauern darüber auf, dass wir diese wundervollen Flammen schon bald wieder löschen werden. Doch wir müssen weiter, schließlich sind wir nicht zum Spaß unterwegs – Richard braucht unsere Hilfe. An diesem Nachmittag haben wir noch mehrere Kilometer vor uns, und diese werden nicht so leicht zu bewältigen sein wie die Lilienwiese.

Denn der Wald, dicht und unwegsam, hat uns wieder.

Immerhin ist das Terrain bisher eben geblieben, und der Fluss begleitet uns durch die Bäume weiter nach Norden. Ob er bis zu den Robinsons fließt, um sich dort ins Meer zu ergießen? Praktisch wäre das, überlege ich, während ich in die letzte Zwiebel beiße. Denn so hätten wir auf dem Rest unseres Weges immer Süßwasser. Vielleicht kann ich mich heute Abend ja sogar mal richtig waschen! Vom verfilzten Schopf bis zu den dreckigen Füßen … Ich schiele zu Luke hinüber. Vielleicht müffele ich ja fürchterlich und er ignoriert mich deshalb?

Doch in der Tiefe meines Herzens weiß ich, dass es das nicht sein kann. Mir macht es ja auch nichts aus, dass Luke unrasiert und ungekämmt ist. Dass er in den letzten Tagen ebenso wenig duschen konnte wie ich und dass er die uncoole Kleidung meines Onkels trägt. In der Wildnis ist das eben so, man ist nicht gestylt und man duftet nicht nach Parfum. Und wer sollte das besser wissen als der tourenerfahrene Luke?

Nein. Dass er jetzt vor sich hin brütet, muss tiefer gehende Gründe haben – und ich fürchte, mit einem Bad im Fluss sind die nicht aus der Welt zu schaffen.

Am Ufer lässt es sich etwas besser laufen als zwischen den Bäumen. Niedriges Gestrüpp wechselt sich ab mit freien Kiesstränden, auf denen wir ganz gut vorankommen. Zudem vermittelt der Flusslauf mir das tröstliche Gefühl, einem Weg zu folgen, der uns tatsächlich irgendwo hinführen wird.

Trotzdem bin ich bedrückt. Ich bin körperlich erschöpft, mache mir Gedanken um meinen Onkel, und es kostet mich viel Kraft, die schlimmen Szenarien zu unterdrücken, die immer wieder in meinem Kopf aufploppen: Bilder eines verletzten, sterbenden, ertrunkenen Richards, einer todunglücklichen Grace. Die Angst, dass wir mit unserem Hilferuf zu spät sein könnten, lastet schwer auf meinem Gemüt.

Und das Schweigen zwischen Luke und mir macht es nicht besser.

Irgendwann halte ich es nicht mehr aus.

»Luke?«, frage ich zaghaft. »Sollten wir nicht lieber … miteinander reden? Nur, damit Bären und andere Tiere hören können, dass wir da sind? Du hast doch gesagt, dass man das in der Wildnis so machen muss.«

Nachdem Luke und ich schon fast zwei Tage unterwegs sind, ohne uns um diese Regel geschert zu haben, kommt mein Vorstoß zum bärengerechten Wandern natürlich viel zu spät. Lächerlich spät sogar. Bestimmt durchschaut Luke sofort, dass es mir gar nicht um unsere Sicherheit geht – sondern einzig und allein darum, dass er mit mir spricht, mit mir lacht, mich beachtet, mich sieht.

Ich schlucke hart. Luke dürfte mir nicht so wichtig sein. Denn wo soll das hinführen? Sobald wir die Robinsons erreicht haben und es keinen Grund mehr für uns gibt, Zeit miteinander zu verbringen, werden wir Abschied nehmen.

Er scheint das innerlich ja sowieso schon getan zu haben.

Ach, Luke.

»Du hast recht«, sagt er in meine kläglichen Gedanken hinein, »wir sollten uns unterhalten. Steht schließlich als goldene Regel in sämtlichen Überlebenshandbüchern, oder?« Er schaut mich an und lächelt.

Überlebenshandbücher? Nie auch nur angefasst. Aber die Hauptsache ist: Luke redet wieder mit mir!

»Genau«, bekräftige ich rasch.

Und um den Gesprächsfaden nicht gleich wieder abreißen zu lassen, schiebe ich hinterher: »Wie machst du das eigentlich auf deinen Solotouren? Redest du da einfach so vor dich hin?«

»Nein, ich schweige meist. Ich hab's nicht so mit Selbstgesprächen. Und beim Singen, was einem ja auch manchmal empfohlen wird, komme ich mir blöd vor.«

»Du riskierst deine Sicherheit, weil du dir sonst *blöd* vorkommst?«

»Ach, mir passiert schon nichts.« Luke wirft mir einen Blick zu, den ich nicht deuten kann. »Aber jetzt bist du dabei, und deshalb sollten wir kein Risiko eingehen und lieber die Regeln beachten. Schlimm genug, dass wir das bisher nicht gemacht haben!«

»Hey, wo bleibt denn da die Logik?«, platze ich heraus. »Wir sollen Regeln befolgen, die du allein nie befolgst – weil *dir* nichts passieren kann, *mir* aber schon?«

»So ungefähr«, sagt Luke kurz.

Ich starre ihn an.

Dann frage ich leise: »Bist du dir so egal, Luke? Warum sorgst du dich immer nur um andere, aber niemals um dich selbst?«

Statt zu antworten, bleibt Luke stehen.

Mit zusammengekniffenen Augen schaut er über den Fluss, auf dem die Strahlen der Sonne glitzern.

»Meine kleine Schwester hat MS«, sagt er schroff. »Ich bin es also gewöhnt, mich mehr um andere zu sorgen als um mich. Einfach deshalb, weil es nötig ist.«

Lukes kleine Schwester.

Hat Multiple Sklerose?!

Oh Gott.

»Ich … wenn ich … oh Luke, es tut mir so leid! Wenn ich das geahnt hätte, dann hätte ich nie …«

»Du konntest es nicht wissen, also mach dir keinen Kopf. Es ist ja nicht deine Schuld.« Luke lächelt freudlos.

Abrupt deutet er mit dem Mittelfinger gen Himmel. »Wenn hier jemand etwas falsch gemacht hat, Jana – dann der da oben.«

Trotz der obszönen Geste sieht Luke in diesem Moment unendlich verloren aus. Mein Herz zieht sich zusammen.

Ich kann dem Impuls, ihn zu umarmen, kaum widerstehen.

Einzig das Wissen, dass meine Berührung ihm nicht helfen würde, weil er sie nicht *will*, hält mich zurück. Luke ist an mir als Frau nicht interessiert, das hat er mir oft genug zu verstehen gegeben, und dies jetzt zu ignorieren, wäre nicht mehr bloß aufdringlich, sondern übergriffig.

Daher muss ich ihn auf eine andere Art trösten. Eine unkörperliche, freundschaftliche Art. Eine, die er guten Gewissens annehmen kann.

»Wann habt ihr es erfahren?«, frage ich ihn ruhig, und noch während ich rede, stecke ich demonstrativ die Hände in die Hosentaschen. Keine Berührung, sondern ein Gespräch, nicht von Mädchen zu Junge, sondern von Mensch zu Mensch: Das ist es, was ich Luke anbiete. Was ich ihm anbieten *darf*.

Sein Blick gleitet meine Arme hinab, bleibt kleben an meinen Hosentaschen.

Meine Hände, gefangen unter dem Stoff, fangen heftig an zu kribbeln.

Der Augenblick dehnt sich.

Ich mache mich auf eine Ablehnung gefasst.

Tonlos sagt Luke: »Vor drei Jahren.«

Luke

Drei Jahre zuvor

»Emily? Emily.« Ich hämmerte gegen die Tür. »E-MI-LY!«

Seit einer geschlagenen Stunde war meine dreizehnjährige Schwester im Bad. Das war Rekord, selbst für sie, die vor nicht allzu langer Zeit entdeckt hatte, dass man in diesem Raum sehr viel mehr tun konnte als nur zu duschen und sich die Zähne zu putzen: Lidschatten ausprobieren, zum Beispiel. Oder Lippenstift. Man konnte sich die rotbraunen Locken mit dem Glätteisen bearbeiten oder sich die Brauen zupfen.

Das Ergebnis fand ich zuweilen sehr lustig, im Gegensatz zu Emily. Jetzt allerdings dachte ich bloß genervt: Mädchen! Denn an diesem Abend war Open-Air-Kino auf der Wiese hinter der Schule, und ich wollte den Anfang des Films auf gar keinen Fall versäumen.

»Echt jetzt, Emily«, blaffte ich durch die geschlossene Badezimmertür, »ich geh gleich ohne dich. WENN hier schon mal was los ist, habe ich keinen Bock, wegen dir alles zu verpassen!«

Die Tür öffnete sich. Vor mir stand meine Schwester, und sie war weder komisch geschminkt noch seltsam frisiert. Stattdessen hatte sie verquollene Augen und ein vom Weinen fleckiges Gesicht.

»Luke«, piepste sie mit einer Stimme, die ich noch nie an ihr gehört hatte, »ich … kann … die Bürste nicht mehr halten. Ich kann nicht, meine Hand … mein Arm … Ich warte seit einer halben Stunde darauf, dass es vorbeigeht, aber … aber …«

Ich erschrak – vor diesem merkwürdigen Geständnis, vor allem aber vor der blanken Angst in Emilys Blick.

Und wie immer, wenn ich mich überfordert fühlte, wurde ich wütend.

»Was soll das heißen, du kannst die Bürste nicht mehr halten? So ein Quatsch! Hast du einen Schwächeanfall, oder was? Dann iss halt mal mehr zu Mittag! Wenn ich nur drei Erbsen und fünf Gramm Fleisch essen würde, könnte ich die Bürste auch nicht halten!«

Ich wusste, dass ich Unsinn redete, dass ich ungerecht war, aber mein Magen war ein eisiger Klumpen geworden und ich durfte die Panik nicht gewinnen lassen. Schlimm genug, wie mächtig sie in Emilys Augen tobte. Ich musste stark bleiben.

Emilys rechter Arm hing kraftlos neben ihrem Körper. Und nun fing sie auch noch an zu zittern.

Ich fluchte.

Überfordert sagte ich: »Ich … ich hole Mom, okay? Die hilft dir. Sicher weiß sie, woher das kommen könnte mit deinem Schwächeanfall, und gibt dir ein Medikament. Dann reißt du dich zusammen und wir gehen ins Open-Air-Kino. Du hast dich doch auf den Film gefreut, oder?«

Und als meine Schwester nicht antwortete, wiederholte ich beinahe flehend: »Oder, Emily? Du hast dich doch gefreut! Wir wollten doch seit Ewigkeiten diesen Film sehen …«

Aber wir sahen den Film nicht. Meine Mutter gab Emily auch kein Medikament. Stattdessen packte sie meine Schwester ins Auto und brachte sie zu Dr. Olsen, den sie rigoros aus seinem Feierabend klingelte.

Dr. Olsen untersuchte Emily und dann überwies er sie unverzüglich an einen Neurologen.

Den es in unserem kleinen Dorf natürlich nicht gab.

Genauso wenig wie ein Krankenhaus, einen Kernspintomografen, ein Labor … und so sah ich meine heiteren, zufriedenen Eltern zum ersten Mal in ihrem gemeinsamen Leben hadern.

Sie haderten mit der Abgeschiedenheit des Ortes, den sie immer geliebt hatten und an dem ihre Kinder, sie selbst und ihre Vorfahren zur Welt gekommen waren.

Sie haderten mit der Tatsache, dass Emily nun für jede größere Untersuchung mit dem Motorflugzeug abgeholt werden musste, weil die Fahrt über den einsamen Highway fünfzehn Stunden gedauert hätte.

Sie haderten damit, dass ihre Tochter nach der niederschmetternden Diagnose keine psychologische Betreuung bekommen konnte, weil der nächste Psychologe zwar nicht fünfzehn, aber immerhin noch neun Fahrtstunden entfernt war.

Und am schwersten haderten sie mit der Krankheit selbst.

Dieser unheilbaren Krankheit, mit der ihr geliebtes Mädchen fortan würde leben müssen – und wir alle mit ihr.

Multiple Sklerose: »die Krankheit mit den vielen Gesichtern«. So nannte es der Arzt im Krankenhaus, und so wiederholte es mein Vater am Abend nach der Diagnose.

Unsere Familie hatte sich im Wohnzimmer versammelt. Ich stand mit geballten Fäusten am Fenster, mein Vater bemühte sich während des Redens verzweifelt um Fassung, meine Mutter weinte still vor sich hin. Emily hockte auf dem Sofa, zusammengesunken, geistig abwesend, als gingen das Gespräch, die Krankheit, die Katastrophe sie nichts an.

Auch ich hätte am liebsten weggehört, mich innerlich weggebeamt wie Emily, mir die Hände auf die Ohren gepresst und »lalalalala« gesungen. Doch ich hörte meinem Vater zu, und mit jeder Einzelheit, die ich über Emilys Krankheit erfuhr, wurde mein Herz schwerer, mein Zorn größer und meine Angst um Emily nagender.

Emily hatte eine chronisch-entzündliche Erkrankung des Nervensystems. Diese war weder heilbar noch konnte man vorhersagen, wie sie verlaufen würde. Alles war möglich bei der »Krankheit mit den vielen Gesichtern«: Emilys Zukunft konnte in zunehmender Kraftlosigkeit und Sehstörungen bestehen, in Lähmungen und Spastik, in Schmerzen und Zittern, in schweren Behinderungen, Komplikationen und einem viel zu frühen Tod.

Genauso aber war es denkbar, dass die Multiple Sklerose sich bei ihr weit weniger dramatisch entwickeln würde. Dass Emily gut auf die verschiedenen Medikamente ansprechen würde, dass schwere Behinderungen ausblieben und dass sie eine nahezu normale Lebenserwartung hätte. Natürlich würde sie mit dem Damoklesschwert der Krankheit über ihrem Kopf zurechtkommen müssen. Doch es war nicht gesagt, dass dieses Schwert zwingend fallen würde.

»Wir müssen positiv denken!«, schloss mein Vater. »Das ist das Wichtigste: dass wir die Hoffnung nicht aufgeben! Der Arzt im Krankenhaus ist ebenfalls dieser Meinung. Denn psychischer Stress kann bei Emily einen Krankheitsschub auslösen, und das wollen wir doch vermeiden und stattdessen alles tun, ALLES, was Emily körperlich und seelisch hilft, damit sie ...«

Emily erhob sich und ging.

Ohne ein Wort schloss sie sich in ihrem Zimmer ein, und sie kam trotz der dringenden Bitten unserer Eltern bis zum nächsten Morgen nicht mehr heraus.

Ich lag die ganze Nacht über wach.

Als es dämmerte, stand ich auf. Im Flur vor unseren Zimmern traf ich auf Emily, und zum ersten Mal erlebte ich sie in einem Panikanfall. Ihre Augen waren weit aufgerissen, sie keuchte heftig, streckte mir die Arme entgegen, und ich riss sie an mich und hielt meine kleine Schwester fest, so lange, bis sie wieder atmen konnte.

In den nächsten Wochen wiederholten sich diese Anfälle beinahe täglich. Es wurde mir zur Gewohnheit, Emily in meinen Armen zu wiegen, während sie um Luft und Hoffnung rang.

Doch dann wurden die Attacken allmählich weniger, und schließlich hörten sie ganz auf.

Emily weinte auch nicht mehr.

Sie wollte nicht mehr zu den Untersuchungen im Krankenhaus gehen.

Sie wollte ihre Tabletten nicht mehr nehmen.

Und ihr Blick wurde leer und leerer.

Bis ich an einem grauen Morgen im Herbst begriff, dass meine Schwester nicht mehr gegen ihre Krankheit rebellierte. Etwas Dumpfes, Gleichgültiges hatte sie erfasst, zog sie hinab wie ein schwarzes, bodenloses Moor, und Emily überließ sich dem tödlichen Sog und versank.

Jeden Tag ein Stückchen tiefer.

Jana

Emilys Geschichte geht mir nahe.

Ich muss daran denken, wie der flüchtende Bär an uns vorbeigerast ist und wie Luke danach mit mir geatmet hat. Erst jetzt verstehe ich, dass das für ihn ganz selbstverständlich war: Er ist es gewöhnt, zu Tode verängstigte Mädchen zu beruhigen. Mein Gott.

Mein Hals ist eng von den Tränen, die ich kein Recht habe zu weinen. Wenn hier jemand Tränen über Emilys Schicksal vergießen darf, dann ist das Luke. Doch ich ahne schon, dass sich ein solches Verhalten nicht mit seinem Selbstverständnis verträgt.

Seine Schwester mag den Kampf aufgegeben haben.

Luke mit Sicherheit nicht!

Und in diesem Moment wird mir etwas Entscheidendes über ihn klar.

»Deshalb also das ständige Risiko«, sage ich mit großen Augen. »Du suchst auf deinen Touren gar nicht den Kick, oder? Du suchst den Sieg! Weil du Emily jedes Mal, wenn du den strahlenden Helden gibst und das filmst, etwas beweisen möchtest! Du …« Ich beiße mir auf die Lippe und breche ab. Trete ich ihm zu nahe?

»Sprich ruhig weiter.« Lukes Blick ist unergründlich.

Stockend fahre ich fort: »Du … du willst ihr beweisen, dass es sich lohnt, sich der Gefahr zu stellen. Dass Verletzung und Tod überall lauern können, nicht nur in einer vernichtenden Diagnose. Dass wir der Gefahr aber nicht ausgeliefert sind, weil wir … nun, weil wir kämpfen können. Weil wir *siegen* können! Egal, wie aussichtslos uns die Situation auf den ersten Blick erscheinen mag.«

Langsam nickt Luke.

Dann sagt er leise: »Es ist so ungerecht, dass ausgerechnet Emily diese Krankheit kriegen musste. Aber selbst wenn es ungerecht ist, darf sie doch nicht einfach aufgeben. Was bleibt ihr denn, wenn sie nicht mehr kämpft? Und was bleibt mir, wenn ich ihrem Verfall tatenlos zusehe? Ihren Depressionen, ihren Krankheitsschüben, ihrer verfluchten Weigerung, neue Behandlungsmethoden auszuprobieren, denn die gibt es ja! Sogar vielversprechende. Aber Emily ist so stur … so stur.«

Müde senkt er den Kopf. »Egal, wie oft ich für sie kämpfe und gewinne und überlebe – sie sieht es nicht! Sie wacht nicht auf aus dieser Trance, in die sie sich geflüchtet hat. Sie wacht einfach nicht auf.«

Es zerreißt mir das Herz, Luke so zu sehen.

Ich möchte ihn festhalten, möchte ihm Trost und Halt geben, denn niemand sollte ununterbrochen stark sein müssen.

Nicht einmal Luke.

Ich vergesse meine guten Vorsätze.

Dicht trete ich an ihn heran, und behutsam schiebe ich meine Hände unter Lukes Rucksack, lasse sie warm und sicher auf seinem Rücken ruhen.

Und Luke gibt nach.

Er hebt seinen unverletzten Arm und legt seine Hand in meinen Nacken, und mit einem tiefen Seufzer vergräbt er das Gesicht in meinem Haar. Ich spüre Lukes Atem an meinem Ohr, fühle die Wärme seiner Hand, seines Körpers. Meine Fingerspitzen prickeln an seinem Rücken, wollen ihn streicheln, doch ich zwinge meine Hände, stillzuhalten. Dies ist die vorsichtigste Zärtlichkeit, die ich je gespendet oder bekommen habe, doch mein Herz donnert gegen meinen Brustkorb, als wolle es ihn sprengen. Und da weiß ich es.

Ich bin verliebt.

Ich bin hoffnungslos verliebt in diesen störrischen, selbstlosen Krieger, der sich eisern weigert, den Kampf um seine Schwester aufzugeben, und ich will ihn küssen, will es so sehr, dass es wehtut.

Ich müsste nur mein Gesicht ein wenig neigen, damit es geschieht. Luke würde mich nicht abweisen, nicht jetzt. Denn dies ist sein schwächster und offenster Moment, und ich spüre, ich *weiß*, dass er sich nach Geborgenheit und Vergessen sehnt. Genau das würde mein Kuss ihm schenken … und alles wäre gut.

Nichts wäre gut!, fahre ich mich in Gedanken an. Du willst

Luke trösten, indem du dich an ihn ranmachst? Was bist du nur für eine erbärmliche Egoistin!

Ich lasse Luke so abrupt los, als hätte ich einen elektrischen Schlag bekommen. Alles in mir strebt zu ihm hin, doch ich trete einen Schritt zurück und sehe angestrengt zu Boden. Mit aller Kraft konzentriere ich mich darauf, meine Gefühle in den Griff zu bekommen. Erst, als ich sicher bin, die Sehnsucht vollständig aus meinem Blick verbannt zu haben, schaue ich Luke wieder an.

Steif sage ich: »Ich hoffe, das war okay für dich. Das mit der Umarmung.«

»Ob das ...?« Luke fährt sich durchs Haar. »Jana ...«

»Nein, sag nichts«, unterbreche ich ihn hastig. »Müssen wir nicht weiter? Wir können ja während des Laufens reden, wir wollten uns doch sowieso unterhalten. Wegen der Bären.«

Ich drehe mich um, und ohne Lukes Antwort abzuwarten, stapfe ich los.

Der Wald wird lichter und freier. Hohe Pappeln mit gezahnten, kreisrunden Blättern mischen sich zwischen die düsteren Fichten, und wir können nun auch gut zwischen den Bäumen hindurchlaufen, wenngleich der Fluss uns weiterhin begleitet.

Ich achte sorgfältig darauf, Luke beim Laufen nicht zu nahe zu kommen.

Außerdem frage ich ihn *ununterbrochen* über die Natur aus.

Denn nur so kann ich verhindern, dass die Rede auf ihn und

mich kommt – und dass Luke mir das Herz bricht. Mag sein, dass das feige ist. Aber ich möchte einfach nicht hören, dass er eine Freundin hat. Oder dass ich eben nicht sein Typ bin. Oder dass er mich aus einem anderen niederschmetternden Grund nicht will.

Für Liebeskummer ist morgen immer noch Zeit.

Also frage und frage und frage ich, und auf diese Weise erfahre ich nicht nur, dass es sich bei den Sträuchern, die das Flussufer säumen, um die weiße Zimthimbeere handelt. Sondern auch, dass diese von den First Nations traditionell gegen diverse Krankheiten eingesetzt wird. Luke und ich nutzen die Gelegenheit und gönnen uns einen fruchtigen Nachmittagssnack, und enttäuscht stelle ich fest, dass die supergesunde Zimthimbeere sehr fade schmeckt. Lilienzwiebeln und geschmacklose Beeren … fast fange ich an, mich auf die nächste Dose mit kalten Bohnen zu freuen.

Dann sehen wir im Fluss ein weitverzweigtes Netz aus Ästen, Stämmen, Schlamm und Steinen, und Luke erklärt mir, das seien Biberbauten. Natürlich springe ich sofort darauf an und frage ihn weiter aus, und er erzählt mir geduldig, dass die Biber in Kanada Anfang des zwanzigsten Jahrhunderts beinahe ausgerottet waren. Die Menschen hatten es sowohl auf ihr Fleisch als auch auf den dichten Pelz abgesehen, und erst als die Biberjagd verboten wurde, konnten die stark dezimierten Bestände sich erholen.

»Heute gibt es wieder so viele Biber, dass man sie sogar schießen darf«, fügt Luke hinzu. »Diese hier machen es ganz richtig:

Sie haben sich eine Insel ohne Menschen ausgesucht. Was wohl für die meisten Tiere das Gesündeste wäre.«

»Nicht nur für die Tiere«, rutscht es mir heraus.

Mit gerunzelter Stirn blickt Luke mich an. Offensichtlich würde er gerne wissen, was zum Teufel ich eigentlich gegen andere Menschen habe.

Doch ich sage nichts.

Stattdessen deute ich auf ein tonnenschweres Nest hoch in den Bäumen und frage: »Ist das ein Adlernest? Also, über Weißkopfseeadler würde ich brennend gern mehr erfahren! Weißt du was über die?«

Als es dämmert und wir uns in der Nähe des Flusses einen Schlafplatz für die Nacht suchen, bin ich von der stundenlangen Fragerei fix und fertig. Und natürlich vom Laufen. Und vom Rucksackschleppen. Und von dem Wissen, dass der Liebeskummer nur aufgeschoben ist, nicht aufgehoben.

Mein Geist schreit nach etwas, das nichts mit Natur zu tun hat, nach Netflix oder einem Buch oder lauter Musik.

Mein geschundener Körper schreit nach einem Bett, einer ordentlichen Mahlzeit und zehn Stunden Schlaf.

Mein Herz schreit nach Luke.

Tja. Sieht ganz so aus, als sollte ich nichts davon bekommen.

»Ruh dich ein bisschen aus«, sagt Luke, da mir meine Erschöpfung wohl ins Gesicht geschrieben steht. »Ich gehe zum Fluss und sehe zu, dass ich uns was fange.«

»Ein Fisch zum Abendessen wäre super«, sage ich dankbar.

»Ich glaube, Schnur und Angelhaken sind in meinem Rucksack. Warte, ich gebe sie dir.«

Während Luke angeln geht, raffe ich mich auf, schlurfe ihm mit wehen Füßen hinterher und entfache auf dem schmalen Kiesstrand ein Feuer. Mein allererstes! Als die Flammen aus dem trockenen Treibholz auflodern, schenkt Luke mir ein anerkennendes Lächeln. Ich lächele schwach zurück.

Dann präsentiert Luke mir seinen Fang, zwei beeindruckend große Fische, die er mit dem Messer halbiert, von den Innereien befreit und auf zwei Stöcke spießt.

Mit knurrenden Mägen hocken wir uns ans Feuer und halten die Stöcke darüber.

»Das ist zwar kein Gourmet Food«, sagt Luke, als die ersten Schwanzflossen über den Flammen verbrennen und die Fischhaut langsam schwarz wird, »aber wenn wir die Haut abziehen, wird man's hoffentlich essen können.«

»Dass wir ohne Grill, Pfanne oder Topf überhaupt ein warmes Essen bekommen, grenzt für mich schon an ein Wunder«, erwidere ich. »Also keine Sorge wegen der verkohlten Fischhaut, Mr Outdoor.«

»Mr Outdoor.« Luke seufzt. »Nimmst du mich eigentlich ernst, Jana?«

»Manchmal.« Ich grinse.

Doch dabei denke ich: Ach, Luke. Wenn du wüsstest, wie sehr!

Es ist dunkel geworden.

Eine der Fischhälften ist von meinem Stock ins Feuer gefallen und verbrannt, die andere jedoch schmeckt sehr gut. Luke drängt mir noch ein bisschen von seinem Anteil auf, was ich sehr süß von ihm finde, aber höflich ablehne. Die Fische sind voller Gräten und wir müssen das zarte Fleisch mit dem Löffel auf dem Kies zerlegen, doch ich bin so ausgehungert, dass mir das gar nichts ausmacht. Sogar die Bohnen in Tomatensoße, die wir dazu essen, finde ich heute Abend beinahe lecker.

Um keine Bären anzulocken, entsorgen wir die Essensreste im Wasser. Dann gehen wir zu unserem Nachtlager zurück, das wir unter drei Pappeln errichtet haben. Ich möchte Lukes Oberarm frisch verbinden, und als ich ihm helfe, das Shirt über den Kopf zu ziehen, klopft mein Herz schneller. Luke halb nackt zu sehen, wenn auch nur im Dunkeln, macht mich mittlerweile verdammt nervös – und auch ein bisschen traurig. Denn ich werde ihn niemals auf die Weise berühren dürfen, nach der ich mich sehne.

Doch dann löse ich vorsichtig den Verband, und nur noch ein Gefühl hat in mir Platz: heißer Schreck! Die Wunde klafft zwar nicht mehr auseinander, ist aber angeschwollen und übermäßig verschorft, und das ist gar kein gutes Zeichen.

»Himmel, das sieht entzündet aus! Oh, Luke …«

Er blickt auf seinen Oberarm und schnell wieder weg.

»Ach, und wenn schon«, sagt er tapfer. »Wenn alles gut geht, erreichen wir ja morgen die Nordspitze. Bis dahin werde ich es schon noch aushalten.«

Ich bin mir da nicht mehr so sicher. Wären wir in der Zivilisation, würde ich Luke auf der Stelle ins Krankenhaus schleppen. Wenn ich nämlich recht habe mit meiner Vermutung und die Wunde sich tatsächlich entzündet hat, dann ist eine Blutvergiftung nicht mehr weit.

Aber wir sind nicht in der Zivilisation. Wir sind im Regenwald, wo es weder Krankenhaus noch Arzt oder Medikamente gibt. Und so bleibt mir nichts anderes übrig, als noch einmal sorgfältig Desinfektionsmittel aufzutragen, Lukes Arm mit einem frischen Verband zu umhüllen und meine wachsende Angst um ihn herunterzuschlucken. Luke ist jung und stark. Ein Körper wie seiner lässt sich von einer Entzündung nicht in die Knie zwingen. Ganz sicher nicht!

»Danke«, sagt Luke, während er mit meiner Hilfe wieder in sein Shirt schlüpft. »Möchtest du jetzt schlafen oder setzen wir uns noch eine Weile ans Feuer?«

Diese Nacht ist wärmer als die gestrige, sodass wir neben unserem Schlafplatz kein Feuer entfachen werden. Aber noch eine Weile neben Luke am Kiesstrand sitzen … das klingt verlockend.

»Lass uns ans Feuer gehen.«

Als wir uns am Strand nahezu gleichzeitig auf den Boden setzen, berühren sich unsere Knie zwar nicht ganz – aber fast. Ich erwarte, dass Luke von mir abrückt, doch das tut er nicht.

Und da kann ich nicht widerstehen. Meine Sehnsucht nach ihm überwiegt meine Furcht, zurückgewiesen zu werden, und sehr vorsichtig schiebe ich mein Knie näher an seines. Nur mit ein paar Quadratzentimetern meines Beins seine Wärme spüren … das genügt mir ja schon! Bestimmt merkt Luke das gar nicht. Ich kann ganz unauffällig noch ein wenig näher rücken, nur noch ein winziges bisschen …

»Weißt du was, Jana?«, knurrt Luke. »Ich habe genug von den Spielchen.«

Luke

Nein.

Das war die Antwort auf meine Fragen.

Nein, ich kann nicht länger so tun, als wäre Jana mir egal.

Nein, ich kann nicht nur aus reiner Dankbarkeit bei Caroline bleiben.

Diese Erkenntnis ist es, die ich auf der Lilienwiese hatte, und sie hat alles verändert. Mein Plan, bei Caroline zu bleiben, weil ich nicht weiß, wo ich ohne sie heute wäre – auf der Straße, im Jugendknast, auf dem Friedhof –, ist auf der Lilienwiese gestorben. Zusammen mit dem Rest an Verliebtheit in meine Freundin, der vielleicht noch in mir war. Ich *kann* nicht mit Caroline zusammenbleiben. Es wäre uns beiden gegenüber nicht fair. Besser, ich bin mit niemandem zusammen als mit der Falschen.

Ich habe ein paar Stunden gebraucht, um mit dieser Einsicht und ihren Konsequenzen zurechtzukommen. Schließlich schließt man nicht jeden Tag mit einer zweieinhalbjährigen Beziehung ab. Und so war ich für eine Weile wohl … ziemlich schweigsam.

Erst Janas Vorschlag, dass wir uns wegen der wilden Tiere doch bitte unterhalten sollten, machte mir klar, dass ich mich total abweisend benahm. Und dann bin ich mit der Geschichte über meine Schwester auch noch metertief im Selbstmitleid versunken.

Anscheinend bedauert mich Jana jetzt nur noch. In ihrer Umarmung habe ich ihr Mitleid gespürt … während ich vor Hunger nach ihr fast umgekommen bin. Doch dann hat sich eine verzweifelte Hoffnung in mir geregt, und gerade als mein Hirn durchgedreht ist und mir alles gleichzeitig durch den Kopf schoss – dass ihr Bein an meinem in der Nacht vielleicht doch kein Zufall war, dass es zwar unwahrscheinlich, aber nicht unmöglich ist, dass ein Mädchen wie Jana sich in mich verliebt, dass die Tage auf dieser Insel mein Schicksal sind und dass Doug sich totlachen würde, wenn er meine Gedanken hören könnte –, da hat Jana mich losgelassen und mir mit ihrem distanzierten Blick und ihren kühlen Worten erst mal eine runtergehauen: »Ich hoffe, das war okay für dich.«

Bäm.

Aber mal ehrlich, was hatte ich denn erwartet? Wahrscheinlich kann Jana sich in Deutschland vor aufdringlichen Jungs gar nicht retten und dass ich mit ihr in diesem Regenwald unterwegs bin, verschafft mir noch lange keine Sonderrechte. Und dass ich Jana gegen alles und jeden verteidigen würde – gegen Bären, Wölfe, Menschen oder ihre Vergangenheit –, zählt bei einem Mädchen wie ihr gar nichts.

Denn Jana braucht mich nicht.

Das zumindest habe ich den ganzen verflixten Nachmittag lang gedacht, während sie mich ununterbrochen über die Wildnis ausgefragt hat. Und ich bin darauf eingegangen, einfach nur, um mich abzulenken: davon, dass ich nach meiner Heimkehr alles wegwerfen werde – für ein Mädchen, das mich nicht will.

Aber jetzt sitzt sie hier, und ich halte es nicht mehr aus. Wenn sie mich nicht will, warum schaut sie mich dann so an? Warum schiebt sie ihr Knie zu mir rüber? Warum habe ich das Gefühl, die Luft zwischen uns brennt?

Ich habe wirklich genug von den Spielchen. Ich muss es wissen, und zwar sofort. Ob sie mich will, ob sie mir vertraut, ob ich mir das, was da zwischen uns ist, nur einbilde … oder ob es die unglaubliche, wundervolle Wahrheit ist.

Ich nehme meinen ganzen Mut zusammen, hebe die Hand und lege sie auf ihre Wange.

Und Jana lässt mich gewähren.

Da streichle ich ihre Haut, die sich genauso zart und weich anfühlt, wie sie aussieht, und als ich Janas Augen aufleuchten sehe, freudig und verblüfft, rutscht etwas in mir endlich an den richtigen Platz. Ich lächele, fühle mich plötzlich weit und frei und kann keine Sekunde länger warten, und so schiebe ich meine Finger in ihr Feenhaar und ziehe Jana an mich …

Jana

... und mein Herz fliegt Luke entgegen.

Ich schließe die Augen.

Luke küsst mich.

Und alle Zweifel werden in Sekundenbruchteilen fortgeschwemmt.

Die Welt schrumpft zusammen auf Luke und mich, auf unsere Lippen, unsere Zungen, unsere Hände.

Ich fühle mich vollkommen geborgen, in Lukes Armen und in der Wildnis, denn nichts kann uns beiden geschehen, während wir uns küssen. Wir gehören zueinander. Wir werden beschützt von den hohen schwarzen Bäumen, zugedeckt von der Dunkelheit der Nacht, umhüllt von der Hitze des Lagerfeuers.

Wir lösen uns voneinander, nur eine Winzigkeit, doch das ist schon zu viel und rasch küssen wir uns noch einmal. Und noch einmal. Und noch einmal, und wir müssen beide lächeln, erstaunt und ganz berauscht davon, dass das hier wirklich passiert. Ich schaue Luke an, seine dunklen Augen, den Bartschatten auf seinen Wangen, den leicht geöffneten Mund, ich kann mich gar nicht an ihm sattsehen. Und ich liebe es, dass auch er mich betrachtet, dass er mit seinem Blick zärtlich über mein Gesicht streicht, dass er mich *sieht.*

Denn endlich will ich nicht mehr blind und unsichtbar sein. Nicht, wenn ich mit Luke zusammen bin.

Er mag es nicht geschafft haben, seine Schwester aus ihrer Depression zu holen.

Aber mich …

Mich hat er geweckt.

LUKE

Obwohl das glühende Reißen in meiner Wunde mich umbringt, bin ich vor Glück wie betrunken.

Wie könnte es auch anders sein, da doch das wunderbarste Mädchen der Welt in meinen Armen liegt?

Während wir in unseren Küssen versinken, streichen Janas Finger über meinen Rücken, schlüpfen unter mein Shirt, fahren langsam und mit sanftem Druck meine Muskeln nach. Ich stöhne leise, als ihre Brüste sich an meinen Oberkörper schmiegen. Ich möchte Jana erkunden und entdecken; nicht nur ihren Körper, sondern alles, was sie ausmacht. Die Jana, die sie mal war. Die Jana, die sie auf dieser Insel ist. Die Jana, die sie mit mir zusammen werden könnte. Die traumatisierte Jana, die Skateboard-und-Bungee-Jumping-Jana, die göttliche Jana, die aufgewühlte Jana, die furchtsame und auch die mutige Jana. Die Jana, die stumm und verbissen mit sich ringt, die Jana, die sich in meinen Armen entspannt, und die Jana, die ganz weich wird, wenn ich sie küsse. Ich bin verrückt nach Jana in all ihren Facetten.

»Luke?«, flüstert Jana, als wir beide uns wieder voneinander lösen. »Warum hast du mich so lange zappeln lassen?«

Shit.

Nichts möchte ich weniger, als Jana jetzt von Caroline zu erzählen.

Was, wenn sie eifersüchtig wird? Wird sie mir glauben, dass es dazu absolut keinen Grund gibt – auch wenn Caroline und ich offiziell noch zusammen sind?

»Na ja, *lange* …«, weiche ich aus. »Wir kennen uns erst seit vorgestern, hm?«

Doch die Zeit, in der Jana und ich um die Wahrheit herumgeschlichen sind, um unsere eigene und die des anderen, ist vorbei. Schweigend wartet sie auf meine Antwort, meine *ehrliche* Antwort, und ihr Blick ist liebevoll, aber ernst.

»Okay.« Ich seufze. »Versprichst du mir, dass du hierbleibst, wenn ich es dir sage? Genau hier, in meinen Armen?«

Mir ist bewusst, dass ich mit diesem Versprechen viel von ihr verlange, da sie ja keine Ahnung hat, was sie erwartet. Jana muss mir einen enormen Vertrauensvorschuss gewähren.

Doch sie nickt, ohne zu zögern.

Heiser sage ich: »Ich habe eine Freundin.«

Luke

Knapp drei Jahre zuvor

Seit jenem trüben Herbstmorgen, als ich erkannt hatte, dass Emily in ihrer Schwärze versank, wütete ich gegen die Welt.

Die Welt: das war die Krankheit meiner Schwester, das waren meine Eltern und das waren alle anderen; vielleicht abgesehen von Doug.

Aber auch Doug stand hilflos daneben, als ich mich mit einem Mitschüler prügelte.

Ebenso hilflos war Doug, als ich den Roggenwhiskey meines Vaters klaute, um ihn mit zwei älteren Jungs in einer leer stehenden Garage zu trinken.

Oder als ich anfing, mit halluzinogenen Pilzen zu experimentieren. Oder als ich meinen eben erfundenen Decknamen an die Rückwand des kleinen Supermarkts sprayte. Oder als ich in nur vier Wochen mit sieben hübschen Mädchen rumknutschte, was in unserem kleinen Ort – da waren die anderen Jungs sich einig – eine beachtliche Leistung war. All das brachte mir praktisch über Nacht einen neuen Ruf ein: Ich galt nun als Draufgänger, als düsterer Herzensbrecher.

Die anderen Jungs beneideten mich um diesen Ruf.

Meine Eltern hingegen brachten meine Eskapaden um die wenigen Nächte, in denen sie trotz der Sorge um ihre kranke Tochter einmal hätten schlafen können, wenn auch nur aus reiner Erschöpfung. Und wenn ich dann die täglich immer tiefer werdenden Sorgenfalten auf der Stirn meines Vaters sah, die verweinten Augen meiner Mutter, den leeren Blick meiner Schwester, dann konnte ich mich selbst nicht mehr ausstehen.

Das machte mich noch wütender.

Sodass ich noch mehr das Bedürfnis hatte, mich ans Limit zu wagen – und ein Stück darüber hinaus.

Doch dann ging ich in meiner kopflosen Flucht vor Emilys Krankheit zu weit.

An jenem Abend im Winter, als Caroline mich fand, waren meine Eltern mit Emily für zwei Tage im Krankenhaus. Sie waren geflogen – eine kleine Beaver hatte sie abgeholt –, weshalb der Wagen meines Vaters vor dem Haus stand.

Ungenutzt.

Ich wusste, wo die Autoschlüssel lagen. Ich wusste auch, wie man fährt, denn mit einem Automatikwagen war das einfach, und mein Vater hatte mich auf dem langen, leeren Highway durch die Wälder schon öfter mal ans Steuer gelassen. Da allerdings war ich hellwach und konzentriert gewesen.

Jetzt war ich breit.

Die Fahrt endete knapp außerhalb des Ortes im Straßengraben. Ich war nicht verletzt. Doch trotz des Dunstes in meinem Kopf begriff ich, dass ich gewaltigen Ärger bekommen würde.

Mehr als bloß Ärger. Ich war fünfzehn, ich hatte Drogen genommen und war mit einem Auto gefahren, das mir nicht gehörte. Würde ich von der Schule fliegen? In ein Heim für schwer erziehbare Jugendliche kommen? In den Jugendknast?

Ich wusste, dass ich mich das alles hätte fragen sollen, bevor ich mir die Autoschlüssel genommen hatte. Doch diese Einsicht nützte mir nun nichts mehr; ich würde für meine Dummheit, den Rausch und diesen brennenden, unkontrollierten Zorn in mir bezahlen müssen.

Ich legte die Arme ums Lenkrad, ließ den Kopf darauf sinken und weinte.

Ich weinte um Emily, um unsere heile Kindheit, die mir im Nachhinein wie blanker Hohn erschien. Ich weinte um meine Eltern, die seit der Diagnose nur noch um Emily kreisten. Und ich weinte um mich selbst, weil ich so bescheuert war und alles noch komplizierter gemacht hatte und weil ich jetzt in diesem Wagen saß und absolut nicht wusste, wie es weitergehen sollte. Ich heulte Rotz und Wasser und verachtete mich dafür, hämmerte fluchend mit der Faust aufs Lenkrad ... und so fand mich Caroline.

Sie war mit dem Fahrrad auf dem Heimweg von einer Freundin, die etwas außerhalb des Ortes wohnte, und wie es Carolines Art war, fackelte sie nicht lange: Innerhalb von fünfzehn Minuten hatte sie mich aus dem Auto gezogen, mich auf ihrem wackeligen Gepäckträger nach Hause gebracht und ihre Eltern angerufen, um ihnen mitzuteilen, dass sie bei ihrer Freundin übernachten werde.

Tatsächlich übernachtete sie bei mir.

Allerdings nicht in meinem Bett, sondern vor meinem Computer, wo sie im Internet surfte, während ich meinen Rausch ausschlief. Und als Caroline mich um fünf Uhr in der Frühe aus dem Bett schmiss, hatte sie mit geradezu krimineller Energie einen Plan entwickelt.

Später habe ich sie gefragt, warum sie mir an jenem Abend so spontan geholfen hat.

Caroline antwortete: »Weil ich seit Wochen in dich verknallt war und du mit zwei meiner Freundinnen rumgemacht hattest, aber nicht mit mir. Das war meine Chance, Luke!« Und dann lachte sie und küsste mich.

Doch davon ahnte ich natürlich noch nichts, als ich vor ihr auf der Bettkante saß und mit brummendem Schädel aufzunehmen versuchte, was Caroline recherchiert hatte: wie man ein Autoschloss so manipuliert, dass es aussieht, als sei es geknackt worden, und wie man das Ganze bewerkstelligt, ohne auch nur die geringsten Spuren zu hinterlassen.

»Das kommt doch raus«, sagte ich zweifelnd.

»Kommt es nicht«, entgegnete Caroline und hob eine ihrer hübschen Augenbrauen. »Nicht, wenn der Autoschlüssel dort liegt, wo er immer liegt, und wenn am Lenkrad keine Fingerabdrücke von dir zu finden sind. Es hätte jeder sein können, oder? Ein geknacktes, aber ansonsten unbeschädigtes Auto im Straßengraben – da ist wohl ein blöder Jugendlicher an einem langweiligen Winterabend auf eine ziemlich dumme Idee gekommen. Tja, ist ja zum Glück nichts weiter passiert! Da kann unser guter alter Mr Connor die Ermittlungen guten Gewissens gleich wieder einstellen, richtig?«

Ich starrte Caroline an.

So ein Scheiß, dachte ich. Das kann gar nicht klappen!

Aber es klappte doch. Vielleicht, weil die Geschichte so nah an der Wirklichkeit war. Weil Caroline das Schloss wirklich sehr geschickt manipulierte und das Lenkrad extrem sorgfältig abwischte. Weil ich so entsetzt war über die Ausmaße, die das Ganze angenommen hatte, und weil ich deshalb sehr glaubhaft den Erschrockenen mimen konnte, als mein Vater am nächsten Abend entdeckte, dass der Wagen weg war.

Die Polizei, bestehend aus dem alten Mr Connor, fand das Auto schnell, denn ich war ja nicht weit gekommen. Wie von Caroline prophezeit, wurden die Ermittlungen nach wenigen Tagen eingestellt. Und auch meine Eltern beruhigten sich rasch.

Ich aber schämte mich in Grund und Boden. Ich hatte etwas getan, das so blöd war, dass niemand es mir zutraute, niemand mich verdächtigte – nicht einmal meine Eltern, denen ich in letzter Zeit doch einige Sorgen bereitet hatte. Das rüttelte mich auf. Mir wurde bewusst, dass Caroline mir in der allerletzten Sekunde den Arsch gerettet hatte.

Und dafür war ich ihr dankbarer als je einem Menschen zuvor.

Statt meinem Vater Whiskey zu klauen, ging ich nun mit Caroline in *Zoe's Café* und zum Eislaufen. Ich küsste sie, ich verliebte mich in sie und ich verlor mit ihr meine Unschuld. So wurde es langsam wieder Frühling, und die anderen Jungs im Dorf vergaßen meinen kurzen Ruhm als Bad Boy.

Nur Emilys Krankheit – die blieb bestehen.

Und obwohl ich nicht mehr das Gefühl hatte, vor Zorn zu verbrennen, lauerten die innere Unruhe, die Angst um meine Schwester und die Bitterkeit beim Anblick meiner Eltern nach wie vor in meiner Seele. Ich war jetzt mit Caroline zusammen. Doch auf Dauer war selbst das nicht genug. Ich brauchte ein weiteres Ventil.

Ich fand es im Abenteuer.

Und so fing ich an, mich auf Wildnis-Touren abzureagieren. Ich suchte die Gefahr, genoss den Kick und überwand den Tod: sprang von hohen Klippen in eiskalte Seen, warf mich mit meinem Kanu in unbekannte Gewässer, bretterte mit dem Mountainbike viel zu steile Hügel hinab. Ich brach mir ein Bein und holte mir mehr als eine Gehirnerschütterung – aber ich überlebte. Und jedes Mal, wenn ich gewonnen hatte, lachte ich dem Tod triumphierend ins Gesicht.

Irgendwann fing ich an, meine Erlebnisse zu filmen, und es war ein gutes Gefühl, gesehen zu werden. Nicht von meinen Eltern, die nach wie vor nur auf meine Schwester fixiert waren, aber immerhin von meinen Abonnenten, und das waren bald ziemlich viele. Außerdem zeigte ich meine Videos Emily … wenn sie denn wollte.

Es war, als hätte ich mein Leben wieder einigermaßen im Griff. Ich wurde ohne gravierende Unfälle volljährig, schloss erfolgreich die Schule ab, bewarb mich um einen Studienplatz in Vancouver und erhielt die Zusage. Alles war ganz okay, alles lief irgendwie.

Doch dann küsste Caroline einen anderen.

Sie beichtete es mir unter Tränen, bereute es, wollte mir aber weder sagen, wer der andere gewesen war, noch warum sie es getan hatte. Trotzdem vergab ich ihr. Natürlich vergab ich ihr.

Aber die Zweifel, ob das Mädchen, das mich in jener Winternacht vor dem Absturz gerettet hatte, wirklich die Richtige für mich war, ließen mich seit Carolines Geständnis nicht mehr los. War ich kleinlich? Nachtragend? Zu besitzergreifend? Das jedenfalls warf ich mir selbst vor.

Bis mir klar wurde …

Jana

»…, dass meine Zweifel an dieser Beziehung schon viel früher da waren«, schließt Luke. »Ich war Caroline wirklich unendlich dankbar – und ich bin es immer noch. Ich weiß nicht, ob ich ohne sie jemals mit dem ganzen Scheiß aufgehört hätte, ob ich vollends abgestürzt wäre, ob meine Eltern mich nicht irgendwann aufgegeben hätten.«

Still liege ich an Lukes Brust. In mir arbeitet es, ich bin erschrocken und nachdenklich.

»Aber Dankbarkeit ist eben nicht Liebe«, fügt Luke leise hinzu. »Auf Dauer reicht sie nicht aus. Mit Caroline … Weißt du, es war niemals wie mit dir, nicht eine Sekunde lang. Glaubst du mir das?«

Mein Herz macht einen Sprung.

Das Feuer ist heruntergebrannt, es glimmt nur noch, spendet kaum mehr Licht. Ich hebe den Kopf, sehe Luke an. In der Dunkelheit sind seine Augen beinahe schwarz, doch ich erkenne die Wahrheit darin: Lukes Gefühle für mich. Ich hauche ihm einen Kuss auf die Lippen.

»Ich glaube dir alles«, sage ich, und ich spüre Lukes Erleichterung, als wäre es meine eigene.

Später, als wir auf unserem Lager unter den flüsternden Pappeln liegen – jeder in seinem eigenen Schlafsack, aber eng aneinandergeschmiegt –, kommt mir noch ein Gedanke. Vielleicht hat Lukes Freundin den anderen ja geküsst, weil es auch ihr nicht ausreichte, was Luke und sie hatten? Weil Caroline nicht ihr Leben lang nur Dankbarkeit bekommen wollte statt Liebe? Womöglich hat sie ebenso wie Luke geahnt, dass das mit ihnen beiden schlichtweg nicht das eine, Große, Wahre war. Ihr Betrug war eine Flucht.

Müde teile ich Luke meine Überlegungen mit, und schon im Halbschlaf murmele ich: »Vielleicht ist es auch für Caroline eine Befreiung, wenn du Schluss machst. Dann könntet ihr Freunde bleiben, schließlich mögt ihr euch ja noch. Das wäre schön.«

»Du fändest das *schön?*«, fragt Luke fassungslos. »Wenn meine Ex und ich …?«

»Klar, wieso nicht?« Ich gähne. »Sobald sie nicht mehr deine Freundin ist, habe ich überhaupt kein Problem mehr mit ihr. Du warst so lange mit ihr zusammen – da muss sie doch wohl sehr nett sein!«

Luke lacht.

»Jana, du bist unglaublich«, stellt er fest.

Dann küsst er mich, und dann küsse ich ihn, und dann, sehr innig, küsst er wieder mich.

Die Bedeutung von Schlaf wird vollkommen überschätzt.

Die Insel

Das Wasser stürzt über den Abhang. Es strömt über Geröll, trifft sprudelnd auf Sand und sucht sich in schmalen Rinnsalen seinen Weg ins Meer. Niemand kann das Wasser aufhalten, weil es das Leben selbst ist, für alles hier: für die Fische, die Kiefern, die Zedern, die Adler, die Bären, die Wölfe, den Forscher.

Denn das Wasser unterscheidet nicht.

Doch obwohl das Wasser ihn geduldig am Leben erhält, wird Richard schwach und schwächer. Hunger und Kälte zehren an ihm, und sein zerquetschtes Bein treibt ihn fast in den Wahnsinn.

Oder ist er bereits verrückt?

Er hört nämlich das Wasser in seinem Kopf. Es flüstert ihm zu, dass er nicht hätte versuchen sollen, diesen Abhang hochzuklettern. Die Felsen, an denen er sich hatte hochziehen wollen, *mussten* sich lösen! Denn die Pfade hinter dem Abhang sind nicht für Menschen bestimmt, und schon gar nicht für Stahlseilschlingen.

Die Insel hat sich gegen sein Vorhaben gewehrt.

Und ja, ganz offensichtlich *ist* er verrückt! Richard ringt sich ein schwaches Grinsen ab. Doch die Verzweiflung verzerrt es zur Grimasse.

Und nur einen Atemzug später holt ihn die Nacht.

Luke

Ich blinzele in einen trüben Morgen … und die Pappeln über mir kreisen. Mir ist schlecht. Mir ist kalt. Mein Mund ist so trocken wie Sandpapier.

Jana erwacht, schlingt träge den Arm um mich und ich schreie auf.

»Was ist?«, fragt sie, erschrocken und auf einen Schlag hellwach. »Bin ich an deine Verletzung gekommen?«

Ich nicke, während ich die Zähne so fest aufeinanderbeiße, dass man es knirschen hört. Jana hat meine Wunde nur sanft gestreift, doch der Schmerz ist mörderisch. Vor meinen Augen flimmert es, und wenn ich nicht schon läge, wäre dies wohl der Moment, in dem ich aus den Latschen kippen würde. Krampfhaft bemühe ich mich, bei Bewusstsein zu bleiben.

Verdammter Mist! Was gestern Abend noch eine dämliche Wunde war – quälend, aber mit etwas Selbstdisziplin schon zu ertragen –, scheint allmählich an Potenzial zu gewinnen, mich um die Ecke zu bringen.

Jana springt auf. Sie holt mir die Wasserflasche und flößt mir vorsichtig etwas Flüssigkeit ein. Dabei streicht sie mir die Haare aus der Stirn und schaut mich mit ihren schönen, großen Augen so besorgt an, dass ich trotz meines beschissenen Zustandes grinsen muss.

»Dir scheint tatsächlich etwas an mir zu liegen.«

»Hast du daran gezweifelt?«, fragt Jana streng. »Dann bist du ein Dummkopf.«

»Vielen Dank.«

»Gern geschehen.« Sie lächelt verschmitzt, wird aber gleich darauf wieder ernst. »Luke, eigentlich hätte die Wunde besser werden müssen statt schlechter. Du brauchst wirklich dringend einen Arzt. Gott sei Dank erreichen wir heute diese Leute! Das heißt«, sie zögert, »wenn du laufen kannst?«

»Hey, mein Arm ist verletzt, nicht mein Bein.« Ich setze mich auf. »Siehst du, es geht schon wieder. War nur ein kurzer Moment der Schwäche, weil der Schmerz so plötzlich kam.«

Jana blickt mich zweifelnd an, und es ist klar, dass sie mir nicht glaubt. Ich ziehe sie mit meinem gesunden Arm zu mir heran und küsse sie. Es wird ein sehr langer und sehr tiefer Kuss, und er lenkt uns beide wunderbar von meiner Verletzung ab.

Ein bisschen zu wunderbar, denn ich spüre, wie ich Lust auf Dinge bekomme, für die jetzt absolut nicht die Zeit ist. Schon gar nicht mit Drehschwindel und einem unbrauchbaren linken Arm.

»Lass uns besser frühstücken«, raune ich, »sonst kann ich für nichts garantieren.«

»Ja, lass uns damit aufhören«, sagt Jana mit verhangenem Blick. Widerwillig lösen wir uns voneinander, und sie fügt vernünftig hinzu: »Das kann warten, bis du wieder gesund bist!«

»Was mit ein paar Medikamenten schon sehr bald der Fall sein wird.« Ich schaue hoffnungsvoll auf Janas schönen Mund, und sie verzieht die Lippen zu einem sinnlichen Lächeln.

Doch als ich den Blick hebe und den ihren treffe, ist die Sorge in ihre Augen zurückgekehrt, und sie ist größer denn je.

Keine halbe Stunde später sind wir wieder unterwegs.

Die Rucksäcke sind nicht mehr besonders schwer, da sich praktisch keine Nahrung mehr darin befindet. Das ist gut für unsere Rücken, aber schlecht für unsere Mägen; wir werden die Nordspitze der Insel zwingend heute erreichen müssen.

Immerhin haben wir genug zu trinken. Den Fluss müssen wir zwar verlassen, da er nicht mehr in unsere Richtung verläuft, doch wir füllen unsere Flaschen noch einmal bis zum Rand auf.

Und dann spielen wir wieder das gute alte Regenwaldspiel: Zweige beiseitebiegen, über Baumstämme klettern, uns durch Dornengebüsch zwängen. Mühsam wie immer.

Falsch. Heute ist es mühsamer.

Ich gebe es nur ungern zu, aber jede Bewegung fällt mir beschämend schwer. In meinem angeschwollenen Arm zieht und reißt es, und mir wird immer wieder schwindelig. Doch da ich nicht möchte, dass Jana sich noch mehr Sorgen um mich macht, unterdrücke ich sowohl Fluchen als auch Stöhnen und stapfe weiter, so gut es eben geht. Ich habe schon ganz andere Dinge überlebt, oder nicht?

Heute Abend ist alles vorbei, sporne ich mich an, wir werden an der Nordspitze bei diesen Leuten sein, und das bedeutet: Telefon. Funkgerät. Rettungshubschrauber. Einen Suchtrupp für Janas Onkel und ein Krankenhaus für mich. Bis dahin muss ich durchhalten! Und Janas Onkel auch.

Da wird mir auf einmal so schwindelig, dass ich mich mit dem gesunden Arm an einem Baum abstützen muss. Die Landschaft schwankt bedrohlich, und ich schließe die Augen.

»Luke!« Ich spüre Jana neben mir und höre die Sorge in ihrer Stimme. »Was ist los?«

»Ich … nichts, ich … brauche nur eine Pause.«

Jana führt mich zu einem umgestürzten Baum, und ich setze mich schwer atmend auf den Stamm.

Aufmunternd lächele ich sie an. »In ein paar Minuten bin ich wieder fit.«

Jana sieht mich nur an. Ich weiß genau, dass sie mir nicht glaubt – ich glaube mir ja selbst nicht. Aber sie sagt nichts, nimmt mir den Rucksack ab und lässt sich neben mir auf dem Baumstamm nieder.

»So bekommen wir wenigstens eine kleine Pause«, murmelt Jana schließlich, und danach schweigen wir.

Als der Schwindel langsam nachlässt, setzt sich das Gedankenkarussell wieder in Gang. Unwillkürlich frage ich mich, wie es mit Jana und mir weitergehen wird. Ich blicke sie von der

Seite an. Soll ich sie fragen, wie sie sich unsere Zukunft vorstellt?

Da erkenne ich, wie sehr es bereits in ihr arbeitet. Ihre Stirn ist gerunzelt und sie kaut auf ihrer Unterlippe herum. Worüber denkt sie so angestrengt nach? Über uns?

»Beiß dich nicht blutig«, sage ich nur halb im Scherz.

Ertappt zuckt sie zusammen.

»Ich … nein.« Sie schaut mich an. »Luke, ich habe eine Entscheidung getroffen. Wenn ich … wenn wir … nun ja, wenn wir zusammenbleiben, dann …«

Wenn wir zusammenbleiben?

Nervös hake ich nach: »Wenn wir also zusammenbleiben – dann?«

»Dann solltest du wissen, worauf du dich einlässt.« Jana schluckt. »Du warst gestern sehr ehrlich zu mir. Ich möchte auch ehrlich zu dir sein. Du hast ja sowieso schon gemerkt, dass ich manchmal ein bisschen komisch bin, mich wie ein Freak verhalte und …«

»Jana?«, unterbreche ich sie.

Verunsichert blickt sie mich an.

»Es gibt da dieses Mädchen«, sage ich sanft, »in das ich mich Hals über Kopf verliebt habe. Ich bin ziemlich verrückt nach ihr, und ich kann es überhaupt nicht ertragen, wenn jemand schlecht über sie redet. Also bezeichne sie nicht als komischen Freak, okay?«

Tränen steigen in ihre Augen. Leise fragt sie: »Was tust du denn mit denen, die schlecht über sie reden?«

»Mit dir also?«

»Nein«, sagt Jana noch leiser. »Mit den anderen.«

Wer zur Hölle könnte einen Grund haben, über einen so wunderbaren Menschen wie Jana schlecht zu reden?! Heftig regt sich mein Beschützerinstinkt, als ich mir vorstelle, dass irgendjemand sie mit seinen Worten gedemütigt hat. So sehr gedemütigt, dass Jana, wie sie es ausdrückt, darüber zum »Freak« geworden ist.

»Wie viele sind es denn«, frage ich mühsam beherrscht, »mit denen ich mich anlegen müsste?«

»Viele.«

»Wie viele genau?«

»*Sehr* viele«, presst sie hervor.

Sie schaut zu Boden, verschränkt die zitternden Finger, und die böse Ahnung, die in meinem Hinterkopf herumspukt, verdichtet sich nun zur Gewissheit. Nur die Größenordnung ist mir noch unklar, und so wiederhole ich eindringlich: »Sag es mir, Jana. Wie viele?«

»Eine Million«, flüstert sie erstickt. »Und mittlerweile wohl noch ein paar mehr.«

»Oh, fuck«, murmele ich.

Eine Million? Wie ist das möglich?

Jana hebt das Kinn – und fängt an zu erzählen.

Jana

Ich müsste lügen, würde ich behaupten, dass ich mich nicht vor Lukes Reaktion fürchte.

Wie wird er mich ansehen, nachdem er erfahren hat, wie sehr ich gedemütigt wurde? Wird es etwas ändern an dem, was er für mich fühlt? Aber wie könnte ich mit ihm zusammen sein, wenn er es nicht weiß?

Blind blicke ich ins Grün. In die feuchten Zweige der Seekiefern, Zedern und Fichten. Ins Gebüsch, in dem es raschelt und wuselt. In die hohen, üppigen Farne. So viel Leben … Leben, an dem ich nicht teilhaben kann, wenn ich mich selbst in ein inneres Gefängnis verbanne. Wenn ich Angst habe vor *allem* – stellvertretend für die Erinnerung. Ich möchte leben! Doch das kann ich nur, wenn ich mich dem, was geschehen ist, endlich stelle.

Stockend beginne ich zu erzählen.

»Ich war in einem Drogeriemarkt, denn ich wollte eine Bodylotion kaufen. Ich ging damit zur Kasse und dort … vor mir … stand diese Frau.«

Meine Hände zittern. Die Panik drängt mit aller Macht an die Oberfläche, will die Kontrolle über mich gewinnen, will mich überschwemmen …

Doch diesmal lasse ich es nicht zu.

Ich erinnere mich. Aber heute erinnere ich mich, weil *ich* das so entscheide, nicht, weil mich ein Flashback packt.

Also ignoriere ich meine Angst und rede weiter.

»Ich weiß noch, dass ich den Eindruck hatte, dass die Frau ganz schön angespannt aussah, sogar von hinten. Alles an ihr war in Alarmbereitschaft und plötzlich zog sie ein Messer, ein langes, scharfes Küchenmesser, wie man es … zum Schneiden von … Fleisch benutzt … und …«

Ich breche ab. Luke greift nach meiner Hand und drückt sie, und ich kämpfe, kämpfe gegen die Panik und für mich selbst.

»Sie stand komplett unter Drogen«, stoße ich aus. »Schrie ganz plötzlich herum, sie wolle den Inhalt der Kasse, sonst gäbe es ein Blutbad, wie wir es noch nie gesehen hätten. Ich wich zurück, doch hinter mir standen weitere Kunden. Ein kleines Kind fiel zu Boden und fing an zu weinen, und noch während ich ihm zusammen mit der Mutter aufhalf, stürzte sich ein Mann auf die Frau mit dem Messer, um es ihr aus der Hand zu reißen. Da flippte sie aus. Sie war so außer sich, dass sie es schaffte, den Mann zu Boden zu treten, und ich … ich stand dann wohl einfach am nächsten. Sie hat mich an den Haaren gepackt. Mich in den Schwitzkasten genommen und mir das Fleischermesser an die Kehle gedrückt. Hat mich aus dem Laden gezerrt und gebrüllt, ›Ihr Schweine, ich hab euch gewarnt, es gibt ein Blutbad, es gibt ein Blutbad!‹, und dann hat sie …«

Ich kann es nicht.

Ich kann es nicht!

Doch Luke streichelt mit dem Daumen meinen Handrücken, zärtlich und voller Mitgefühl, und sein Blick sagt: Sprich weiter.

Und da kann ich es doch.

»Ich habe den Schnitt zuerst gar nicht gespürt. Ich stand wohl zu sehr unter Schock. Nur die Nässe habe ich gefühlt, überall. An meinem Hals, meinem Gesicht, meinen Beinen. Die Frau hatte mich verletzt und mich dann in den Rinnstein gestoßen, es ging alles so schnell, in meiner Erinnerung sind diese Sekunden – denn mehr als Sekunden können es gar nicht gewesen sein – ein totales Chaos. Ich weiß nur noch, dass ich plötzlich keine Luft mehr bekam, dass ich nass war und alles um mich herum rot, und als ich begriff, dass ich mir nicht nur in die Hose gemacht hatte, sondern dass das Rote mein Blut war … Ich dachte, ich muss sterben, Luke. Mir war kotzübel und ich sah Sternchen, und ich habe mich so sehr nach Hilfe gesehnt, ich hatte so schreckliche Angst … aber die Leute sind in diesen ersten Sekunden bloß panisch durcheinandergerannt. Und dann … dann … waren da diese Jungs.«

Ich schließe die Augen.

Wenn ich *das* erzählen kann, dann habe ich es geschafft.

Dann bin ich taffer, als es die frühere Jana jemals hätte sein können.

Luke streichelt immer noch meine Hand, doch ich spüre es

kaum mehr, denn ich bin in der Zeit zurückgesprungen. Liege wieder auf der Straße, den Kopf im Rinnstein, Gesicht und Hals voller Blut, und habe mich in Todesangst vollgepinkelt. Ich bin verletzt und verletzlich wie nie, vollkommen hilflos, ganz und gar angewiesen auf Menschen, die sich auf der Stelle um mich kümmern, weil ich sonst sterbe. Die Dunkelheit greift bereits nach mir. Wie durch einen schwarzen Schleier blicke ich auf die beiden Jungen, die sich neugierig über mich beugen. Dann verliere ich das Bewusstsein, und das Letzte, was ich höre, sind diese Kerle.

»Ist die tot?«

»Glaub schon. Krass!«

»Aber sie sieht echt geil aus.«

Ein plötzlicher Schmerz in meiner Hand bringt mich zurück in den Regenwald. Luke drückt meine Finger so fest, dass es wehtut, doch er merkt es sofort und lässt mich los.

»Entschuldige«, sagt er heiser, »es ist nur ... Ich könnte diese Typen umbringen!«

Ich lächele matt. »Dann müsstest du aber ziemlich viele Typen umbringen. Es geht ja noch weiter.«

Denn ich war dort im Rinnstein nicht gestorben, sondern nur ohnmächtig geworden.

Doch das wussten die beiden Jungs nicht, als einer von ihnen mich in dem allgemeinen Durcheinander ungerührt mit seinem Handy filmte. Und sie wussten auch nicht, dass das viele Blut nicht aus dem Schnitt an meinem Hals kam, der eher oberflächlich war, sondern vor allem von dem starken Nasenbluten, das nach meinem Sturz auf die Straße eingesetzt hatte. Die Jungs dachten nach wie vor, ich läge im Sterben oder wäre bereits tot, und während ich hilflos in der Schwärze versank, die Kassiererin die Polizei alarmierte, einige Menschen schrien, andere gafften und wieder andere sich an die Verfolgung der Drogensüchtigen machten, gingen die Kerle nach Hause, um das interessante Erlebnis, das sie gerade gehabt hatten, mit der Welt zu teilen.

Das Video, dem die Jungs einen reißerisch-obszönen Titel verpasst hatten, brachte es noch am selben Abend auf vierstellige Klickzahlen. Auf niedrige fünfstellige am nächsten Tag. Auf hohe fünfstellige am übernächsten. Und als ich eine Woche später aus dem Krankenhaus entlassen wurde, hatte sich mein angeblicher Tod viral verbreitet. Das sterbende, blutende, vollgepinkelte, dabei aber außergewöhnlich schöne Mädchen war mit einer Million Klicks durch die Decke gegangen.

»Verstehst du, Luke?«, sage ich leise. »Es war nicht das Erlebnis an sich, das mich so fertiggemacht hat. Ich glaube, ich wäre sogar ganz gut darüber hinweggekommen. Im Krankenhaus bekam ich so eine Art psychologische Sofortbetreuung, meine Eltern haben mich umsorgt wie ein Kleinkind, und Carmen und meine anderen Freunde haben sich ständig per WhatsApp erkundigt, ob es mir besser geht und was sie für mich tun können. Aber dann bin ich wieder zur Schule gegangen, und da habe ich von dem Video erfahren.«

Ich bin nun wieder ganz tief in meinen Erinnerungen versunken.

»Alle waren lieb und nett zu mir. Niemand hat einen blöden Witz gerissen, niemand war schadenfroh, niemand hat mich neugierig ausgefragt, und obwohl unsere Schule groß ist, habe ich mich richtig geborgen gefühlt. Klar, was ich erlebt hatte, war scheiße gewesen – aber es war vorbei. Ich hatte einen Schock, eine Gehirnerschütterung, ein paar Prellungen und einen oberflächlichen Schnitt, aber keine schlimmeren Verletzungen. Nicht mal eine Narbe würde mir bleiben, hatten die Ärzte mir versichert. Glück im Unglück, sozusagen. Das jedenfalls dachte ich, bis … bis mir irgendwann bewusst wurde, dass mich manche meiner Mitschüler so merkwürdig anschauen. Nicht mitleidig, weil ich einen Schnitt am Hals und Blutergüsse im Gesicht hatte. Sondern so, als wüssten sie irgendetwas, das ich nicht weiß – und das ich auch nicht wissen sollte. Carmen hat es mir schließlich erzählt. Weil ihr nicht wohl dabei war, dass ich die Einzige war, die keine Ahnung hatte.«

»Deine Mitschüler hatten das Video gesehen?«

Ich nicke. »Sie hatten es gesehen oder zumindest davon gehört. Eine Million Menschen, Luke. Eine Million Menschen hat mir dabei zugesehen, wie ich angeblich starb, und ich werde nie wissen, wer von meinen Freunden, Lehrern, Nachbarn dabei war, wer von ihnen mich in meinem ungeschütztesten Moment betrachtet hat. Wer das Video vielleicht sogar kommentiert hat! Denn die Kommentare … die waren das Allerschlimmste.«

Ich balle die Fäuste und fühle die gleiche bodenlose Scham wie damals, als ich an die Häme denke – die Mitleidlosigkeit – die Boshaftigkeit – die gierige Lüsternheit.

»Ich habe sie mir durchgelesen, sämtliche Kommentare, Stunde um Stunde. Ich war wie besessen davon, und gleichzeitig war ich vollkommen entsetzt. Noch am selben Abend habe ich mir mein Haar abgeschnitten. Ich wollte nicht mehr *ich* sein, nicht mehr schön sein, nichts mehr von dem sein, was in diesen widerlichen Kommentaren über mich geschrieben stand. Ich wollte unsichtbar werden und eine andere, nichts von mir sollte mehr etwas zu tun haben mit dem gedemütigten Mädchen im Netz. Ein Teil von mir ist tatsächlich gestorben, Luke. Mit dieser Jana, der die ganze Welt dabei zugesehen hat, ohne im Geringsten um sie zu trauern.«

Luke ist zu erschüttert, um zu sprechen. Mit seinem gesunden Arm zieht er mich an sich, und ich lasse den Kopf auf seine Schulter sinken. Einige Herzschläge lang sitzen wir stumm auf dem Baumstamm, haben beide genug damit zu tun, uns wieder zu fassen.

»Du wirst gern gesehen, Luke«, flüstere ich schließlich. »Denn deine Abonnenten lieben dich und du hast unter Kontrolle, was du von dir zeigst. Aber für mich … für mich ist es seit jenem Video die Hölle, von irgendjemandem auch nur wahrgenommen zu werden, ob im Netz oder auf der Straße. Ich habe alle meine Profile in den sozialen Netzwerken gelöscht. Ich traue mich nicht mal mehr, den Menschen draußen in die Augen zu blicken. Weil ich mich bei jedem Einzelnen frage, ob er *mich* anblickt oder das angeblich gestorbene Mädchen aus dem Video. Nie kann ich wissen, ob mein Gegenüber auch dazugehört: zu der Million von Menschen, die mich gesehen hat. Vielleicht sogar zu den Perversen, die sich an meinem Tod aufgegeilt haben. Oder zu den Mitleidlosen, die sich über mich lustig gemacht haben.« Ich schlucke. »Ein Mädchen hat geschrieben, dass sie gerade Lachtränen weint. Weil sie meinen Gesichtsausdruck im Tod so bescheuert findet.«

Ich höre ein Geräusch wie Wolfsknurren, und ich brauche einen Moment, um zu begreifen, dass es von Luke kommt.

Ich hebe den Kopf von seiner Schulter und schaue ihm in die Augen.

»Nachdem ich mir die Haare abgeschnitten hatte, habe ich es meinen Eltern erzählt«, sage ich leise. »Die haben sich sofort darum gekümmert, dass das Video gelöscht wird, und natürlich haben sie auch Anzeige erstattet. Aber das hat mich kaum getröstet. Es hatte mich ja sowieso schon eine Million Menschen gesehen, und außerdem ... einmal im Netz, immer im Netz, stimmt's?« Ich seufze. »Ich habe mich zurückgezogen, mich geschämt und gegrübelt, und je mehr ich gegrübelt habe, desto größer ist meine Angst vor den Menschen geworden. Ich meine, es war ja nicht nur der Typ, der dieses Video eingestellt hat! Und es war auch nicht nur sein dämlicher Kumpel. Es sind die Menschen, die sich das Video ›nur‹ angesehen haben. Es sind die Menschen, die es geteilt und zum Erfolg gemacht haben, und die Menschen, die es kommentiert haben – es sind alle und es ist keiner! Ich müsste eigentlich die ganze Welt hassen, Luke, einschließlich mir selbst! Denn ich habe auch schon fiese Videos angeschaut. Ohne auch nur einen einzigen Gedanken daran zu verschwenden, was ich da eigentlich tue.«

»Und *das* ist der Kern«, sagt Luke langsam. »Das ist der Dämon, der dich nicht loslässt, oder? Das Gedankenlose. Diese gedankenlose Bosheit.«

Ich starre ihn an. Es stimmt. Genau das ist es.

Denn was mir passiert ist, hat mich nicht nur verletzt und gedemütigt.

Dieses Video hat mir gezeigt, dass das Böse – das alltägliche, allgegenwärtige, ganz nebenbei begangene Böse – immer nur einen Schritt entfernt ist. Damit werde ich einfach nicht fertig.

Tausend Gedanken stürmen auf mich ein. Natürlich, ich hatte immer gewusst, dass die Welt kein Paradies ist; aber ich hatte es nur gewusst, nicht gefühlt. Das Böse war ein Wort gewesen, eine abstrakte Größe, beruhigend weit von mir weg, es existierte in den Nachrichten, als Krieg, als Terror, es kam in Filmen vor, in Büchern und vielleicht noch als Mobbing, das wir in der Schule in einem langweiligen Workshop thematisiert haben. Es existierte – aber in meiner Wirklichkeit war es die Ausnahme gewesen, nicht die Regel.

Nun jedoch hatte es mich erreicht. Es war zu etwas Persönlichem geworden, zu etwas Übermächtigem.

Was ich für die Ausnahme gehalten hatte, war angeschwollen auf eine Million Klicks.

»Alles ist anders geworden durch dieses Video«, bricht es aus mir heraus, »es ist, als ob die Welt sich umgestülpt hätte, von Weiß auf Schwarz, und ich … ich weiß gar nichts mehr, Luke. Ich habe keine … keine Sicherheit mehr in mir, keinen Glauben, kein Vertrauen. Ich weiß nicht mehr, wo meine Angst berechtigt ist und wo sie in Paranoia umschlägt. Ich weiß nicht, ob die Anonymität im Netz uns Menschen böse macht oder ob meine Wahrnehmung der Wirklichkeit mittlerweile vollkommen verzerrt ist, weil sich unter solchen Videos eben nur die Fiesen zu Wort melden. Ich hoffe es, aber ich *weiß* eben nicht, ob es auch die Mitfühlenden gibt, ob sie die Mehrheit bilden, warum sie schweigen, ob die Welt vielleicht doch ein relativ sicherer Ort ist, zumindest teilweise, ob das Böse in uns in den meisten Fällen doch sehr schwach ist, zivilisiert und in Schach gehalten. Oder ob es in uns allen lauert und jederzeit hervorbrechen kann, auch aus mir, denn warum sollte ich besser sein als alle anderen? Ich weiß nicht, ob ich schwarzmale oder ob ich endlich die furchtbare Wirklichkeit erkannt habe. Ach, Luke, ich bin so durcheinander, seit Monaten, ich kriege keine … keine Ordnung mehr in meine Seele! Ich habe so unendlich viele quälende Fragen, doch ich finde keine Antworten, und das macht mich irre, ich komme nicht zur Ruhe, kann mich nicht mehr zu Hause fühlen in der Welt und … Gott, so kann man doch nicht leben, oder?! So kann man doch nicht leben.«

Zitternd atme ich aus.

Luke presst seine Lippen auf meine Stirn.

»Und damit musstest du allein zurechtkommen?«, fragt er,

und seine Stimme vibriert vor unterdrückten Emotionen. »Die ganze Zeit über? Hat dich denn niemand verstanden?«

»Die anderen sind nach ein paar Wochen eben wieder zur Tagesordnung übergegangen«, flüstere ich. »Sie sagten, es müsse ja weitergehen. Aber für mich gab es keine Tagesordnung mehr, für mich gab es nur noch diese ... Erschütterung, all diese fürchterlichen Fragen, und das hat niemand begriffen, oder sie hatten selbst Angst davor. Also sagten die Leute aus meiner Klasse irgendwann, ich solle versuchen, das Ganze zu vergessen. Meine Eltern sagten, ich solle doch noch mal zur Psychologin gehen. Meine beste Freundin sagte, ich müsse aufhören, mich zu verkriechen, weil es dadurch nur schlimmer würde. Und sie hatten ja alle recht, aber ... es hat nichts geändert. Es hat nichts daran geändert, dass ich das nicht *konnte!* Das hat niemand kapiert, und so war ich in mir drinnen die ganze Zeit allein, mit meinen Fragen, meiner Menschenfurcht, meiner Angst, die sich ausgedehnt hat auf alles und jeden, und die Einsamkeit und die Grübelei haben mich aufgefressen. Ich bin unerträglich geworden, das habe ich selbst gemerkt. Ich habe meine Eltern vor den Kopf gestoßen, meine Freundinnen ignoriert, wollte mich zusammenrollen wie ein Igel, mich gegen alles wehren, nichts sehen und nichts hören. Nur mein Abi habe ich irgendwie geschafft, denn das Lernen funktionierte – da musste ich ja niemandem in die Augen schauen und mit niemandem reden. Tja. Irgendwann hatten meine Eltern genug. Sie haben mich zu meinem Onkel und meiner Tante nach Kanada geschickt.«

»Und hier bist du nun«, sagt Luke leise.

»Und hier bin ich nun«, wiederhole ich erschöpft.

Mein Kopf lehnt wieder an Lukes Schulter, und ich fühle mich ausgepumpt und leer.

Doch es ist, nach all den dunklen, einsamen Monaten, eine merkwürdig friedliche Leere.

Dass ich endlich ungehemmt, ungebremst in Worte fassen durfte, was mit mir los ist, erleichtert mich.

Und fast noch mehr erleichtert es mich, dass Luke auf billige Antworten verzichtet, die mich trösten, aber nicht ernst nehmen würden. Er wischt nicht mit beruhigenden Floskeln beiseite, was mich so sehr umtreibt. Stattdessen hält er meine Zerrissenheit aus. Und für den Moment ist das genug. Weil ich spüre, dass Luke – der selbst so sehr mit der Welt und mit dem Schicksal gehadert hat – mich versteht.

Lange sitzen wir beieinander und schweigen, während Lukes Nähe und Liebe mich umfangen, und ganz allmählich breitet sich etwas in mir aus.

Ein Gefühl. Ein Wissen, das ich nicht benennen kann und nicht greifen; noch nicht. Aber mir fällt wieder ein, was Luke nach unserem Erlebnis mit dem flüchtenden Bären gesagt hat: dass wir beides in uns tragen – Vertrauen und Angst, Helligkeit und Dunkelheit –, dass aber immer wir selbst es in der Hand haben, worauf wir setzen.

Vorgestern habe ich ihm nicht geglaubt.

Jetzt tue ich es.

Ich kann die Antworten auf meine vielen quälenden Fragen

zwar immer noch nicht sehen. Aber tief in mir ist da endlich wieder die Zuversicht, dass es sie gibt – und dass ich mit ihnen leben kann.

Luke

Schock. Entsetzen. Mitgefühl. Eine mörderische Wut auf die Arschlöcher, die Jana fertiggemacht haben. Die Hoffnung, dass sie über das, was man ihr angetan hat, irgendwann hinwegkommen wird.

Und Liebe.

All das hat in mir getobt, als Jana mir vorhin ihre Geschichte erzählt hat. Und anders als sonst war es nicht der Zorn, der die Oberhand gewonnen hat. Sondern das tiefe Bedürfnis, Jana auf jede nur mögliche Art zu helfen, bei ihr zu sein, gemeinsam mit ihr durchzustehen, was auch immer ihr noch bevorstehen mag. Sie ist noch längst nicht durch mit dem Thema, das ist sonnenklar, und ich hatte ja leider keine Antworten für sie – keine, die der Sache gerecht geworden wären. Doch ich würde gerne mit ihr danach suchen. Jetzt, morgen, übermorgen, nächstes Jahr.

Allerdings gibt es da ein kleines Problem.

Im Moment macht mir meine Wunde nämlich einen fetten Strich durch die Rechnung. Wenn der eigene Arm einen dermaßen foltert, dass man ihn am liebsten abhacken würde, werden tiefsinnige Gespräche ziemlich unmöglich; selbst kurze Sätze bereiten mir inzwischen Mühe. Mein Kopf fühlt sich an, als sei er mit Watte gefüllt, und er scheint seine gesamte Konzentration für die Herausforderung zu brauchen, bei Sinnen zu bleiben.

Irgendetwas läuft gewaltig schief in meinem Körper.

Bevor wir weitergelaufen sind, wollte Jana mich noch einmal frisch verbinden. Aber ich habe mich geweigert. Denn mal ehrlich, was würde das jetzt noch groß nützen? Eine Entzündung zu verhindern – dieser Zug ist abgefahren, fürchte ich. Was ich brauche, ist kein frischer Verband.

Ich brauche ganz dringend ein Krankenhaus.

Blutvergiftung, zischt es in mir, du hast eine Blutvergiftung! In ein paar Stunden bist du tot!

Ich möchte das Zischen aus meinem Wattekopf vertreiben, aber es gelingt mir nicht. Denn wenn ich *keine* Blutvergiftung hätte – warum sollte sich mein Zustand dann wohl in diesem Höllentempo verschlechtert haben? Und das, obwohl wir den beschwerlichen Wald endlich hinter uns lassen konnten und nun über eine Ebene laufen, eine Wiese voller Orchideen, Zwergmargeriten und scharlachroten Indian Paintbrushes. Wunderschön, eigentlich. Zumal mit Jana an meiner Seite.

Doch mit verliebtem Lächeln über Blumenwiesen zu wandeln würde mir deutlich leichter fallen, wenn ich diese verwünschte Verletzung los wäre, wenn das Fieber nicht in mir brennen würde, wenn meine Beine sich nicht anfühlen würden wie Wackelpudding und wenn sich die Entzündung nicht spürbar daranmachen würde, durch meine Blutbahn zu schießen, um sich in jeder meiner Zellen festzusetzen.

Noch versuche ich, meine Schwäche zu ignorieren und sie vor Jana zu verbergen, so gut es geht. Schließlich kann ich nicht einfach zwischen diesen hübschen scharlachroten Blüten zusammenbrechen. Ich *muss* weiter! Es gibt keine Alternative. Denn die Natur mag verschwenderisch sein mit ihrer Schönheit, aber sie ist auch verschwenderisch mit dem Leben: Was schwach ist, das stirbt.

Und ich will noch nicht sterben. Nicht jetzt, wo ich Jana gefunden habe, denke ich fiebrig, nicht ausgerechnet jetzt. Nach all meinen bekloppten, riskanten, lebensgefährlichen Aktionen doch nicht ausgerechnet *jetzt!*

Gewaltsam reiße ich mich zusammen und stapfe vorwärts.

Die Vorräte, die der Bär uns gelassen hat, sind restlos aufgebraucht.

Mir ist das egal, da mir sowieso schon schlecht ist. Aber Jana bräuchte ein Mittagessen – irgendetwas, Hauptsache, nahrhaft. Die Strapazen setzen ihr zu, sie sieht blass und entkräftet aus. Kein Wunder, schließlich ist sie es überhaupt nicht gewöhnt, tagelang zu laufen und dabei kaum etwas zwischen die Zähne zu bekommen.

Doch leider gibt es in dieser Grasebene bloß nutzlose Blumen, sonst nichts; weder süße Beeren noch Lilienzwiebeln noch einen Fluss, an dem ich uns etwas angeln könnte. Fast sehne ich mich nach dem Wald zurück … wobei ich es wohl kaum mehr schaffen würde, auch nur über den kleinsten Baumstamm zu klettern.

Unvermutet verschwimmt mir die Sicht. Ich reibe mir über die Augen, aber das hilft nicht. Mir wird schwindelig.

»Bist du sicher, dass du dich nicht ein wenig ausruhen willst?«, fragt Jana neben mir besorgt. »Du wirkst, als würdest du gleich umkippen.«

»Wenn wir ständig Pausen machen, kommen wir heute nicht mehr an«, stoße ich mühsam aus. »Und das müssen wir.«

»Dann stütz dich auf mich«, schlägt sie vor.

Mich mit meinem ganzen Gewicht auf die zarte Jana stützen, bis sie unter mir zusammenbricht? Na klar. Ich schüttele den Kopf, was mir eine weitere Schwindelattacke einbringt.

»Dann nimm wenigstens meine Hand. Ich ziehe dich ein bisschen.« Jana küsst mich sanft auf die Wange. »Komm schon, Mr Outdoor. Auch du darfst mal schwach sein, wenn du verletzt bist!«

Ich seufze. Dann greife ich nach ihrer Hand.

Ich hänge mich nicht schwer an Jana ran, echt nicht. Aber dass ich überhaupt ihre Kraft anzapfe, wo sie doch nach den anstrengenden letzten Tagen selbst schon so fertig ist, sagt einiges über meinen Zustand aus. Oh Mann! Vorhin konnte ich Jana noch in den Armen halten, um sie mit meiner Liebe zu trösten ... und jetzt kann ich ohne ihre Unterstützung kaum mehr laufen.

In ein paar Stunden bist du tot.

Scheiße, Luke!, fluche ich in Gedanken verzweifelt. Hast du

nicht jahrelang versucht, deiner Schwester zu zeigen, dass man nicht aufgeben darf, dass man gewinnen kann? Beweise es, na los. Beweise es!

Ein für allemal.

GRACE

Grace stützt das Kinn auf die Hand. Nachdenklich blickt sie aus dem Fenster. Der Artikel geht ihr nicht mehr aus dem Kopf.

Heute Morgen ist sie auf ihn gestoßen, in einer Fachzeitschrift, von der sie sehr viel hält. Seither hat Grace den Artikel schon fünfmal gelesen.

Sie zieht eine Schublade auf, greift nach der Zeitschrift und blättert darin, bis sie die entsprechenden Seiten gefunden hat. Dann überfliegt sie den Artikel ein sechstes Mal.

Die Autoren, Tierforscher wie sie, beschreiben darin ihre neueste Studie, bei der sie sich einer nichtinvasiven Methode bedienten, die ganz ohne Fallen, Peilsender, Hubschrauber und Buschflugzeuge auskommt. Das Fangen und Betäuben der Tiere sei mit dieser Methode überflüssig; man brauche lediglich, so die Autoren, etwas mehr Geduld und genügend Freiwillige für die Feldforschung.

Das ist es doch, denkt Grace, während ihre Finger über das Papier streichen. Das ist es! Darüber muss ich unbedingt mit Richard sprechen.

Sie blickt wieder aus dem Fenster. Ob ihr Mann sich auf eine Änderung des Inselprojekts, auf eine neue Forschungsmethode einlassen wird, nur weil sie schonender ist? Grace ist sich da nicht so sicher. Wenn es um die Wissenschaft geht, kann Richard ziemlich kompromisslos sein, und bisher vertrat er stets die Meinung, ohne Peilsender ginge es eben nicht.

Dennoch wird sie mit ihm darüber sprechen, beschließt Grace. Einen Versuch ist es auf jeden Fall wert. Schließlich beschreiben die Autoren der Studie sehr überzeugend, zu welch aussagekräftigen Ergebnissen sie gekommen sind. Und das, ohne dass sie ihren scheuen Forschungsobjekten auch nur einmal nahe kommen mussten.

Das Läuten des Telefons unterbricht Graces Träumereien. Sie hebt ab, und als sie der schüchternen, unbekannten Stimme am anderen Ende lauscht, muss sie lächeln. Denn es ist eine Blindbewerbung.

Der junge Mann, ein Biologie-Student, stellt sich als Freiwilliger für die Feldforschung zur Verfügung.

Noch lange, nachdem sie das Gespräch beendet hat, hält Grace das Telefon in der Hand.

Eigentlich glaubt sie ja nicht an Winke des Schicksals.

Aber dass der Student sich ausgerechnet jetzt beworben hat?

Ausgerechnet, nachdem Grace diesen Artikel gelesen hat?

Sie wählt die Nummer von Richards Satellitenhandy.

Doch vor der letzten Ziffer bricht sie ab und beißt sich auf die Unterlippe. Zwar brennt sie darauf, ihrem Mann alles zu erzählen, aber … nein! Zunächst einmal sollte sie in aller Ruhe darüber nachdenken, ob dieser neue Weg wirklich der richtige für sie beide sein könnte. Ob sie ihre Inselstudie so verändern könnten, dass das Fallenstellen tatsächlich überflüssig würde.

Grace legt das Telefon beiseite, verstaut die Zeitschrift in der Schublade, und seufzend widmet sie sich wieder ihrer Arbeit.

Luke

Ich kann nicht mehr.

Ich weiß, das ist scheiße – einfach so zu sagen: Ich kann nicht mehr! Denn ich will und muss weitergehen, ich möchte Jana sicher an die Nordspitze führen und dabei aufpassen, dass ihr nichts passiert … aber realistisch gesehen ist das keine Option mehr.

Sondern nur noch ein Wunschtraum.

Das Fieber macht mich benommen, es verwirrt meine Sinne. Würde Jana mich nicht so fest an der Hand halten, ich würde torkeln wie ein Betrunkener. Zu allem Übel steigt die Wiese inzwischen an, und das macht das Gehen noch anstrengender.

Aus den bleigrauen Wolken fallen erste Tropfen.

An Janas Seite schleppe ich mich den Hügel hoch. Als wir oben angekommen sind, bin ich schweißgebadet. Ich glühe, trotzdem zittere ich, als hätte sich Raureif über mich gelegt. Und dann stöhne ich auf.

Denn vor uns erstreckt sich nun eine weite, baumlose Ebene in Grün und Rotbraun, und damit haben wir *noch* ein Problem.

Das, was wie ein frühherbstlicher Fleckenteppich aussieht, ist nämlich ein Moor, und das Laufen darauf ist gefährlich, vor allem bei Regen. Und der wird immer stärker.

Ich zwinge meinen watteweichen Verstand, zu überlegen: Tritt man in ein Schlammloch und sinkt ein, ertrinkt man zwar nicht sofort, doch der dichte Schlamm kann die Beine bewegungsunfähig machen, und wenn man es nicht schafft, sich rasch zu befreien, gibt einem die Unterkühlung im Handumdrehen den Rest. Ist es also eine kluge Idee, in meinem belämmerten Zustand dieses Moor zu durchqueren?

Aber was wäre die Alternative?

Ein kilometerlanger Umweg.

Wir haben also die Wahl zwischen Pest und Cholera.

Immerhin erkenne ich bei genauerem Hinsehen schmale, ausgetretene Graspfade, die durch das Moor führen. Wolfspfade! Solange wir uns an die halten, könnte es gehen. Denn Wölfe und andere Wildtiere wissen in der Regel ziemlich sicher, wo der Boden gut genug trägt, um sich auf ihm zu bewegen.

Ich teile Jana meine Überlegungen mit.

Doch als Antwort sagt sie bloß: »Luke, du lallst! Geht es dir so schlecht?«

Sie klingt bestürzt, und ich kann es ihr nicht verdenken.

»Ging mir schon mal besser«, gestehe ich mit einem schiefen Lächeln.

Jana lächelt nicht zurück. Stattdessen befiehlt sie mir mit angespannter Miene, den Rucksack abzulegen, und ich bin zu erledigt, um mich ihr zu widersetzen. Sie prüft den Inhalt meines

Gepäcks und kommt zu dem Schluss, dass wir die Jacken gleich anziehen und das andere Zeug hierlassen können, da wir es für den Rest des Weges nicht mehr unbedingt brauchen. Lediglich das Tarp holt sie noch heraus und steckt es mit den Worten. »falls es so weiterregnet und du eine Pause brauchst« in ihren eigenen Rucksack.

Schwach protestiere ich: »Das sind die Klamotten deines Onkels! Und sein Rucksack. Wir können das doch nicht alles …«

»… hier liegen lassen? Oh doch! Und jetzt komm her und stütz dich endlich auf mich. Keine Widerrede!«

Trotz meiner elenden Verfassung muss ich grinsen. Wo ist das verschreckte Mädchen aus dem Blockhaus hin? Die wunderschöne junge Frau mit dem flammenden Blick, die jetzt den Arm um mich legt und mich mit unerwarteter Kraft festhält, ist nämlich so stark wie keine zweite … und ich liebe sie.

Oh ja, ich liebe sie.

Und das werde ich Jana auch sagen, in tausend Variationen. Wenn wir das hier überstanden haben. Wenn mein Arm entweder amputiert oder verheilt ist, mein Kopf wieder klar und ich imstande, sie so leidenschaftlich zu küssen, wie sie noch nie von einem Mann geküsst wurde.

»Träumst du?«, fragt Jana und kommt der Wahrheit damit ziemlich nahe. »Oder fürchtest du, dass ich dich nicht bis zu den Robinsons schleppen kann? Luke, wir schaffen das! Es kann doch nicht mehr weit sein. Wir haben schon so viele Kilometer hinter uns gebracht. Dieses Moor bezwingen wir auch noch, hm?«

Während sie mir gut zuredet, murmele ich »ja« und »okay«, und mein fieberheißer Verstand registriert perplex, dass Jana und ich irgendwie die Rollen getauscht haben.

Mir bleibt jedoch keine Zeit, länger darüber nachzudenken, denn sie zieht mich bereits den Hügel hinab in Richtung Moor, und obwohl ich keinen Rucksack mehr trage und Jana mich stützt, habe ich größte Mühe, nicht zu stolpern.

»Wir schaffen das«, sagt Jana. »Wir schaffen das, Luke. Wir beide schaffen das.«

»Klar«, bringe ich heraus. »Klar schaffen wir das!«

Doch nun höre ich selbst, wie verwaschen ich spreche.

Und das macht mir eine Scheißangst.

Jana

Im strömenden Regen durchqueren wir das Moor.

Luke wird nicht sterben. Er wird nicht sterben. Er wird nicht sterben!!!

Verbissen hämmere ich mir dieses Mantra ein, und je öfter ich es mir innerlich vorsage, desto mehr Kraft entwickeln meine brennenden Muskeln, meine blutigen Füße, meine überforderten Schultern, mein verkrampfter Nacken. Luke wird nicht sterben.

Denn ich lasse es nicht zu.

Mit dem Arm umklammere ich seinen Rücken, während Luke neben mir her stolpert, die Lider halb gesenkt, das Gesicht gerötet und schweißnass. Anfangs konnte er mir noch erklären, wo der Wolfspfad verläuft. Doch jetzt spricht er gar nicht mehr, und ich muss den schmalen, ausgetretenen Weg irgendwie allein erkennen.

Mein Geist ist so alarmiert, dass er auf Hochtouren arbeitet, nicht mehr zweifelt und keine überflüssigen Fragen mehr stellt. Wie eine Maschine konzentriere ich mich auf das Wesentliche und blende alles andere rigoros aus. Ich nehme mit instinktiver Sicherheit den Pfad wahr, merke in Sekundenbruchteilen, wenn Luke schwankt und vom Weg abzukommen droht, spanne blitzschnell die Muskeln an, um gegenzusteuern. Manchmal gehe ich dabei vor Anstrengung in die Knie – aber ich schaffe es! Jedes Mal.

Mir ist klar, dass ich das hier nicht stundenlang durchhalten kann.

Trotzdem *werde* ich es durchhalten.

Weil Luke nicht sterben darf.

Die Landschaft verschwimmt im Regen und die Zeit mit ihr.

Ich ziehe Luke weiter und immer weiter.

Unsere Jacken und Kapuzen schützen uns leidlich vor der Nässe, doch unsere Füße schmatzen in den Schuhen, die Hosen kleben kalt an den Beinen. Luke wird immer schwächer. Und dann passiert es: Er tritt in ein Schlammloch, und im Nullkommanichts steckt er bis zu den Knien im Moor.

Ich schreie auf. Panisch schlinge ich meine Arme um seinen Oberkörper, ziehe und zerre an ihm, kann keine Rücksicht auf seine Wunde nehmen, denn wenn Luke jetzt zur Seite fällt, wird er versinken. Stöhnend hieve ich ihn aus dem Schlammloch, und mit letzter Kraft schleife ich ihn auf den Wolfspfad zurück, wo er, vor Schmerz halb bewusstlos, liegen bleibt.

»Luke. Oh, Luke!«, stammele ich, bringe nichts weiter heraus als nur immer wieder seinen Namen, denn mein Verstand dreht durch. Wie soll ich ihn von hier wegbekommen, wenn er jetzt ohnmächtig wird? Wie soll ich ihn auch nur vor dem Wetter schützen?! Der Regen ist eiskalt und es gibt im Moor keine Bäume, an denen ich das Tarp aufspannen könnte. Wir können nicht von hier fort und wir können nicht bleiben. Ich bin mit meinem Latein am Ende, fange haltlos an zu schluchzen … da öffnet Luke die Augen.

»Hey«, sagt er matt, »nicht weinen. Wir schaffen das, schon vergessen? Wir beide schaffen das, Jana.«

Meine Güte, er gibt einfach nicht auf – selbst dann nicht, wenn er halb tot und im strömenden Regen im Moor liegt! Unter Tränen lächele ich ihn an, meinen geliebten, verrückten Krieger, und ich nicke, zaghaft erst, dann immer entschiedener.

»Ja, Luke«, flüstere ich. »Wir beide schaffen das!«

Ich beuge mich zu ihm hinab und küsse ihn.

Wir sind klatschnass und matschverschmiert, Lukes Lippen sind aufgesprungen vom Fieber. Doch für die Dauer eines Kusses ist die Welt wieder gut – und das verleiht mir genau die Stärke, die ich gebraucht habe.

Ich richte mich auf und wische mir die Tränen fort.

Dann blicke ich über das Moor.

Ich greife nach dem Kompass, wäge unsere Möglichkeiten ab. Richtung Norden erstreckt sich das Moor noch ewig weit, doch rechter Hand steigt es an. Ob hinter diesem östlichen Hügel das Meer liegt? Wir sind schon so lange gelaufen, wir müssen ganz nah am Ziel sein! Was, wenn wir versuchen würden, an die Küste zu gelangen? Den Rest des Weges am Meer entlang zu laufen, würde zwar mehr Strecke bedeuten. Aber auch deutlich weniger Lebensgefahr. Und wenn das Meer tatsächlich hinter diesem Hügel liegt … und wir an der Küste besser vorankommen als hier … dann können wir den Zeitverlust vielleicht sogar wettmachen.

»Ich bringe dich raus aus diesem Moor, Luke«, sage ich heiser. »Wir gehen an die Küste.«

Luke

Nebel in meinem Kopf.

Lava in meinem Körper.

Bilderfetzen in meinem Herzen.

Meine kleine Schwester, der ich so gern geholfen hätte, ihr Lachen wiederzufinden … Doug, mit dem ich noch so viele Touren vorhatte … Caroline, die es verdient hätte, dass ich ihr die Wahrheit sage … meine Eltern, denen mein Tod den Rest geben wird … und Jana, meine Liebe.

Jana, die mich zieht und schiebt und stützt und die mich mit ihren anfeuernden Worten, ihren Blicken, ihrer Stärke am Leben erhält.

Janas Mangaprinzessin-Augen, in denen eine wilde Entschlossenheit lodert.

Janas Silberhaar, das feucht und glitzernd um ihr Gesicht weht, nachdem der Wind ihr die Kapuze vom Kopf gerissen hat.

Janas weiche Lippen, die mich küssen, wenn ich nicht mehr kann, und die mich auf diese Weise weitertreiben.

Noch einen Schritt, während kreischende Seevögel über uns den Sturm reiten.

Und noch einen, während die Windböen salziger werden.

Und noch einen, bis ich es sehe …

… weit unter uns …

… das aufgepeitschte graugrüne Meer.

Jana hatte recht: Wir müssen der schmalen Nordspitze der Insel schon ganz nah sein, müssen nur noch der Küstenlinie folgen, um die Menschen zu erreichen, die mit etwas Glück unsere Rettung bedeuten.

Rettung.

Eine absurde Hoffnung erfasst mich, durchflutet jede meiner glühenden Zellen, und ich schwanke. Einmal mehr bin ich dankbar dafür, dass Jana mich festhält, und ich schließe die Augen und lehne mich an sie. Anders geht es nicht mehr.

Wie oft habe ich in den letzten Jahren gegen Krankheit und Vergänglichkeit gewütet! Habe dem Tod ins Gesicht gelacht, indem ich ihn herausgefordert habe, wieder und wieder.

Doch erst jetzt, wo es mir wirklich entgleitet, begreife ich in Hitze und Schüttelfrost, Nebel und Schmerz, Liebe und Angst, wie unendlich wertvoll das Leben ist.

Jana

Wir haben keine Zeit mehr, sie rinnt uns durch die Finger.

Luke ist schon fast nicht mehr bei mir.

Als könne man ihn greifen, schwebt der Tod über uns, und am stürmischen Himmel flattert ein Schwarm Raben. Ich starre die schwarzen Vögel an, sie kommen mir vor wie Boten des Unheils. Doch sofort wende ich meinen Blick wieder ab, zwinge mich, sämtliche abergläubischen und sorgenvollen Gedanken loszulassen. Wir müssen zu den Robinsons! Ich verstärke meinen Griff unter Lukes Achsel und ziehe ihn über Heidekraut, Geröll und Sand hinunter zum Meer. Kämpfen, schießt es mir durch den Kopf. Jetzt bin ich es, die für uns beide kämpfen muss!

So stolpern wir gemeinsam weiter, Luke im fiebrigen Halbschlaf und ich vor Anstrengung keuchend, während sein Arm schwer auf meiner Schulter liegt und ich ein ums andere Mal unter seinem Gewicht in die Knie gehe. Doch ein ums andere Mal schaffe ich es auch, mich mit Luke zusammen wieder aufzurichten. Noch ist er nicht völlig zusammengebrochen, sporne ich mich an, noch können wir es schaffen. Nur noch … ein kleines … Stück.

Und dann haben wir das Meer erreicht.

Große Felsen liegen über den langen, wilden Strand verstreut. Der Wind treibt die schaumigen Wellen bis zu unseren Füßen, aber wir sind ja sowieso schon nass. Alles, was jetzt noch wichtig ist, ist die Tatsache, dass der Strand uns zur Nordspitze der Insel führen wird. Wir müssen ihm nur noch die letzten Meter – oder Kilometer – folgen. Nur noch das.

Nur? Für einen Moment will mich mein Mut verlassen.

Hör auf zu zweifeln, Jana. Kämpfe!

Ich ziehe Luke weiter.

Der Strand ist schmal und eine Welle schlägt uns bis zu den Knien hoch. Luke schaudert, die Augen fallen ihm zu. Dann bleibt er stehen.

»Nicht aufgeben«, flüstere ich, denn für lautes Sprechen fehlt mir die Energie. »Wir beide, Luke. Wir schaffen das. Halt durch, ich bitte dich!«

Als Antwort setzt Luke sich schleppend in Gang.

Meine Gedanken überschlagen sich. Wie viele Minuten oder Stunden werden wir noch laufen müssen? Führt dieser Strand uns auch wirklich zu den Robinsons?

»Bitte«, wispere ich, »bitte, oh, bitte.«

Mir ist selbst nicht klar, wem meine inbrünstigen Worte gelten, doch sie scheinen Luke ein wenig Kraft zu verleihen.

»Ein Schritt nach dem anderen«, bete ich uns beiden vor, »ein Schritt nach dem anderen, bis wir da sind. Ein Schritt nach dem anderen. Ein Schritt nach …« Ich breche ab, denn in diesem Augenblick durchfährt es mich, so intensiv, dass ich zusammenzucke.

Onkel Richard ist hier.

Und dann sehe ich die Raben.

Nicht die, die immer noch krächzend über uns flattern.

Sondern die auf dem Felsen, die sich flügelschlagend und hackend um etwas scharen, um etwas, das offensichtlich – tot ist.

»Richard«, stoße ich aus. »Oh mein Gott, Onkel Richard. RICHARD!«

Die letzten Worte schreie ich, und die Raben flattern erschrocken auf, bevor sie sich wieder auf dem Kadaver niederlassen. Aber diese paar Sekunden haben mir genügt, um es zu sehen: ein Kalmar. Ein riesiger toter Tintenfisch ist es, der den Raben als Festmahl dient. Ich schluchze auf, und als endgültig in meinem Kopf angekommen ist, dass es *nicht* Onkel Richard ist, der dort unter dem Rabenschwarm begraben liegt, fange ich an zu zittern, noch heftiger als Luke in seinem Schüttelfrost. Denn das da mag nicht mein Onkel sein, aber ich habe nach wie vor das intensive, drängende Gefühl, dass er hier ganz in der Nähe ist – und dass der Tod nicht nur über Luke schwebt, sondern auch über Richard.

Dass ich die Einzige sein könnte, die das hier überlebt.

Nein, denke ich, nein, nein, nein, nein!

NEIN.

Mein Blick fliegt über den Strand, die Felsen, den heidekrautbewachsenen Hügel, den wir gerade erst heruntergekommen sind. Wäre mein Onkel hier, müsste ich ihn doch eigentlich sehen.

»Komm, Luke. Es tut mir leid, aber wir müssen weiter.«

Ich folge nun blind meinem Gefühl, und das befiehlt mir, zu laufen, meinen Onkel zu suchen und mich dabei gefälligst zu beeilen. Also schleppe ich Luke mit eisernem Griff vorwärts, während wir die Raben mit den blutigen Schnäbeln hinter uns lassen und den Strand entlangwanken.

Meter um Meter um Meter.

Bis der Strand nicht mehr von Heidekraut begrenzt wird, sondern von steinigen Abhängen, an die sich krumme Bäume klammern. Und dann versperrt uns ein Felsvorsprung den Weg.

Um ihn zu umrunden, müssten wir durch die aufgepeitschten Wellen waten, und das würde Luke nicht mehr schaffen. Das Meer würde ihn mir entreißen, da bin ich mir sicher. Den Abhang hochklettern können wir aber auch nicht … verdammt! Gehetzt suche ich den Vorsprung mit den Augen ab. Ich entdecke einen schmalen Spalt. Kurz entschlossen schiebe ich erst Luke, dann mich selbst hindurch.

Auf der anderen Seite sinkt Luke im Sand auf die Knie. Ich quetsche mich aus dem Spalt und will ihm gerade wieder aufhelfen, als mein Herz für einen Schlag aussetzt.

Wenige Meter vor uns ergießt sich ein kleiner Wasserfall über Geröll, und neben diesem Wasserfall, das Bein begraben unter großen Steinbrocken, liegt regungslos … mein Onkel.

Rasend beginnt mein Herz wieder zu schlagen. Ist Richard

tot? Wie ist er hierhergekommen, wo ist das Motorboot, wo das Kanu, was zur Hölle ist geschehen?!

Ich möchte zu ihm rennen, doch von der plötzlichen Furcht, zu spät zu sein, bin ich wie gelähmt. Ich sinke neben Luke zu Boden, niedergezwungen von Erleichterung und Angst, Hoffnung und Überforderung. Wir haben Richard gefunden, und wir sind beinahe am Ziel! Aber vielleicht lebt mein Onkel gar nicht mehr, und selbst wenn … Mir ist klar, dass ich es niemals schaffen werde, *zwei* verletzte Männer bis zu den Robinsons zu schleppen! Und welche andere Möglichkeit bleibt mir denn, sie zu retten?

Keine.

»Dein Onkel?«, flüstert Luke, und ich schlinge verzweifelt die Arme um seinen Oberkörper und wispere: »Ja.«

Matt liegen seine Hände auf meinem Rücken, als er meine Umarmung erwidert. So knien wir im Sand und halten uns fest, während Nieselregen uns umhüllt und ich nicht den geringsten Schimmer habe, wie es weitergehen soll.

Doch etwas anderes, als trotz der Aussichtslosigkeit unserer Situation einfach weiterzumachen, bleibt uns nicht übrig, und so sage ich tonlos: »Wir müssen zu ihm.«

Luke nickt. Ich helfe ihm auf, schleppe ihn die letzten Meter voran, bis wir den Abhang mit dem Wasserfall erreichen. Luke lässt sich neben meinem Onkel aufs Geröll fallen, lehnt sich mit dem Rücken gegen den Fels und schließt entkräftet die Augen.

Ich beuge mich zu Richard hinab und berühre ihn vorsichtig. »Onkel Richard, kannst du mich hören?«

Mein Onkel antwortet nicht und öffnet auch nicht die Augen, und voller Sorge suche ich nach Anzeichen dafür, dass er überhaupt noch lebt. Gott sei Dank, er atmet! Sein Brustkorb hebt und senkt sich – unregelmäßig zwar, aber immerhin.

Ich wage es dennoch nicht, erleichtert zu sein. Denn Richard scheint in tiefer Bewusstlosigkeit zu liegen, und wer weiß, wie lange schon! Oder ist das hier sogar eine Art Koma?

Ich versuche, die Felsbrocken von seinem Bein zu heben. Doch die verfluchten Dinger sind zu schwer, sie bewegen sich keinen Millimeter. Wenn Luke mir helfen könnte, würde es vielleicht gehen, aber er kann sich nicht einmal mehr aufrecht halten. Verbissen mühe ich mich weiter mit dem Versuch ab, die mächtigen Steine zu rollen oder zu schieben – ohne Erfolg.

Ich stoße einen frustrierten Schrei aus. Und in diesem Moment gelingt es mir: Der oberste Stein gerät knirschend in Bewegung. Träge kippt er zur Seite. Ich stoße nach, bewege auch die nächsten Felsbrocken und schließlich den letzten … und Richards Bein ist frei!

Als ich allerdings sehe, in welchem Zustand es ist, dreht sich mir der Magen um.

Schnell schaue ich weg, richte meinen Blick auf Richards Gesicht.

»Keine Angst«, sage ich heiser, »jetzt sind wir ja da. Alles wird gut.«

Nicht, dass ich daran glauben würde.

Wie gern wäre ich schon Ärztin! Als Ärztin könnte ich meinem Onkel jetzt helfen, zumindest könnte ich seinen Zustand besser einschätzen. Aber so? Mit meinen rudimentären Erste-Hilfe-Kenntnissen komme ich hier definitiv nicht weiter. Und das Satellitenhandy ist auch nirgends zu sehen – es muss in Richards verschollenem Kanu sein.

Ich blicke zu Luke. Vorhin war sein Gesicht noch gerötet, jetzt ist es eingefallen und grau. Ich möchte ja stark sein, möchte es unbedingt … Doch als ich Luke und Richard so nebeneinander sehe, beide dem Tod näher als dem Leben, schießen mir die Tränen in die Augen.

Luke hört, dass ich weine, und hebt mühsam die Lider. Anders als vorhin im Moor ist er nun jedoch nicht mehr imstande, mir Trost zuzusprechen.

»Ich dachte, ich schaffe es.« Seine Stimme ist leise und angestrengt. »Ich dachte wirklich, ich kann dich sicher zur Nordspitze bringen. Ich habe mich geirrt. Es tut mir so leid, Jana.«

»Du … du hast dich nicht geirrt«, stammele ich, »wir sind doch fast schon da, und du … du wirst nicht sterben, Luke. Du wirst nicht sterben!«

Er lächelt, doch er sieht traurig dabei aus, und ich begreife, dass Luke sich, anstatt mir zu glauben, auf den Tod vorbereitet.

Ich schluchze auf. Tränenblind presse ich meine Lippen auf seine, und es kommt mir unsagbar falsch vor, dass ich ihn verlieren soll.

Ich werde mich nicht damit abfinden.

Ich werde mich nicht damit abfinden!

Auch wenn alles dagegenspricht, dass ich es jetzt noch schaffen kann: Ich werde nicht zulassen, dass es so endet! Es ist falsch, falsch, falsch, dass Luke und Richard sterben, während ich hilflos und heulend danebensitze! Und deshalb schwöre ich mir: Von dieser Sekunde an werde ich absolut alle Energie – jeden kleinsten Rest an Tapferkeit, an Durchhaltewillen und Kraft, alles, was ich noch habe und bin – darauf verwenden, Hilfe zu holen, und solange meine Füße mich noch tragen und mein Herz noch in meiner Brust schlägt, WERDE ICH NICHT AUFGEBEN!

Ich löse mich von Luke, schaue ihm in die fieberglänzenden Augen.

»Du wirst es schaffen.« Ich wundere mich selbst, wie fest meine Stimme klingt. »Vertrau mir, Luke. Du wirst es schaffen, nur eben nicht allein. Aber das musst du ja auch nicht, denn wir beide stehen das gemeinsam durch.«

Er lächelt schwach. »Wir beide, hm?«

»Ja, Luke. Wir beide.« Ich streiche ihm die nassen Haare aus der Stirn. »Ich organisiere Hilfe, das verspreche ich dir. Und du versprichst mir im Gegenzug, dass du noch ein kleines bisschen durchhältst.«

Luke seufzt.

»Bitte«, sage ich leise. »Bitte, Luke. Versprich es mir!«

Da flüstert er: »Ich verspreche dir, Jana, … dass ich es versuche.«

Und das muss mir wohl reichen.

Ich nicke, um unseren Pakt zu besiegeln, und dann mache ich mich an meinem Rucksack zu schaffen, denn nun gilt es, keine Zeit mehr zu verlieren. Ich spanne das Tarp über Luke und Richard, um sie vor dem schlimmsten Wetter zu schützen – sie sind schon nass und ausgekühlt genug –, und da Richard keine Jacke anhat, ziehe ich meine eigene aus und breite sie über ihn wie eine Decke.

Dann mache ich mich auf den Weg.

Ich gehe ohne dramatischen Abschied. Ich muss mich beeilen, und außerdem werden wir uns ja wiedersehen, alle drei. *Denn ich werde nicht scheitern!* Genauso wenig, wie Luke gescheitert ist, obwohl er das zu glauben scheint. Aber hat Luke mich etwa *nicht* sicher über diese Insel geführt? Und mehr noch: auf den Weg zurück zu mir selbst?

Luke hat mich in mehr als einer Hinsicht gerettet.

Und jetzt rette ich ihn.

Emily

Sie schläft.

Es ist Nachmittag, doch Emily schläft oft um diese Zeit, denn sie ist so müde. Was nützt es schon, wach zu bleiben, wenn man sowieso nur grübelt? Da überlässt sie sich lieber ihren Träumen, denn zumindest manchmal sind es gute.

Heute nicht.

Denn Emily fällt.

Es ist nicht der erste Traum dieser Art, und normalerweise wacht Emily kurz vor dem Aufprall auf. Die Erleichterung, dass ihr Sturz nur ein Albtraum war, hält jedoch nie lange an. Denn Emily weiß ja, dass auch die Wirklichkeit nichts Besseres für sie bereithält: Im Traum wie in der Realität wird sie vernichtet werden. Ihr Körper ist unheilbar erkrankt, und daran kann nichts und niemand etwas ändern.

Nicht Emilys Eltern mit ihren verzweifelten Versuchen, ihr neue Medikamente und nutzlose Therapien aufzudrängen.

Nicht ihr Bruder mit seinen waghalsigen Aktionen, die Emily doch immer nur eines beweisen: dass er stark ist und sie nicht.

Dass er als Sieger aus seinen Kämpfen hervorgeht, und sie nicht. Weil er niemanden braucht, während sie trotz ihrer sechzehn Jahre so unselbstständig ist wie ein kleines Kind – und genauso abhängig: von ihren Eltern, von den Ärzten, von Tabletten und Apparaten.

Sie hasst das, und ein bisschen dämpft dieser Hass sogar die Liebe zu ihrem großen Bruder. Weil Luke ihr mit jedem Video erneut unter die Nase reibt, welche Kluft die Krankheit zwischen ihnen beiden aufgerissen hat.

Emily kann nur schreien und fallen. Luke lacht und fliegt.

Aber an diesem Nachmittag verläuft ihr Traum anders. Emily erwacht nicht, doch sie prallt auch nicht auf dem Boden auf. Stattdessen ist es plötzlich Luke, der in den Tod stürzt und panisch um Hilfe ruft, der die Hände ausstreckt und sich an ihr, Emily, festhalten will.

Da reißt sie die Augen auf und ist wach, so wach wie seit Jahren nicht mehr.

Denn nur, wenn Emily wach ist, kann Luke ihre rettenden Hände erreichen.

Oh Gott, er braucht ihre Hände – er hätte sie schon so lange gebraucht! Emilys Herz krampft sich zusammen. All die vielen Monate über, in denen sie dachte, sie sei die Einzige, die fällt, war sie im Irrtum gewesen, denn all die vielen Monate über hätte ihr Bruder sie gebraucht.

Beeil dich!, drängt etwas in ihr. Kann sein, dass er dich gebraucht hat, aber vor allem braucht er dich *jetzt.* Und egal, was vorher war, *jetzt* kannst du da sein!

Emily springt aus dem Bett und poltert die Treppe hinab, hastet mit fliegenden Haaren ins Wohnzimmer, wo ihre Mutter mit einem Buch auf dem Sofa sitzt und ihr beunruhigt entgegenblickt.

»Was ist denn los, Schätzchen? Ist alles in Ordnung?«

»Nein«, stößt Emily aus. »Ich kann's dir nicht erklären, Mom. Aber ich glaube, Luke ist was passiert.«

Jana

Ich bin nass bis auf die Unterhose. Der Regen ist wieder stärker geworden, er prasselt nur so auf mich herab, und von den wütenden Wellen werde ich alle paar Sekunden bis zu den Knien überspült. Doch der Strand erlaubt es mir zu rennen, und nur das ist wichtig, denn ich muss schnell sein. Schneller als die Vergiftung in Lukes Blut, schneller als der Tod.

Und deshalb sprinte ich am Meer entlang, als sei der Teufel hinter mir her. Ich springe über Felsen und trete Treibholz beiseite, rutsche auf glitschigem Seetang aus und fange mich wieder, ohne auch nur einen Wimpernschlag lang innezuhalten. Ich renne, renne, renne, japse und renne und falle und renne und wate durchs Meer, als der Strand einen Knick macht und ich mich der Nordspitze nähere und ich keine Luft mehr bekomme und renne, renne, renne.

Und da sehe ich das Boot.

Es ist klein und rot, ein Ruderbötchen aus Holz, und vor Erleichterung keuche ich auf, verdoppele meine Anstrengungen, rase noch wilder vorwärts, denn Boot ist gleich Menschen und

Menschen ist gleich Telefon und Telefon ist gleich die Chance, Luke und meinen Onkel in diesem Leben zu halten, auf dieser Welt, die so beängstigend sein kann und an Lukes Seite so unglaublich schön. Durch die dichten Regenschleier hindurch entdecke ich das Haus, rot und aus Holz wie das Boot, versteckt zwischen mächtigen, schützenden Seekiefern und höchstens noch hundert Meter von mir entfernt, und ich lache auf, ohne Atem dafür zu haben.

Ich habe es geschafft!

Ich bin nahezu besinnungslos von der Anstrengung, doch ich zwinge meine Beine dazu, mich auf das Haus zuzutragen, zu den Robinsons, die natürlich anders heißen und hoffentlich, *hoffentlich* daheim sind! Aber wo sollten sie auch sonst sein, bei diesem Sturm, auf dieser Insel? Im Kino wohl kaum, denke ich und lache wieder. Ich merke, dass ich hysterisch werde.

»Gleich, Jana«, murmele ich, während ich ein Fenster erkenne und den tröstlichen Lichtschein dahinter. »Gleich bist du da. Gleich werden diese Menschen dir helfen, Luke und Richard zu retten. Gleich bist du nicht mehr allein.«

Denn obwohl ich sie noch vor drei Tagen gemieden habe wie die Pest, kommen sie mir in diesem Augenblick vor wie ein Geschenk des Himmels: andere Menschen.

Menschen, die mir öffnen, als ich mit den Fäusten gegen die Tür hämmere.

Menschen, die mich erschrocken in die Wärme, ins Trockene ziehen.

Eine Frau mit braunen Augen, die mir eine Decke umlegt.

Ein Mann mit Brille und Vollbart, der mich auf einen Sessel am Feuer drückt.

Zwei fremde Menschen, die sich geduldig mein wirres Gestammel anhören und die dazu imstande sind, die wichtigsten Informationen herauszufiltern, sodass der Mann nach seinem Satellitenhandy greifen und einen Notruf absetzen kann, während die Frau mir einen heißen Tee mit Schuss kocht.

»Es kommt alles wieder in Ordnung«, sagt die Frau mit mütterlicher Stimme. »Wirst schon sehen, Mädchen.«

Ich lächele, dann sacke ich zur Seite.

Mein letztes Gefühl, bevor ich das Bewusstsein verliere, ist Dankbarkeit.

Ein Jahr später

Jana

Liebster Luke,

ich vermisse dich so sehr. Nichts Neues, oder? Ich vermisse dich jeden Tag, jede Stunde, jede Sekunde. Du fehlst mir.

Aber Schluss mit dem Gejammer.

Es hilft ja nichts.

Lieber erzähle ich dir die Neuigkeiten: Ich treffe mich heute zum ersten Mal mit einem Mädchen aus meinem Philosophie-Forum. Ich chatte erst seit einigen Tagen mit ihr, aber wir haben uns auf Anhieb verstanden. Maddy interessiert sich für ganz ähnliche Themen wie ich, und mit ihr zu diskutieren ist super. Sie ist genauso kompliziert wie ich, und an unseren vielen Fragen zu Gott und der Welt beißen wir beide uns so richtig schön die Zähne aus. ☺

Das mit Maddy könnte eine echt gute Freundschaft werden. Was mich ein bisschen über Carmen hinwegtröstet, die ich immer seltener sehe. Carmen gefällt es gar nicht, dass ich mein Haar wieder länger trage und mich nicht mehr in grauen Oversize-Klamotten verstecke, und sie ist ziemlich biestig zu mir.

Im Grunde lehnt sie mich wohl seit Jahren ab – aber so richtig kapiere ich das erst jetzt. Auf eine solche ›Freundschaft‹ werde ich in Zukunft lieber verzichten. Auch, wenn es wehtut.

Aber noch mal zurück zu Maddy: Gestern habe ich ihr erzählt, was mir damals passiert ist. Daraufhin haben wir über das Konzept der Rache diskutiert. Wenn ich an die Typen denke, die mich damals gefilmt haben, und an die unzähligen Trottel, die ihre Kommentare abgegeben haben, muss ich nämlich ehrlich sagen: Denen wünsche ich nach wie vor die Pest an den Hals!

Maddy allerdings findet, dass Rache nur gerechtfertigt ist, wenn sie eine Art Befreiungsschlag für das Opfer ist. Und weißt du was, Luke? Als sie das gesagt hat, ist mir klar geworden: Ich habe diesen Typen zwar (noch) nicht vergeben. Aber einen Befreiungsschlag brauche ich trotzdem nicht mehr – weil ich mich nicht mehr als Opfer fühle. Weil ich kein Opfer mehr bin!

Mit dir, auf der Insel, bin ich aus dieser Rolle ausgebrochen. Und alles, was seither kam – alles, was ich angepackt und gewagt habe, mein Medizinstudium, meine Therapie, die Anmeldung im Philosophie-Forum – hat seinen Ursprung letztlich in jenen vier Tagen.

Ich liebe dich, Luke.

Oh, gerade habe ich auf die Uhr geschaut – schon so spät! Ich muss gehen, Maddy sitzt bestimmt schon im Café und wartet auf mich.

Nachher mehr.

Gespeichert in: Entwürfe

Die Insel

Seit der Forscher nur noch ein Bein hat, ermüdet er schneller als früher; an die Prothese scheint er sich erst noch gewöhnen zu müssen. Doch mithilfe seiner Frau fährt er schon wieder Kanu, und sein Gesichtsausdruck, wenn er ein Wildtier zwischen den Bäumen am Ufer erspäht, zeugt von inniger Freude.

Immer noch studieren die beiden Wissenschaftler die Raubtierpopulationen der Insel. Ihr ursprüngliches Vorhaben, dauerhaft im Blockhaus zu leben, haben sie allerdings aufgegeben, wie auch das Fallenstellen. Stattdessen benutzen sie das Häuschen als Stützpunkt, wenn sie und ihre Helfer die Wildtierkameras kontrollieren, wenn sie Wolfskot in Plastikfläschchen abfüllen, Bärenfell aus den Haarkollektoren zupfen, Notizbücher mit Beobachtungen füllen und Fotos in der Dämmerung machen.

Dann ziehen die Menschen mit ihren Funden für einige Tage oder Wochen ab, um im Labor Gen- und Nahrungsanalysen durchführen zu lassen.

Die Wölfe schnüren einer nach dem anderen durchs Moor.

Die Seehunde liegen am Strand.

Die Bären, schwarze und cremeweiße, reiben sich an ihren Lieblingsbaumstämmen den Rücken.

Und auf der Insel kehrt wieder Ruhe ein.

Jana

Ich bin zurück.

Luke, das Treffen mit Maddy war SUPER! Sie ist noch netter, als ich gehofft hatte. Wir haben drei Stunden lang gequatscht, und am Ende stellte sich heraus, dass wir sogar zwei gemeinsame Freundinnen haben: Renée und Carina aus meinem Anatomie-Kurs! Wir haben uns direkt zu viert verabredet und gehen nachher in eine Bar bei der Uni und danach feiern.

Übrigens haben wir beide *auch was zu feiern, Luke!*

Denn während ich mit Maddy im Café saß, kam die Nachricht, auf die ich schon seit drei Tagen warte, und am liebsten hätte ich dich sofort und auf der Stelle angerufen, denn, tataaaa:

WIR HABEN DIE WOHNUNG!

Die wunderschöne Zweizimmerwohnung, von der ich dir in meiner letzten Mail geschrieben habe, die mit dem kleinen Balkon und der Kastanie vor dem Schlafzimmerfenster. Ruf mich an, wenn du aus deiner netzlosen Wildnis zurück bist, ja? Dann erzähle ich dir alles ganz genau!

Ich küsse und ich liebe dich,

Jana

PS: Noch zehn Tage, bis wir wieder zusammen sind. Ich zähle schon die Stunden!!!

Status: Gesendet

Luke

Doug und ich sitzen im Kanu. Wir waren eine Woche lang auf Tour, und während wir nun in der Abendstille nach Hause paddeln, denke ich an Jana. Es ist so verflucht lang her, dass ich sie gesehen habe.

Achttausend Kilometer sind einfach zu weit.

Bald kommt sie ja!, muntere ich mich auf. Und diesmal wird es nicht sein wie beim letzten Mal – diesmal wird sie nicht alleine nach Deutschland zurückkehren.

Diesmal werde ich mitgehen.

Ob wir die kleine Wohnung bekommen haben, von der sie mir geschrieben hat, die mit dem Baum vor dem Fenster?

Bald, sage ich mir. Bald ist sie da! Und bis dahin bleibt mir immerhin, von ihr zu träumen. Ihr absurd lange E-Mails zu schreiben, wenn meine Sehnsucht zu groß wird. Sie anzurufen, um zumindest ihre Stimme zu hören. Und mich zu erinnern … an die großartigen Wochen im Frühling, als sie mich besucht und mit mir in meinem Studentenzimmer gewohnt hat.

Hand in Hand sind wir durch Vancouver gelaufen, und ich

habe ihr die gläsernen Hochhäuser der Innenstadt gezeigt. Eng umschlungen standen wir auf dem Harbour Centre Tower, haben aus knapp hundertsiebzig Metern Höhe über Stadt und Hafen geblickt. Wir waren im Stanley Park, wo Jana die Totempfähle am Brockton Point bestaunt hat. Abends haben wir uns kleine Restaurants in Chinatown gesucht. Und nachts – oh, nachts! Da sind wir in meinem schmalen Bett auf Entdeckungsreise gegangen. Tastend und vorsichtig zuerst, dann jedoch immer …

»… tour, oder?«, fragt Doug.

Tour, oder? Da habe ich wohl was verpasst. Kein Wunder, ich war in Gedanken ja nur bei Jana, bei unseren verliebten Tagen, unseren atemlosen Nächten. Gott, es wird *so sehr* Zeit, dass sie wiederkommt!

»Huhu«, sagt Doug und klopft mit den Fingerknöcheln gegen meinen Hinterkopf. »Jemand zu Hause? Ich sagte gerade: Das war die perfekte Abschiedstour, was?«

»Ähm, ja. Mehr als perfekt«, erwidere ich und reiße mich zusammen. »Aber es ist keine Abschiedstour. Wir können das wiederholen, so oft wir Lust darauf haben. Ich ziehe nach Deutschland, Doug. Nicht auf den Mars.«

»Ist doch fast dasselbe.«

Ich muss lachen. »Wie du meinst. Aber verkauf das Kanu trotzdem nicht, okay? Vergiss nicht, dass es uns beiden gehört!«

Ich hatte nach meinem Unfall nämlich nicht genug Geld, um mir ein neues Boot zuzulegen. Doch Doug machte den Vorschlag, wir könnten uns zusammen eins kaufen. Diese Idee fand ich ziemlich gut. Schließlich bin ich immer noch gern im Regenwald unterwegs, und die Woche mit Doug, die hinter uns liegt, hat mir genauso viel Spaß gemacht wie unsere früheren Touren.

Leider muss ich zugeben, dass ich trotz meines Unfalls nicht supervorsichtig geworden bin; ich schätze, das liegt einfach nicht in meiner Natur.

Aber … na ja. Dem Tod dermaßen knapp von der Schippe gesprungen zu sein, hat mich schon verändert. Riskante Wildwassertouren reizen mich nicht mehr halb so sehr wie früher, und ich muss auch nicht mehr von den höchsten Klippen in unbekannte Gewässer springen. Weshalb sich auch mein YouTube-Kanal verändert hat: Der Fokus liegt nun nicht mehr auf dem Abenteuer.

Okay, ehrlich gesagt spielt das Abenteuer gar keine Rolle mehr. Stattdessen drehe ich mit meinen Kommilitonen schräge Kurzfilme (Supersuperkurzfilme, nicht länger als zwei Minuten), an denen wir einfach nur Spaß haben. Der Kanal hat jetzt schon mehr Abonnenten als mein bisheriger.

Was irgendwie nicht für meine Abenteuer spricht.

Aber all mein Kämpfen und Siegen hat meiner Schwester ja sowieso nie geholfen, das weiß ich inzwischen. Geholfen – und das ist die Ironie an der ganzen Geschichte – hat ihr erst mein Scheitern.

Wobei, so richtig gescheitert bin ich ja gar nicht. Das findet jedenfalls Jana: Denn ohne sie hätte ich zwar nicht überlebt, aber ohne mich, sagt sie, wäre sie gar nicht erst losgelaufen, um an der Nordspitze Hilfe zu organisieren. Und dann hätte ich meine Blutvergiftung im Blockhaus bekommen und wäre dort mit ziemlicher Sicherheit gestorben. Und Richard am Wasserfall. Während sie selbst auf unbestimmte Zeit auf der Insel versauert wäre. Ich habe sie gerettet und sie mich; wir haben es zusammen geschafft, Jana und ich.

Überlebt habe ich aber nicht nur dank Jana, sondern auch dank meiner Familie.

Alles hat ineinandergegriffen.

Denn hätte Emily ihrer Eingebung an jenem Nachmittag nicht getraut, hätte sie meiner Mutter nicht so eindringlich versichert, dass mir etwas passiert sei.

Und hätte meine Mutter nicht schon immer geglaubt, dass es Dinge zwischen Himmel und Erde gibt, die wir mit dem Verstand nicht erklären können, so hätte sie daraufhin bestimmt nicht meinen Vater angerufen.

Und hätten meine Eltern nicht sofort beschlossen, einen Suchhelikopter für mich anzufordern – trotz des Risikos, auf immensen Kosten sitzen zu bleiben, wenn sich der »Notfall« als ein Hirngespinst von Emily herausgestellt hätte –, dann wäre der Heli nicht früh genug losgeflogen. Der Notruf der Robinsons, die in Wirklichkeit übrigens Stirling heißen, hätte nicht eben jenen Helikopter erreicht, der bereits in der Luft und auf der Suche nach mir war. So hätte es deutlich länger als zehn Minuten gedauert, Richard und mich zu erreichen und zu bergen. Tja, und dann …

Wäre ich gestorben.

»Eine halbe Stunde später, junger Mann, und Ihre Organe hätten versagt!«

Der Arzt im Krankenhaus klang ziemlich vorwurfsvoll.

Ich war endlich wieder ansprechbar, nachdem ich einige Tage auf der Intensivstation verbracht hatte. Sehr allmählich ging es mir besser. Ich hing noch am Infusionsschlauch und mein Kreislauf schwächelte nach wie vor, aber ich hatte nicht mehr das Bedürfnis, mir den Arm abzuhacken, und ich war wieder einigermaßen klar im Kopf.

»Mehr als die Hälfte der Patienten, die Ihre Symptomatik aufweisen, stirbt!«, dozierte der Arzt unheilschwanger weiter. »Sie können von Glück reden, dass Sie so stark sind. Normalerweise haben Patienten mit einer derart schweren Sepsis wie der Ihren mit Spätfolgen zu kämpfen. Schlimmen Spätfolgen! Einer eingeschränkten Nierenfunktion zum Beispiel, die eine regelmäßige Blutwäsche nötig macht. Le-bens-lang!«

»Yo«, stimmte der Pfleger zu, der gerade ins Zimmer geschlurft kam. »Nicht witzig, so 'ne Sepsis, echt nicht.«

Ach ja? Das hatte ich auch schon herausgefunden. Doch obwohl Arzt und Pfleger so taten, als hätte ich aus reiner Faulheit auf den schnellsten Weg ins Krankenhaus verzichtet, verkniff ich mir eine genervte Bemerkung. Ich war am Leben! Janas Onkel hatte ebenfalls überlebt, und auch ihr selbst ging es, abgesehen von einer fiebrigen Erkältung, gut. Wegen der Ansteckungsgefahr durfte sie mich leider nicht besuchen (»Seien Sie vernünftig, junger Mann! Sie sind doch gerade erst außer Lebensgefahr!«). Aber zu wissen, dass Jana in der Nähe und relativ wohlauf war, reichte mir vollends, um froh und glücklich zu sein.

Meine Eltern hingegen waren bleich und aufgelöst, als sie mich endlich zu sehen bekamen. Mom streichelte ununterbrochen meine Hand, küsste mich auf die Stirn und wisperte: »Gott sei Dank hast du es geschafft, mein Schatz. Gott sei Dank hast du es geschafft!« Dad hingegen schwieg. Doch sein Blick ruhte mit einer solchen Liebe auf mir, dass ich mich schämte, je daran gezweifelt zu haben, meinen Eltern wichtig zu sein.

Und dann war da noch Emily.

Meine Schwester sah anders aus, als ich sie in Erinnerung hatte, obwohl wir ja nur kurz getrennt gewesen waren. Ich fragte mich, woran das lag. An ihren Augen, die wieder ein wenig Glanz bekommen hatten? Eine leise Hoffnung keimte in mir auf, doch noch wagte ich es nicht, ihr zu trauen.

Als Mom und Dad mein Zimmer verließen, um sich Kaffee zu holen, versuchte ich mich an einem vorsichtigen Scherz.

»Ganz schön praktisch, so eine hellsichtige Schwester«, sagte ich zu Emily. »Besser als jedes Satellitenhandy!«

»Quatschkopf.« Emily setzte sich auf meinen Bettrand. »Mensch, Luke. Mach so was bloß nicht noch mal!«

»Hab's nicht vor.«

»Ich möchte meinen großen Bruder nicht verlieren, kapiert?« Emily lächelte schief, und spontan griff ich nach ihrer Hand.

Leise fragte ich: »Verliere ich *dich* denn, Emily?«

Sie strich sich mit der freien Hand eine Locke aus der Stirn.

»Irgendwann, Luke«, sagte sie langsam. »Ja, irgendwann

wahrscheinlich schon. Es ist nun mal eine Scheißkrankheit. Aber in den letzten Tagen, als ich so große Angst um dich hatte ... da ist mir klar geworden, dass man das Leben nicht nur vom Ende her denken sollte.«

Ich blinzelte. »Wie meinst du das?«

»Na ja. Ein Leben ist nicht nur dann sinnvoll, wenn es neunzig Jahre dauert, oder? Weißt du, wenn du wirklich gestorben wärst, dann wäre das zwar schrecklich gewesen und tragisch und ich wäre todunglücklich gewesen. Aber ich hätte mir *niemals* die Frage gestellt, ob dein Leben einen Sinn hatte. Denn natürlich hatte es das! Und deshalb hat mein Leben auch einen Sinn, egal, ob ich in fünf Jahren sterbe, in fünfzehn oder in fünfzig. Denn jetzt bin ich hier, oder?«

Emily zuckte die Schultern.

»Weißt du, vielleicht gewinne ich den Kampf. Vielleicht gewinnt ihn die Krankheit. Aber *jetzt* bin ich am Leben. Und vielleicht kommt es gar nicht so sehr aufs Gewinnen an. Denn wenn ich am Ende verliere, kann es doch trotzdem für ein paar Jahre ein tolles Spiel gewesen sein.«

Ich weine selten.

Nun tat ich es.

Und Emily umarmte mich, wie ich sie Hunderte Male umarmt hatte, und etwas sehr Großes, sehr Schweres fiel von uns beiden ab.

Emily und ich haben seitdem viel darüber gesprochen. Worauf kommt es letztlich an: aufs Ergebnis oder auf das Spiel? Muss, soll, darf man eine schlimme Krankheit akzeptieren? Oder ist es nicht doch wichtig, zu kämpfen statt zu resignieren?

Es ist genau, wie Jana immer sagt: Manche Fragen bringen nichts als neue Fragen hervor. Dennoch ist es für Emily wichtig, dass wir alle – sie, ich, meine Eltern – diese Fragen nicht mehr ignorieren. Denn dass wir sie ignoriert haben, ist mir jetzt klar. Und auch, wie falsch das war.

Emily hat niemals Durchhalteparolen gebraucht, keine hochgereckten Fäuste und keine Helden-Videos. Sie hat niemanden gebraucht, der mit Kampfgeschrei auf den Lippen davonläuft. Und sie hat niemanden gebraucht, der ihr ein neues Medikament anpreist, ihr dabei aber nicht in die Augen schauen kann, weil er die existenzielle Angst in ihrem Blick nicht erträgt.

Stattdessen braucht meine Schwester jemanden, der sich mit ihr zusammen den Kopf zerbricht. Der mit ihr hadert, weint, lacht und um Zuversicht ringt.

Der nicht flüchtet, sondern sie und ihre Krankheit aushält.

Ich weiß mittlerweile, dass das mehr Mut erfordert als die Begegnung mit einem Puma oder mit einem Fluss voller Stromschnellen. Aber hey – ich bin Emilys großer Bruder! Wer sollte sich das trauen, wenn nicht ich?

Dougs Stimme bringt mich zurück ins Kanu.

»Wer hört mir denn da schon wieder nicht zu? Du bist mit deinem Ahornsaft-Köpfchen wohl bei der wunderschönen Jana?«

»Klappe, Mann!«, knurre ich.

Über die Schulter werfe ich Doug einen langen, finsteren Blick zu. Ahornsaft-Köpfchen – diesen bescheuerten Spitznamen werde ich nicht mehr los.

Als Jana zu Besuch bei mir war, haben wir auch ihren Onkel und ihre Tante in Victoria besucht, und bei dieser Gelegenheit habe ich ihr Doug vorgestellt, der mittlerweile dort studiert. In Dougs Beisein habe ich sie geküsst, sie hat ihre Hand in meinen Haaren vergraben, und dann hat sie sich lächelnd an Doug gewandt und ihn gefragt: »Findest du nicht auch, dass Luke eine hinreißend kanadische Haarfarbe hat? Wie Ahornsaft!«

Tja, das habe ich jetzt davon. Wie oft Doug mich mit dieser Bemerkung schon aufgezogen hat, lässt sich kaum mehr zählen.

»Ich habe an Emily gedacht«, sage ich über die Schulter, und Dougs freches Grinsen verschwindet. »Wenn ich erst in Deutschland lebe …«

»Ach, du und deine ewigen Sorgen um deine kleine Schwester. Es gibt Telefone!«, erinnert mich Doug. »Und WhatsApp. Und ab und zu willst du doch auch vom Mars hierher zurückkommen. Oder nicht?«

Ich seufze. »Doch. In allen Semesterferien. Aber vielleicht braucht Emily mich nicht nur zweimal im Jahr, Doug! Vielleicht braucht sie öfter jemanden, mit dem sie sprechen kann. *Richtig* sprechen, meine ich.«

Ich schaue wieder nach vorne, starre auf den gemächlich dahinfließenden Fluss.

Nicht, dass ich an meiner Entscheidung zweifeln würde, nach

Deutschland zu ziehen. Für Jana ist es unmöglich, in Kanada Medizin zu studieren, denn abgesehen von den hohen Kosten für das Studium ist es wahnsinnig schwer, überhaupt einen Platz zu ergattern.

Weiterhin auf verschiedenen Kontinenten zu wohnen, ist für uns aber auch keine Option: Weder Jana noch mir haben die wenigen Wochen, die wir uns im letzten Jahr gesehen haben, ausgereicht. Ich liebe Jana und sie liebt mich. Wir wollen zusammen sein. Wir wollen zusammenleben!

Deshalb habe ich mich an der Filmhochschule in ihrer Stadt beworben, und zum Wintersemester habe ich einen Platz bekommen. Der Studiengang ist auf Englisch, ich kann mein Studium also problemlos bei Jana fortsetzen. Meine Familie hat sich für mich gefreut. Auch Emily.

Und trotzdem habe ich ein schlechtes Gewissen. Das mit dem Loslassen habe ich nämlich leider noch nicht so gut drauf – Lachsgeborener eben!

»Emily ist kein Baby mehr«, höre ich meinen Kumpel predigen. »Sie hat sich ziemlich verändert, sie kommt jetzt zurecht. Und ich bin ja auch noch da.«

»Du studierst in Victoria.«

»Ich bin genauso oft daheim, wie du es im letzten Jahr warst.«

»Und wirst du dich denn …«

»… um sie kümmern? Mann, Luke. Sie ist auch *meine* kleine Schwester! Meine nicht mehr *ganz* so kleine Schwester.«

»Ja. Das ist sie«, sage ich beruhigt. »Danke, Doug.«

Zufrieden ziehe ich das Paddel durchs Wasser.

Zwei kleine, dunkle Vögel fliegen über den Fluss, verschwimmen in den Dunstschleiern wie Tinte in Milch, und am liebsten würde ich die Stimmung sofort einfangen, die Szene filmen und für einen meiner Superkurzfilme verwenden. Ich hätte da schon so eine Idee …

Doch Doug reißt mich ein weiteres Mal aus meiner Versunkenheit. Diesmal, indem er sich übertrieben laut räuspert.

»Wo wir schon dabei sind«, sagt er unbehaglich. »Bei den, ähm, ernsten Themen. Ich wollte dir da noch was beichten.«

Na endlich, denke ich.

Doch ich sage bloß gelassen: »Ach. Und was?«

»Du … du wirst mich aus dem Kanu werfen, wenn du's weißt.«

»Kann ich nicht. Es gehört uns beiden«, erinnere ich ihn freundlich.

»Stimmt. Ja. Also … damals, als, ähm …«

»Spuck's aus, Doug.«

»Der Typ, den Caroline damals geküsst hat«, platzt er unglücklich heraus. »Das war ich.«

»Na, so was.«

Ungläubige Stille.

»Hast du gerade an Jana gedacht?«, will Doug wissen.

»Wieso?«

»Weil du mir offensichtlich nicht zugehört hast!«

»Doch. Der Typ, den meine Ex-Freundin damals geküsst hat, das warst du.«

Ich bin froh, dass ich vor Doug sitze und sein Gesicht nicht sehe, sonst könnte ich mir das Lachen bestimmt nicht verkneifen.

»Du … du …«, stottert Doug, »du weißt es?«

»Klar.«

»Und du bist nicht … Scheiße, Luke, lass mich doch nicht so zappeln!«, fleht Doug.

Da entscheide ich, dass es genug ist. Ich hatte meinen Spaß – und ein winziges bisschen Rache. Jetzt bin ich eigentlich nur noch froh, dass Doug es mir gestanden hat.

»Es ist okay«, sage ich ruhig. »Echt, Doug, ich nehme es dir nicht übel.«

»Meine Güte, bist du Gandhi?!« Doug ist vollkommen perplex. »Du willst mir keine aufs Maul hauen, mir nicht die Freundschaft aufkündigen, mich nicht anschreien, dass ich der mieseste …«

»Halt die Luft an, Doug. Ich habe doch gesagt, es ist okay. Verstanden?«

»Okay«, wiederholt Doug verwirrt. »Verstanden.«

Und nach einer Pause fragt er: »Hat Caroline es dir erzählt?«

»Das musste sie nicht. Ich hatte im Krankenhaus viel Zeit zum Nachdenken, und eigentlich lag es auch auf der Hand, oder? Ihr beide wart immer gute Freunde. Du hast nie ein Geheimnis daraus gemacht, dass du sie total attraktiv findest. Caroline war unglücklich, weil ich sie nie wirklich geliebt habe. Da war es im Grunde nur eine Frage der Zeit, bis sie bei irgendjemandem Trost suchen würde.«

Ich blicke über die Schulter zu Doug und ziehe die Augenbrauen hoch. »Außerdem: Dass sie mir danach ums Verrecken nicht verraten wollte, wer ihr Knutschpartner gewesen war, zeigt doch wie ein Leuchtpfeil auf meinen besten Freund, oder?«

Doug zuckt zusammen.

»Das Einzige, was mich noch interessieren würde: Wart ihr betrunken?«, frage ich.

»Caroline nicht«, murmelt Doug. »Ich schon.«

Ich nicke und schaue wieder nach vorne. Das hatte ich mir gedacht.

»Warum bist du nicht sauer?«, fragt Doug unbehaglich. »Ich hätte es verdammt noch mal verdient, dass du mich hasst!«

»Gegenfrage: Warum hast du mir es gesagt? Heute. Nach über einem Jahr.«

Dougs Antwort lässt auf sich warten. Das Kanu pflügt nun durch unruhigeres Wasser, und für ein paar Minuten müssen wir uns ganz aufs Paddeln konzentrieren.

Doch schließlich sagt er: »Weil ich nicht wollte, dass etwas zwischen uns steht, wenn du so weit weg ziehst. Auf einen anderen Kontinent. Wer weiß, wie gefährlich es in Deutschland ist!«

»Extrem gefährlich. Laut Jana gibt es dort Füchse und Eichhörnchen.«

»Sag ich doch«, brummt Doug.

Wir schweigen.

Aber dann, mit nervtötender Hartnäckigkeit, fängt Doug schon wieder an: »Also, Luke. Warum bist du nicht sauer?«

»Oh Mann, kannst du dir das nicht denken? Doug! Du bist mein Kumpel, seit ich sechs bin! Du hast einmal, ein einziges Mal, in betrunkenem Zustand einen Fehler gemacht. Du hast es bereut, wahrscheinlich noch viel mehr als Caroline. Und du hast es mir gesagt!«

»Aber zu spät. Ich bin so ein Arsch!«, sagt Doug düster. »Und du, Luke, du bist *echt* Gandhi oder der nächste Dalai Lama oder … wen gibt's denn noch …«

Ich verdrehe die Augen. Das ist ja nicht auszuhalten! Höchste Zeit, den Kerl ein bisschen aufzumuntern.

»Mäßige deine Zerknirschung, mein arschähnlicher Freund. Ich verzeihe dir doch nur, weil ich dich davor bewahren will, dich mit Selbstvorwürfen zu Tode zu martern. Du hast meine Vergebung angesichts deines hinterlistigen Verrates zwar nicht verdient, aber was soll ich sagen: Ich bin eben ein unfassbar edler und großzügiger Mensch.«

»Weißt du was, ich habe mich geirrt. Du bist doch nicht Gandhi«, sagt Doug, und endlich klingt er wieder wie er selbst. »Du bist ein Idiot!«

Er knufft mir gegen die Schulter und wir lachen, einer so erleichtert wie der andere.

Und ich weiß: Jetzt kann ich den Kontinent ohne Bauchgrimmen verlassen.

Jana

Ich sitze hinter dem Piloten in dem dröhnenden Motorflugzeug und wippe aufgeregt mit den Füßen. Nur noch wenige Minuten, dann bin ich da. Bei ihm!

Ich kann es kaum erwarten.

Vor drei Tagen bin ich in Victoria angekommen. Und obwohl mich alles danach drängte, so schnell wie möglich zu Luke weiterzureisen, verbrachte ich erst ein wenig Zeit mit Richard und Grace. Im letzten Jahr haben wir uns oft gemailt; was auf der Insel geschehen ist, hat uns zusammengeschweißt. Denn es hat nicht nur mich unwiderruflich verändert.

Sondern uns alle.

Aus dem kleinen Fenster der Beaver blicke ich hinunter auf den Great Bear Rainforest. Schimmernde tiefblaue Fjorde. Dicht geschlossene Wälder. Steile, felsige Hügel. Wunderschön sieht das von hier oben aus!

Lukes Dorf liegt auf dem Festland, mitten im Regenwald des großen Bären. Dass meine Anreise trotzdem ziemlich entspannt verläuft – weder muss Luke mich in einer tagelangen Fahrt von

Victoria abholen, noch muss ich mir diverse Fähren und Wassertaxis antun –, habe ich Richards und Grace' Freund Jordan zu verdanken. Jordan ist nämlich der Pilot und Besitzer dieser Beaver. Er verdient sich seinen Lebensunterhalt damit, Nahrungsmittel und andere Waren an abgelegene Orte zu bringen, die nur per Flugzeug oder Boot erreichbar sind – zu Einsiedlern oder auf Inseln mit Mini-Dörfchen –, und als Richard seinen Freund fragte, ob er mich nicht mitnehmen könne, sagte Jordan sofort zu.

»Muss sowieso in die Nähe«, meinte er augenzwinkernd. Wobei »Nähe« in Kanada ein sehr dehnbarer Begriff ist …

Mein Onkel und meine Tante haben Jordan in der Naturschutzorganisation kennengelernt, bei der sie seit ein paar Monaten Mitglieder sind. Es ist keine große Organisation, und viel Geld steht ihr nicht zur Verfügung. Aber jeder bringt in die gemeinsame Arbeit ein, was er eben kann, und alle zusammen werden sie von dem dringenden Wunsch getrieben, den Great Bear Rainforest zu schützen. Fotografen und Autoren, Wissenschaftler und Journalisten, Weiße und Angehörige der First Nations, Frauen und Männer: Es ist eine bunte Truppe mit vielfältigen Fähigkeiten, der mein Onkel und meine Tante sich da angeschlossen haben, und sie lieben es, ein Teil davon zu sein – zumal Richards Behinderung, wie er mir in einer Mail schrieb, dort überhaupt kein Thema ist. Ich glaube, dafür ist er ziemlich dankbar.

Ich blicke wieder hinaus auf die grüne Wildnis unter mir.

Ob unter diesem Baldachin aus Fichten- und Zedernzweigen

wohl gerade ein Schwarzbär von einem Wolfsrudel vertrieben wird? Ob eine Waschbärin im hohen Gras ihre Jungen beschützt? Ob ein Einsiedler auf einer Lichtung Prärielilienwurzeln ausgräbt? Lächelnd schüttele ich den Kopf. Nach einem ganzen Jahr in der Großstadt kommt mir das, was ich mit Luke auf der Insel erlebt habe, manchmal vor wie ein Traum. Ein sehr lebhafter Traum allerdings; einer, der meine Wirklichkeit beeinflusst hat wie sonst nichts.

Ein Traum, der mir meine große Liebe geschenkt hat.

Die Beaver setzt zur Landung an, und mein Herz klopft schneller. Nun trennen mich nur noch wenige Höhenmeter, wenige Augenblicke von Luke, und vor Aufregung werden meine Handflächen feucht. Ganze zwei Wochen werde ich bei ihm und seiner Familie verbringen, bevor wir gemeinsam nach Vancouver reisen und von dort aus nach Deutschland fliegen. Werden seine Eltern mich ins Herz schließen? Und seine Schwester?

Ich habe die drei zwar schon kennengelernt, damals, nach Lukes Rettung. Aber natürlich war die Familie in jenen Tagen mehr mit ihrer Sorge um Luke beschäftigt als damit, sich Gedanken über mich zu machen. Und als ich Luke dann im Frühling besuchen kam, verbrachten wir unsere Zeit ja nicht im Regenwald, sondern zuerst in Vancouver und dann bei Richard und Grace in Victoria.

Jetzt jedoch werde ich zwei Wochen lang mit Lukes Familie unter einem Dach leben, und ich bin sicher, dass mich sowohl Lukes Eltern als auch seine Schwester kritisch auf Herz und

Nieren prüfen werden. Zu sagen, dass mich diese Aussicht extrem nervös macht, wäre untertrieben.

Aber andererseits: Das kriege ich auch noch hin!

Unter uns erkenne ich nun einen kleinen Flughafen. Der Terminal ist bloß ein besserer Schuppen, und in der Nähe des Flugfeldes liegen Holzhäuser im Grün verstreut wie Puppenmöbel. Eine einzige größere Straße verbindet die Häuschen miteinander, und ein Fluss schlängelt sich an ihnen vorbei in die endlosen Wälder.

Dies also ist Lukes Heimatort, denke ich versonnen. Ein Dorf im Regenwald – mit Menschen und Bären, Internet und unberührter Natur, mit hellen Tagen, dunklen Nächten, mit Familie, Liebe, Hass, Freundschaft, Mut, Niedertracht und Gefahr.

Dies ist die Welt, die kleine wie die große.

Ich fürchte mich nicht.

Epilog

Die Wildnis hätte uns nicht reicher beschenken können an diesem kühlen, sonnigen Septembertag – unserem letzten Tag im Regenwald.

In den beiden Wochen, die ich mit Luke und seiner Familie hier verbracht habe, ist es Herbst geworden. Es hat viel geregnet, die Flüsse sind angeschwollen, und ihr Wasser hat die Lachse mitgebracht.

Luke lehnt mit dem Rücken an einem mächtigen Baum. Ich sitze zwischen seinen Beinen, und er hat von hinten die Arme um mich geschlungen. Wir sind ganz still, sprechen nicht, bewegen uns kaum.

Gebannt blicken wir auf das großartige Schauspiel, das sich vor unseren Augen entfaltet.

Der Fluss brodelt von Tausenden und Abertausenden Fischleibern. Sie alle kommen aus dem Pazifik und streben nun flussaufwärts, dem Platz zu, an dem sie vor zwei Jahren geboren wurden. Dort werden sie nun selbst laichen, die Eier befruchten und danach sterben.

Für viele Lachse endet die Reise allerdings schon früher: ihr Fleisch in den Mägen anderer Tiere, ihre Überreste auf den Böden des Waldes. Als Nahrung und Dünger schließen diese Lachse den Kreis des Lebens. Und weil die Rückkehr der Lachse für die First Nations etwas nahezu Heiliges ist, hat Luke beschlossen, mich an unserem letzten Tag hierherzuführen.

Mit unserer Ankunft am Fluss hatten wir die Tiere für kurze Zeit vertrieben.

Doch nun wagen sie sich nach und nach zurück.

Zuerst die Wasseramseln, die an den flachen Ausläufern des Flusses nach den Eiern toter Fischweibchen tauchen.

Dann ein Marder mit glattem, glänzendem Fell, der sich in unglaublicher Geschwindigkeit einen Fisch schnappt und ihn in den Wald schleppt.

Dann ein Weißkopfseeadler, der mit seinem scharfen Schnabel die dicke Haut des Lachses aufreißt, während ein paar Raben um ihn herumhüpfen und begierig auf die Reste warten.

Und dann glaube ich zu träumen.

Lukes Arme umschlingen mich fester, und er wispert in mein Ohr: »Was für ein Glück wir haben, Jana!«

»Geisterbären«, wispere ich ergriffen zurück.

Es ist eine schwarze Mutter mit zwei cremeweißen Jungen. Sie tapsen aus dem Unterholz, und scheu blickt die Mutter sich um. Ihre Jungen hingegen hampeln übermütig am Ufer herum, klettern auf einen toten Baumstamm, der über den Fluss ragt, und beäugen neugierig die flinke Beute, die sich unter ihnen im Wasser tummelt.

Dann macht die Bärenmutter plötzlich einen Satz in die Fluten. Nur einen Herzschlag später hat sie einen Lachs gefangen, und ihre Jungen laufen aufgeregt zu ihr, als sie den zappelnden Fisch ans Ufer trägt. Sie lässt ihn auf einen flachen Felsen fallen und die Geisterbärchen machen sich hungrig darüber her. Eine Zeit lang betrachtet die Mutter ihre Kleinen; dann trottet sie zurück ins Wasser und widmet sich erneut der Jagd.

Mein Fuß ist eingeschlafen, und trotz Lukes Körperwärme und meiner dicken Jacke ist mir in der schneidenden Herbstluft kalt. Doch das kann die Freude, die mich beim Anblick dieser seltenen Tiere erfasst, kein bisschen schmälern.

»Wir kommen wieder, ja?«, flüstere ich sehnsüchtig. »Ich mag das Leben in der Stadt, aber …«

Ich muss den Satz nicht zu Ende führen. Ich weiß, dass Luke mich auch so versteht: Unsere Insel hat Spuren in mir hinterlassen. Sie hat mich freier, stärker und wilder gemacht, und es tut gut, sich an einem Ort wie diesem daran zu erinnern. Wenn ich im Regenwald bin, blüht etwas in mir auf.

Luke drückt mir einen Kuss aufs Haar.

»Ja, wir kommen wieder«, verspricht er mir leise. »Natürlich tun wir das.«

Die Bärin hebt wachsam den Kopf. Sie muss unser Raunen gehört haben, denn von einem Moment auf den anderen lässt sie die Lachse im Stich und verschwindet mit ihren Jungen im Dickicht.

»Zeit, zu gehen«, sagt Luke. »Überlassen wir diesen Ort sich selbst.«

Wir rappeln uns auf. Schütteln unsere steifen Beine aus, recken die Arme. Luke legt die Hände auf meine Hüften.

Er zieht mich an sich, und als er den Kopf neigt und mich küsst, schwappt das Glück über mich wie eine warme Welle, es fließt bis in meine Zehen, meine Fingerspitzen und in den letzten Winkel meines Herzens. Weder E-Mails noch WhatsApp oder stundenlange Telefonate können das hier auch nur annähernd ersetzen: Lukes festen Körper an meinem, seinen warmen Atem an meinem Mund, sein kräftig schlagendes Herz an meiner Brust.

Niemals werde ich aufhören, dankbar zu sein.

Unendlich dankbar … dafür, dass Luke lebt.

Ich schaue ihm in die Augen, und er streicht mir eine Strähne hinters Ohr.

»Jetzt also Deutschland«, sagt er sanft. »Wir beide, hm?«

»Ja, Luke«, sage ich und lächele. »Wir beide.«

Nachwort und Dank

Wer nach diesem Roman gerne ein bisschen Wildnis-Luft schnuppern möchte, zumindest in Gedanken, der kann auf der Website www.pacificwild.org stöbern. Die ist nicht nur informativ, sondern auch zum Träumen schön!

Auch www.spiritbearfoundation.com lohnt einen virtuellen Besuch. Die Website der vom Stamm der Kitasoo/Xai'xais First Nation betriebenen »Spirit Bear Research Foundation« bietet Infos, Bilder und Videos, unter anderem zu Geisterbären und schonenden, nichtinvasiven Forschungsmethoden, wie sie Richard und Grace am Ende des Romans auf der Insel anwenden.

Allen, die dann immer noch nicht genug haben, empfehle ich die interessante Dokumentation »Im Regenwald der Geisterbären« von Dirk Lohse. Zu sehen auf – na klar – YouTube.

Da in diesem Roman viele Fragen gestellt, aber nicht ganz so viele Antworten gegeben werden, hier noch zwei Buchtipps, die nichts mit dem Great Bear Rainforest zu tun haben. Auf diese Sachbücher bin ich während meiner Recherchen gestoßen, und sie regen, wie ich finde, zum Weiterdenken an:

So widmet sich »Verzeihen. Vom Umgang mit Schuld«, geschrieben von der Philosophin Svenja Flaßpöhler, auf gut lesbare Weise den schwierigen Themen Schuld, Sühne, Vergebung, Güte, Reue, Vergessen und Erinnern. Obwohl auch hier viele Fragen gestellt werden, kommt man beim Lesen *manchen* Antworten doch zumindest *ein bisschen* näher. (Hat irgendwer behauptet, das Leben sei einfach?)

»Das trügerische Gedächtnis« von der in Kanada aufgewachsenen Rechtspsychologin Julia Shaw fand ich ebenfalls spannend, hier besonders das Kapitel über das digitale Gedächtnis, also wie und warum Facebook, Twitter & Co. unsere Erinnerung beeinflussen und formen.

Zum Schluss gibt es natürlich noch meinen allerherzlichsten Dank! Und zwar an …

… Martin für ein informatives Gespräch über Boote, sandige Böden und Ankergeschirre.

… Cosi für Musiktipps, die offiziellen und die, die durch die Zimmertür schallen. Denn ja, vieles davon ist *wirklich* grandiose Schreibmusik!

… Tanzi und Torsten, die immer und überall bereitstehen, wenn ich mal wieder eine Frage habe, die mir nur promovierte bzw. habilitierte Menschen beantworten können …

… und an Britta, die mir einmal mehr mit ihrem medizinischen Fachwissen geholfen hat.

… Heike Herd-Reppner von Ravensburger für ein vergnügliches und beflügelndes Brainstorming im Verlag.

… Iris Praël und Kathrin Becker: dito. Zudem an euch beide noch ein Dankeschön für die freie Hand, die ihr mir gelassen habt …

… und speziell an Kathrin einen Riesendank für das wunderbare Lektorat. Du hast mir sehr geholfen, als ich den Wald vor lauter Bäumen nicht mehr gesehen habe, und deine klugen Verbesserungsvorschläge haben meinem Text *so* gutgetan! Außerdem danke ich dir noch für Kanada – dem ich während des Schreibens an diesem Roman voll und ganz verfallen bin. ☺

… Carolin Liepins für ein Cover, das ich mir nicht schöner hätte erträumen können.

… Oli und meine Kinder. Weil ihr klaglos zuhört, wenn ich euch alles über Geisterbären und verunglückte Onkel erzähle, was ihr nie wissen wolltet, und das auch noch im Urlaub. Ich weiß das zu schätzen, meine Liebsten – und natürlich nicht nur das.

… und schließlich an Christiane Düring, beste Agentin von allen. Ohne dich gäbe es dieses Buch nicht, und ohne dich fiele es mir ungleich schwerer, meinem schriftstellerischen Weg und dem »großen Zauber« zu vertrauen. Ich danke dir SEHR.

©Traumstoff

Julie Leuze studierte Politikwissenschaften und Neuere Geschichte in Konstanz und Tübingen, bevor sie sich dem Journalismus zuwandte. Mittlerweile widmet sie sich ganz dem Schreiben von Romanen für Erwachsene, Jugendliche und Kinder. Ihr Buch »Der Geschmack von Sommerregen« wurde als bester deutschsprachiger Liebesroman des Jahres 2013 mit dem Literaturpreis »DeLiA 2014« ausgezeichnet. Bei Ravensburger ist bereits ihr Jugendbuch »Herzmuschelsommer« erschienen.

Julie Leuze lebt mit ihrem Mann und drei Kindern in Stuttgart.

LESEPROBE

»Herzmuschelsommer«
von Julie Leuze
ISBN 978-3-473-40101-7

Die Bretagne, hatte mir Mia vor meiner Abreise aus der Stadt erklärt, sei ein grünes, mythisches Land am Meer, sonnendurchwirkt, windumtost und bevölkert von Druiden, Feen und süßen Jungs mit schwarzem Haar und blauen Augen.

Ich stehe vor dem winzigen Flughafen in Lannion, schlinge mir fröstelnd die Arme um den Oberkörper und denke, dass die bretonische Wirklichkeit nicht viel mit Mias romantischen Vorstellungen zu tun hat. Langsam drehe ich mich einmal um die eigene Achse: tief hängende graue Wolken, eine geschlossene Bar, ein paar Raben, ein verwaister Parkplatz. Weit und breit keine langbärtigen Druiden oder schwarzhaarigen Jungs – oder überhaupt irgendwelche Menschen. Und leider auch keine Frau um die vierzig, die der Fremden auf dem Foto ähnelt, das in meiner Jackentasche steckt; der Fremden, die meine dunkelblonden Locken und leicht schrägen, braunen Augen hat und die damit glatt als meine Mutter durchgehen könnte.

Kunststück, denke ich und seufze. Sie *ist* meine Mutter.

Im April habe ich es erfahren, und der Gedanke fühlt sich noch genauso seltsam an wie damals.

Tja, seltsam oder nicht, heute ist es so weit: Ich werde sie kennenlernen, damit wir nachholen können, was wir sechzehn Jahre lang versäumt haben, sie, ich und der Mann, der auf dem Foto den Arm um sie gelegt hat. Denn im Gegensatz zu den Menschen, die ich bis April für meine Eltern gehalten habe, ist das Paar auf dem Foto nicht geschieden. Wir drei werden also eine richtige kleine Familie sein, sechs volle Sommerferienwochen lang.

Mindestens.

Ein verrückter Gedanke.

Vor Nervosität wird mir übel. Ich setze mich auf meinen Koffer und lenke mich von meinem flauen Magen ab, indem ich Skizzenbuch und Bleistift aus dem Rucksack krame. Nichts bringt mich so zuverlässig zur Ruhe wie das Zeichnen von Menschen oder Tieren, und so konzentriere ich mich auf das einzig Lebendige, das es hier gibt: die Raben. Den Viechern scheint es allerdings nicht zu passen, dass ich sie so genau beobachte, denn nach kaum dreißig Sekunden erheben sie sich krächzend in die Luft und machen sich mit langen Flügelschlägen davon. Enttäuscht blicke ich ihnen nach, dann verstaue ich das Skizzenbuch wieder im Rucksack.

Meine Nervosität schwillt an.

Irgendetwas muss ich tun.

Ich wippe mit dem Fuß, greife nach meinem Handy und

checke WhatsApp und meine SMS. Drei neue Nachrichten: eine von Mia, zwei von Sabine – und keine von Titus.

Keine von Titus?

Ich beiße mir auf die Unterlippe. Warum hat mein Freund sich noch nicht gemeldet? Immerhin bin ich nun über tausend Kilometer Luftlinie von ihm entfernt, da könnte er ruhig … Ach, Blödsinn!, unterbreche ich mich in Gedanken barsch. Dass Titus sich sehnsüchtig nach mir verzehrt, ist angesichts der vielen Male, die ich ihn in der letzten Zeit zurückgewiesen habe, definitiv zu viel verlangt.

Doch meiner besten Freundin Mia fehle ich schrecklich, wie sie mir in ihrer Nachricht wortreich versichert, und das entlockt mir ein Lächeln. Ich schreibe ihr kurz zurück, dass ich nicht abgestürzt bin und gerade am Arsch der Welt auf meine Mutter warte, dann lese ich mit klopfendem Herzen die beiden Nachrichten von Sabine.

In der ersten schreibt sie, dass sie mich heute Abend anrufen wird, und in der zweiten, dass sie mich lieb hat.

Ja, klar.

Ich schlucke hart, stecke das Handy zum Skizzenbuch in den Rucksack und wünsche mir inbrünstig, dass sie endlich auftaucht, die blond gelockte Fremde, die mein neues, heiles Familienleben einläuten wird. Wie soll ich sie eigentlich nennen?, schießt es mir durch den Kopf. Frau Bleicher? Marianne? Mutter?! Über so vieles habe ich mir auf der langen Reise hierher Gedanken gemacht, aber darüber nicht.

In diesem Moment biegt ein Renault mit quietschenden

Reifen auf den Parkplatz ein. Eine Frau steigt aus und hastet auf mich zu.

Sie ist da.

Langsam erhebe ich mich von meinem Koffer.

Und schon steht sie vor mir, atemlos und strahlend. Sie ist fünfundzwanzig Jahre älter als ich, doch im dämmerigen Abendlicht sieht sie mir so ähnlich, dass es fast unheimlich ist.

»*Salut*, tut mir leid, dass ich zu spät bin. Ich bin Marianne«, sagt sie und fügt überflüssigerweise hinzu: »deine Mama.«

Ich zucke zusammen. »Mutter« hätte genügt.

»Hallo, Marianne.« Obwohl das gar nicht meine Absicht war, klingt meine Stimme eine Spur abweisend. Marianne umarmt mich trotzdem.

Ich reiße mich zusammen, erwidere die Umarmung und lege meine Wange vorsichtig an ihr Haar. Ich meine, ich bin schließlich freiwillig hier! Niemand hat mich gezwungen, die Stadt und Sabine zu verlassen und in die Bretagne zu fliegen. Es war ganz allein meine Entscheidung, die gesamten Sommerferien hier zu verbringen, meine Entscheidung, bei fremden Menschen zu wohnen, in einem Kaff an der Côte de Goëlo, dessen Namen – Kerentiezh – ich noch nicht einmal aussprechen kann.

Und verdammt, auch wenn ich meinen Jähzorn seit dem Streit am Sonntag schon ungefähr hundertfünfzigmal bereut habe: Jetzt bin ich hier.

Und ich werde das Beste daraus machen.

Von Lannion bis zu dem Dörfchen, wo Marianne und Alex leben, dauert es eine Dreiviertelstunde. Eigentlich ein Katzensprung, doch da ich seit zehn Stunden unterwegs bin, kommt mir die Fahrt in Mariannes altem Auto wie eine Weltreise vor.

Ich lehne meinen Kopf gegen die Scheibe, lasse die dunkle Landschaft an mir vorbeiziehen und döse gerade weg, als Marianne sagt: »Es ist der Motor, weißt du? Jedes Mal, wenn ich etwas wirklich Wichtiges vorhabe, lässt er mich im Stich und springt nicht an.«

Fragend blicke ich zu ihr hinüber.

»Der Grund, warum ich zu spät gekommen bin«, erklärt sie und wirft mir ein entschuldigendes Lächeln zu. »Es liegt nur an dem blöden Auto. Sonst wäre ich natürlich rechtzeitig da gewesen, wo ich dich doch nun endlich wiederhabe, nach all den Jahren …«

Wiederhat? Nach allem, was ich inzwischen weiß, habe ich Marianne nie gehört, jedenfalls nicht länger als einen Tag lang. Und was ist schon ein Tag im Leben eines Menschen?

»Kein Problem.« Ich lächele gezwungen zurück. »Mama, ähm, Sabine kommt auch ständig zu spät. Ich bin's also gewohnt.«

Marianne blickt konzentriert auf die Straße. Mittlerweile hat es angefangen zu regnen. Mit einem Ruck schaltet sie die Scheibenwischer ein. »Dann kannst du dich gleich umgewöhnen, Kim, ich bin nämlich ein sehr zuverlässiger Mensch. Und ich werde dich *nie wieder* warten lassen. Versprochen.«

Ich runzele die Stirn. Sooo schlimm waren die fünf Minuten Warterei vor dem Flughafen nun auch wieder nicht. Mir liegt Sabines Lieblingsspruch auf den Lippen: »Nun mach aus einer Mücke mal keinen Elefanten!« Aber dafür kenne ich die Frau, die meine Mutter ist, noch nicht gut genug.

Außerdem habe ich das Gefühl, dass es hier gar nicht um die fünf Minuten geht.

Also schweige ich und schaue wieder aus dem Fenster. Ich bin hundemüde. Marianne scheint das zu spüren, denn sie sagt sanft: »Schlaf ruhig ein bisschen, Kim.« Und obwohl ich murmele, dass sich das so kurz vor dem Ziel doch gar nicht mehr lohnt, dass ich viel zu aufgedreht bin, dass ich auf Kommando sowieso nicht einschlafen kann, fallen mir prompt die Augen zu.

Vom Motorengeräusch untermalte Bilder durchziehen meinen Geist, wirr und rätselhaft: sprechende Raben mit klugen schwarzen Augen. Gold gelockte Feen, die Babys in ihren Armen wiegen. Ein schöner Jüngling, der seine ferne, traurige Liebste kein bisschen vermisst.

Eigentlich gar nicht so weit weg von der Realität.

*

Titus war mir schon vor unserer ersten Begegnung aufgefallen. Aber dass er, dieser extrem gut aussehende, smarte Zwölftklässler, jemals mit mir, der kleinen Zehntklässlerin, würde zusammen sein wollen, hätte ich mir bis letzten Januar nicht träumen lassen.

Mia und ich waren in der Eislaufhalle. Stundenlang hatten wir unsere Runden auf dem Kunsteis gedreht und nun war ich ziemlich müde. Meine Freundin nicht: Unverdrossen lief sie weiter Schlittschuh, während ich mich schlapp auf eine Bank sinken ließ.

Automatisch zog ich einen Bleistift und einen kleinen Block aus der Jackentasche, denn zeichnen geht immer, egal wie erschöpft ich bin. Ich liebe es, meine Beobachtungen und Eindrücke in Bilder zu übersetzen, und obwohl ich in den meisten Schulfächern nicht gerade zu den Besten gehöre – im Zeichnen bin ich richtig gut.

Hatte ich jedenfalls immer gedacht. Doch plötzlich hörte ich jemanden sagen: »Das ist aber echt eine nette Zeichnung.«

Nett. *Nett?!* Nett sind Gardinen! Empört hob ich den Blick. Neben mir saß Titus, und er lächelte.

Meine Empörung machte heller Aufregung Platz.

»Wir gehen auf dieselbe Schule, oder?«, sagte Titus und strich sich eine hellblonde Strähne zurück. »Irgendwoher kenne ich dich jedenfalls.«

»Kann sein«, erwiderte ich betont gleichgültig, während mein Herz klopfte wie verrückt. Titus – *der* Titus! – sprach mit mir! Wieso? Und warum zum Teufel hatte ich nicht bemerkt, dass er sich neben mich gesetzt hatte?

»Elfte?«, fragte Titus.

»Zehnte«, gestand ich und war sicher, dass er spätestens jetzt das Interesse an mir verlieren würde: Ich zeichnete *nett* und ich war zu jung für ihn.

Aber Titus' Lächeln vertiefte sich. Sein Blick wanderte zu meinem Mund, dann schaute er mir wieder in die Augen und fragte: »Hättest du Lust auf einen Glühwein?«

»Klar«, hauchte ich. »Sehr gerne!«

Und so fing es an.

*

Als wir über eine unebene Dorfstraße rumpeln, die offensichtlich seit König Artus' Zeiten nicht mehr restauriert wurde, wache ich auf.

»*Voilà!* Da sind wir«, sagt Marianne, bleibt mit laufendem Motor vor einem Holzgatter stehen und hupt. Keine Minute später kommt ein Mann durch den Garten gelaufen und schiebt das Gatter zur Seite, sodass Marianne auf einen gekiesten Stellplatz einbiegen kann, der zwischen Beeten voller Stockrosen und Hortensien liegt. Ich muss grinsen. In der Stadt käme bestimmt niemand auf die Idee, seine Karre direkt im Garten zu parken!

Der Mann, der mein Vater sein muss, öffnet die Beifahrertür für mich und breitet die Arme aus. »Willkommen, Kim!«, ruft er fröhlich.

Zum zweiten Mal an diesem Abend finde ich mich in einer liebevollen Umarmung wieder. Unwillkürlich blicke ich über Alex' Schulter hinweg zu Marianne, die ebenfalls ausgestiegen ist. Mit einem gerührten Lächeln beobachtet sie uns.

Meine Güte, ist das bizarr!

Vielleicht liegt es ja nur daran, dass ich gerade erst aufgewacht bin, aber mit einem Mal fühle ich mich, als laufe hier ein Film mit einem ziemlich eigenwilligen Drehbuch ab. Ich meine, ich kenne dieses Ehepaar doch gar nicht! Trotzdem begrüßen sie mich, als sei ich ihre lang verlorene Tochter.

Bin ich ja auch, rufe ich mir in Erinnerung. Ich fühle mich nur noch nicht so.

Alex lässt mich los und grinst. »Rein mit dir, Kim!«, sagt er und macht eine Kopfbewegung in Richtung des Häuschens, das mit hell erleuchteten Fenstern auf uns wartet. »Das Essen ist längst fertig. Du hast bestimmt Hunger nach der langen Reise.«

»Du kannst kochen?«, frage ich erstaunt, denn Papa – oder genauer gesagt: Bernd, Sabines Exmann – bringt nicht mal ein Rührei zustande.

»Warum sollte ich nicht kochen können?« Alex lacht.

Er hat ein schönes Lachen, und mir fällt auf, dass er in der Realität noch attraktiver ist als auf dem Foto: Anfang vierzig, mit dunkelbraunem Haar, einem verwegenen Dreitagebart und geraden weißen Zähnen. Rasch blicke ich zu Boden. Der Kerl ist mein Vater, da sollte mir nicht auffallen, dass er attraktiv ist, oder?!

Marianne nimmt mich bei der Hand und läuft mit mir durch den Regen aufs Haus zu. Während Alex mein Gepäck aus dem Kofferraum hievt, schließt sie die Tür auf und schiebt mich in den Flur.

Wärme und Licht wallen mir entgegen, dazu ein Duft nach Fleisch und Kräutern, bei dem mir das Wasser im Munde zusammenläuft. Marianne nimmt mir meine Jacke ab, und als Alex mit dem Gepäck zu uns ins Haus tritt, den Arm um seine Frau legt und beide mich einträchtig anlächeln – mit tropfendem Haar und strahlenden Augen, ein schönes, glückliches Paar –, lässt meine Anspannung ein wenig nach.

Wir mögen uns noch fremd sein, aber meine Eltern scheinen fest entschlossen, mich zu lieben.

Was mehr ist, als man von Sabine und Bernd behaupten kann.

»Sieben Stunden Aufenthalt in Paris!« Alex schüttelt den Kopf und greift nach seinem Rotwein. »Gibt es immer noch keine bessere Verbindung hierher?«

»Nö. Es ist eine Tagesreise, ob man nun den Zug nimmt oder fliegt«, nuschele ich.

Genüsslich schlucke ich das letzte Stück meines Nachtischs hinunter: *gâteau breton*, ein Kuchen mit so viel Butter, dass er wahrscheinlich schon vom Hinschauen dick macht. Davor gab es Meeresfrüchte in Knoblauchsoße mit knusprigem Baguette und als Hauptspeise gebratenes Lamm von den Salzwiesen beim Mont-St-Michel.

Ich seufze zufrieden und lehne mich zurück. »Hm, war das lecker! Ich wusste gar nicht, dass man in der Bretagne so gut isst.«

»Wart's ab«, sagt Alex grinsend. »Heute Abend habe ich mich auf die zivilisierteren Spezialitäten beschränkt. Ab morgen gibt es nur noch Kutteln und fettige Würste! Wenn schon bretonisch, dann richtig, was, Kim?«